Vielen Dank an Petra, Ulf, Thies, Conny und André

Prolog

Der Blick des Mannes wanderte von der Halbkuppel über dem Altar zur Figur des heiligen Augustinus und von dort zu den korinthischen Säulen dahinter. Lange war er nicht mehr hierher gekommen. Nicht zur heiligen Messe, nicht zur Beichte. Er hatte nie eine besondere Beziehung zu Gott, Jesus, Maria und irgendwelchen Heiligen gehabt. Ganz anders als seine Geschwister. Vor allem ganz anders als seine Mutter. Doch jetzt saß er hier, und das hatte einen Grund. Es war, als ob endlich seine Wünsche, sein Flehen erhört wurden. Nie hatte er Gebete Richtung Himmel geschickt. Aber es war ein Zeichen, es musste eins sein. Ob es ein göttliches war? Der Mann war skeptisch. Und sicher würde sich Gott ihm nicht hier und heute offenbaren. Oder vielleicht doch?

Große Niedergeschlagenheit erfüllte ihn seit Jahren. Sein Viertel bereitete ihm Sorgen. Dort, wo er seit einer Ewigkeit lebte, im Raval, hatten sich die Dinge zum Schlechten entwickelt. Der Stadtteil war stets ein Ort für Menschen, von denen viele im Schatten standen. Das Raval war nicht das Hochglanz-Barcelona und wollte es auch gar nicht sein. Auch wenn die Bürgermeisterin das Gegenteil versprach: Die Probleme im Viertel wurden nicht weniger, nein, die Lage wurde immer dramatischer. Die Zahl von Wohnungseinbrüchen, Diebstählen und Raubüberfällen war auf ein unerträgliches Niveau geklettert. Aber das größte Übel waren Drogen. Was nutzte es, wenn bis zu tausend Polizisten das Viertel bei großangelegten Aktionen durchkämmten, Dealer festnahmen und Rauschgift beschlagnahmten, Drogenwohnungen stillgelegt wurden, wenn es heute gegen die dominikanische Drogenmafia und morgen gegen die marokkanische ging. Legte die Polizei mit einer Razzia die Pakistaner für kurze Zeit an die Kette, wurden die Geschäfte eben aus dem Gefängnis weitergeführt, und die Rumänen oder Nigerianer drängten in den Markt. Es änderte sich wenig bis nichts, nach ein paar Wochen herrschte im Viertel erneut das Gefühl von Unsicherheit und Ohnmacht

Doch vielleicht, so dachte der Mann, nein, ganz bestimmt, war es nun an ihm, Teil der Lösung zu werden. Er wollte nicht länger ein Opfer sein, er wollte seinen Anteil dazu beitragen, damit das Raval ein Ort werden würde ohne Junkies und ohne gebrauchte Spritzen, die überall auf der Straße zu finden waren. Ohne arrogante Dealer, die sich über dem Gesetz wähnten, ohne jugendliche Diebesbanden und ohne Gewalt und Beschaffungskriminalität. Deswegen hatte er das Zeichen erhalten. Vor sechs Tagen war der Mann gerade auf dem Weg zum Boqueria Markt gewesen, um seine täglichen Einkäufe zu erledigen, als ihn im Carrer Sant Pau zwei Mannschaftswagen der Lokalpolizei überholten. Eine Großrazzia hatte einige der üblichen Verdächtigen im Viertel auf dem falschen Fuß erwischt. Ein junger Kerl, vielleicht Mitte zwanzig, schoss am Mann vorbei und bog im Vollsprint in den Carrer de l'Arc de Sant Agustí ein – offensichtlich nahm er Reißaus vor der Polizei. Zwar schien ihn niemand zu verfolgen, dennoch lief er weiter, bis er an einem Mülleimer seine Schritte verlangsamte, sich hektisch umschaute, in seine Jacke griff und etwas herauszog, was er in den Mülleimer steckte. Einige Male blickte er sich noch um, wie um sich zu vergewissern, dass ihn niemand beobachtete und setzte schließlich im Trab seine Flucht fort. All dies beobachtete der Mann aufmerksam, und wenig später kam er zu dem Mülleimer, der neben der ramponierten Seitenfassade der Kirche Sant Agustí stand. Neugierig blickte er in den Behälter, fast ganz oben lag eine Plastiktüte. Drogen, was sonst, dachte der Mann angewidert und zog mit zwei Fingern die Tüte heraus. Diese hatte ein viel höheres Gewicht als angenommen. Drogen oder ausschließlich Drogen konnten sich nicht darin befinden. Noch bevor der Mann die Tüte öffnete, erahnte er an der Form des Ge-

genstandes, was er in den Händen hielt. Ein paar Momente später war es Gewissheit. Der Mann erschrak und spürte die Schwere einer mattschwarzen Pistole mit Schalldämpfer, wie er sie bisher nur aus Filmen kannte. Jetzt war er es, der sich umschaute. Die Wände der Häuser reflektierten das Blaulicht der Einsatzwagen. Ein paar Meter entfernt, an der Rampe zur Armenspeisung, dösten ein paar Obdachlose im Halbschatten, von denen sicher niemand Notiz vom Mann genommen hatte. Die Tische auf der Terrasse der nahen Bar waren leer. Wie selbstverständlich nahm er seinen Rucksack für die Einkäufe von der Schulter und ließ die Plastiktüte mit der Pistole darin verschwinden. Der Mann setzte seinen Weg ungerührt fort, und als vor ihm ein Polizeiauto durch den Carrer Hospital raste, beschleunigte sich sein Puls nur wenig.

Auf der Kirchenbank sitzend spürte der Mann das Gewicht der Waffe in seiner dünnen Jacke und die Last der Verantwortung für sein Viertel. Er blickte sich um und sah zwei Frauen, er tippte auf Bolivien, in jedem Fall Südamerikanerinnen, die im Gebet versunken waren. Der Mann betete nicht, versuchte sich aber in Zwiesprache mit Gott oder Jesus – so genau wusste er nicht, an wen er sich zu wenden hatte, um eine Zustimmung zu erhalten oder gar in seinem Vorhaben bestärkt zu werden. Sollte er den Beichtstuhl aufsuchen? Aber noch hatte er nicht gesündigt. Vielleicht würde er nach seiner Tat wiederkehren. Konnte etwas Gerechtes, was zum Vorteil der Allgemeinheit geschah, eine Sünde sein?

1

Tom stand in Unterhose am vorhanglosen Fenster und blickte auf die Straße. Mit den Menschen, die vorübergingen, hatte er nichts gemeinsam. Während er sich schwerfällig hinkniete und nach einer Zigarettenpackung tastete, rumpelte vor dem Haus ein Müllwagen vorbei. Tom ließ sich mit einem Stöhnen auf die nackte Matratze fallen, über ihm fräste ein Deckenventilator die stickige Luft. Sein Kopf brummte, die Kehle war wund und trocken, und über allem hing die Leere einer durchzechten Nacht. Trotzdem wusste er, dass jede Zelle seines Körpers bald wieder nach nach Alkohol schreien würde.

Eines war ihm mittlerweile klar: sich mittels Unmengen alkoholischer Getränke aus dem Leben zu befördern, war schwerer als gedacht. Totsaufen, das war sein erklärter Plan, er war zum Sterben nach Barcelona gekommen. Seine Frau war tot, und das war ganz allein seine Schuld. Sein Sohn hasste ihn dafür. Da Tom sich mit Hochprozentigem den Garaus machen wollte, forderte ihn ein Problem heraus: den allabendlichen Weg ins Delirium kannte er gut, er hatte es auf dieser Strecke zu einer wahren Meisterschaft gebracht, doch sich gezielt und schnell ins Jenseits zu trinken, blieb eine echte Herausforderung. Bei Anderen mag das funktioniert haben, ob nun geplant oder nicht: Bon Scott starb so einen ziemlich unglamourösen Rockstar-Tod. Der AC/DC-Sänger war an seinem Erbrochenen erstickt.

Für einen schnellen und einfachen Tod hatte Tom keinen Plan, so etwas schien ihm auch nicht angemessen. Es sollte qualvoll langsam geschehen. Mit Filmrissen, hämmernden Kopfschmerzen, Nächten hockend vor der Toilettenschüssel und Depressionen, die weit über den ersten Drink des nächsten Tages andauerten. Nächte ohne Erinnerung, Tage voller Tristesse. Genau *das* hatte Tom verdient. Jeden Tag ging es ihm ein bisschen schlechter. Doch sein Körper erwies sich als ziemlich strapazierfähig. So fühlte er sich wahlweise wie Sisyphos: der Stein, den er zu wälzen hatte, war voller Einsatz am Tresen, jeden neuen Tag. Oder wie Tantalos, nur waren Toms Qualen nicht die zurückweichenden Früchte, sondern der nicht erreichbare Exitus. Solch dürftige Parallelen in die griechische Mythologie können auch nur in einem Säuferhirn entstehen, in dem noch die Reste von humanistischer Bildung und gefährlichem Halbwissen herumwabern, dachte Tom. Doch das waren die letzten Rückzugsgefechte in einem lange verlorenen Krieg. Seine selbst gewählte Isolation und der immer gleiche Frontalangriff auf seinen Körper würden irgendwann Wirkung zeigen müssen. Offensichtlich brauchte man dafür weit länger als einen Monat. Auch weil er sein Vorhaben viel zu halbherzig anging, wie ihm in halbwegs klaren Momenten bewusst wurde.

Wenn sich die schlimmsten Kopfschmerzen verzogen hatten, folgten meist die jahrzehntelang angewendeten Routinen der Körperpflege und sogar fast täglich feste Nahrung. Überflüssig, eigentlich, sorgte doch die gesoffene Menge an Spirituosen mit Sicherheit für die nötige Kalorienmenge, aber die alten Verhaltensmuster würde Tom schon noch durchbrechen. Früher war er stolz auf seinen durchtrainierten Körper gewesen. Aber nach dem Schlaganfall vier Monate zuvor und Ozeanen von Alkohol würde es nicht mehr lange dauern, bis ihn auch sein gesamtes Äußeres anwidern würde. Sein hängender Mundwinkel ließ ihn ohnehin fast nicht mehr in den Spiegel schauen, es sei denn, er wollte sich ekeln. Was sollte Tom auch in seinem Ebenbild entdecken? Den Tom Greiff von früher erkannte er nicht mehr.

Im Zimmer war es bereits unerträglich warm, Tom schwitzte, aber ihm fehlte der Antrieb aufzustehen, um sich Wasser aus dem Kühlschrank zu holen. Stattdessen wanderte sein Blick über das hinweg, was jetzt sein Zuhause war. Sein altes Zuhause, sein altes Leben gab es nicht mehr. Sein neues Leben, wie lange es auch immer noch dauern würde, führte Tom hauptsächlich in diesem Loch, auf dieser Müllhalde. Das, was bis vor kurzem ein *narcopiso* gewesen war, eine professionell betriebene Drogenwohnung. Mit Dealern, Junkies und allem, was dazugehörte. Überall blätterte die Farbe ab, alles, wirklich alles sah schäbig aus. Im grellen Licht bemerkte Tom die Staubschicht auf dem versifften PVC-Boden, im ganzen Zimmer lagen leere Flaschen. Hauptsächlich schüttete Tom hartes Zeug in sich hinein. Korn gab es in Spanien nicht, aber Rum, Wodka und Gin taten es auch. Manchmal stellte Tom sich vor, wie in der Wohnung richtig harte Drogen konsumiert worden waren. Vollkommen kaputte Typen aus dem Viertel und Drogentouristen aus aller Welt hatten sich hier ihren Schuss gesetzt, einige von ihnen waren vielleicht sogar dabei draufgegangen. Als Tom vor ein paar Wochen vom Vermieter den Schlüssel zu seiner neuen Bleibe bekommen hatte, lagen überall noch Spritzen und andere Fixer-Utensilien verteilt. Tom hatte einmal grob durchgefegt und den Müll in drei große Säcke verfrachtet. Seitdem warteten sie im kleineren Zimmer der Bude darauf, an die Straße gestellt zu werden.

Der Vermieter war ein untersetzter Mann Ende sechzig und sah aus wie eine Tonne. Sein andalusischer Akzent war selbst für Tom kaum zu verstehen, obwohl seine Mutter aus Torremolinos in Andalusien stammte. Oft fehlte die letzte Silbe oder halbe Worte waren pures Nuscheln. Tom hatte ihm die Miete für ein halbes Jahr im Voraus bezahlt. So würde er bis auf Weiteres Ruhe vor ihm und seiner unfassbar hohen Sprechgeschwindigkeit haben. Und länger als die sechs Monate waren ohnehin nicht vorgesehen – spätestens dann sollte der Suff sein Werk getan haben.

2

Vor fast 30 Jahren hatte es diesen langen von Palmen gesäumten Platz mit Sicherheit nicht gegeben. Tom schlurfte zum Straßenschild und las: Rambla de Raval. Früher war das Viertel ohne jegliche Struktur, größere Plätze fehlten in seiner Erinnerung. Alles war eng, wild, fantastisch und aufregend. Damals im Sommer 1992, kurz nach dem Abitur, als er zusammen mit seinem besten Kumpel Claus per Interrail in die Stadt der Olympischen Sommerspiele gekommen war. Um ein Haar wäre er damals zum Inselhüpfen nach Griechenland aufgebrochen. Doch seine damalige Freundin hatte, kurz bevor es losgegangen war, mit ihm Schluss gemacht. Also war er mit Claus an die spanische Mittelmeerküste aufgebrochen, so weit entfernt wie möglich von Ios, Kos und Paros. Ohne Handy, ohne EC- oder Kreditkarte. Nur mit 700 Mark Travellerschecks im Brustbeutel und jeder Menge Lust auf den Sommer seines Lebens. Außerdem fanden Olympische Spiele nur selten praktisch direkt vor der eigenen Haustür statt.

Über den Palmen sah Tom in der Ferne die Türme der Kirche auf dem Gipfel des Tibidabo. Auch dahin hatte ihn Toni geführt. Sie war der Grund, warum die Notlösung Barcelona, der Plan B, zu den zwei aufregendsten Wochen seines Lebens wurden. Sie zeigte Tom ihr Barcelona und sie war der Grund, warum Claus ziemlich schnell aus dem gemeinsamen Zimmer im Hotel Peninsular ausziehen musste. Aber wieder zurück in Deutschland wurden die Erinnerungen an den Sommer schnell auf ein ernüchterndes Alltagsmaß zusammengestutzt. Tom fing seine Ausbildung bei der Hamburger Polizei an, Toni reiste um die Welt. Ein Brief aus Buenos Aires, eine Postkarte aus São Paulo und zu Weihnachten ein Telefonat mit schlechter Verbindung und viel zu langen Gesprächspausen. War Toni da in Los Angeles oder in New York gewesen, Tom hatte es vergessen. Trotzdem war er im darauf folgenden Frühjahr erneut für zwei Wochen nach Barcelona gereist. Die Magie kehrte zurück, er lernte sogar Tonis Eltern kennen. Doch es war gleichzeitig das letzte Kapitel ihrer Lovestory. Auch wenn es damals schon Handys, E-Mails oder Whatsapp gegeben hätte, wie hätte eine feste Beziehung funktionieren sollen? Eigentlich war die Frage einfach zu beantworten, er hätte sich trauen müssen, in Deutschland alle Zelte abzubrechen. Stattdessen beendete Tom die Liebe seines jungen Lebens aus einer Telefonzelle am Hamburger Michel. Doch woher hätte mit nicht mal zwanzig Jahren dieser Weitblick kommen sollen? Es war keine Geschichtsklitterung, und Tom log sich nicht selbst an: das, was er mit Toni hatte, war einzigartig und wurde zum Goldstandard in Sachen Partnerschaft und Liebe. Als er später Beziehungen in den Sand setzte oder seine Ehe nicht lief, dachte Tom oft an diese beiden Wochen im Sommer 1992 plus Nachspielzeit zurück. Er wusste, dass er diese Zeit über jedes vernünftige Maß idealisierte. Und trotzdem schwebte eine halbe Ewigkeit später ein Hauch von Reue durch seinen Tagtraum.

Mühsam steuerte Tom eine halbrunde Sitzgruppe im Schatten der Palmen an. Sein Gang kam ihm heute besonders schleppend vor, das rechte Bein war ein noch größerer Fremdkörper als sonst. Hätte er nach dem Schlaganfall seinen Physiotherapeuten nicht in die Wüste geschickt, wären die Folgen vielleicht nicht so offensichtlich. Wie seine Visage, sein gesamtes Äußeres auf Außenstehende wirken musste, stellte Tom sich schon lange nicht mehr vor. Mit einem Stöhnen ließ er sich auf die Bank plumpsen.

Als er die zweite Dose des Sixpacks öffnete, fuhr eine Radgruppe vorbei. Lauter fröhliche junge Menschen auf schicken Cruisern, mit bunten Plastikblumen im Körbchen am breit geschwungenen Lenker. Vorneweg der Tourguide, lässig, unbeschwert, braungebrannt und mit Flipflops. Tom hätte noch eine unendliche Reihe von netten Adjektiven für den Mann finden können, und für jedes einzelne wäre Tom die negative Entsprechung gewesen.

Auf dem Rückweg würde er erneut bei einem der kleinen pakistanischen Supermärkte einkaufen, die hier alle nur *paki* nannten, um für die anstehende Zerstörung der Nacht gerüstet zu sein. Mittlerweile war es unerträglich heiß und Tom befürchtete, dass er noch eine Pause brauchen würde. Schnaufend schlurfte er im Schatten, den die Häuser zur Mittagszeit warfen, in Richtung seiner Bleibe. Ein junges asiatisches Paar mit Rollkoffern kam ihm entgegen. Mit Zeitungen fächelten sie sich Luft zu, nebenbei starrten sie auf die Displays ihrer großformatigen Handys. Einige Meter hinter den beiden schlenderte ein sehniger Kerl mit Muskelshirt und schien das Paar vor sich zu fixieren. Als Tom an ihm vorbeiging, senkte er seinen Blick und zog den Schirm seiner Baseballkappe tief ins Gesicht. Was in ein paar Augenblicken oder etwas später geschehen würde, stand für Tom ohnehin fest. Sollte er weitergehen oder sich umdrehen? Tom blieb stehen und drehte sich um. Der Muskelshirt-Typ verringerte den Abstand zum Paar und setzte auf der rechten Seite zum Überholen an. Seine Hand schnellte hervor und riss an der Halskette der Frau. Die schrie auf, ein Telefon fiel zu Boden, mit beiden Händen griff sie an ihren Hals, ihr Begleiter blieb wie versteinert stehen. Tom war keine zwanzig Meter entfernt. Sollte er – ein besoffener deutscher Ex-Cop, der mit den Folgen einer halbseitigen Lähmung kämpfte -- einschreiten? Die Frage beantwortete Tom für sich ganz klar mit Nein. Der junge Kerl zog die schreiende Frau rückwärts, ihr Begleiter schaute sich panisch nach Hilfe um. In der Hand des Angreifers erkannte Tom eine kurze Klinge. Mit einem Ruck riss der Typ die Kette vom Hals. Die Frau taumelte ein paar Schritte zurück und stürzte über den Rollkoffer zu Boden. Sie schlug hart mit dem Kopf auf und blieb regungslos liegen. Der Typ im Muskelshirt fuchtelte mit dem Messer vor der Nase des Begleiters herum, der immer noch in Schockstarre war. Plötzlich rannte der junge Kerl in Toms Richtung.

„Wenn du nur ein Wort zu den Bullen sagst, mache ich dich auch kalt", brüllte ihn der Typ an, der ein ganzes Stück kleiner als Tom war.

Tom stierte den Typen glasig an und nickte.

„Hast du mich verstanden?"

Tom atmete tief ein: „Na los, Du Arsch, bring mich doch um, dann habe ich es hinter mir".

Aber Sterben fiel aus vorläufig aus. Stattdessen versetzte der Typ ihm wie aus dem Nichts einen schweren Hieb in die Magengegend. Seine Tüte mit den Bierdosen fiel zu Boden, und Tom krümmte sich. Im nächsten Augenblick erwischte ihn ein weiterer Schwinger am Jochbein. Er wankte, stürzte nach vorne und rollte sich zum Schutz zusammen. Dennoch traf ihn ein Tritt an der Stirn. Der Schmerz explodierte in Toms Kopf, verflüchtigte sich aber nach wenigen Augenblicken auf ein erträgliches Maß. Weitere Malträtierungen blieben aus, und für ein paar Sekunden vernahm Tom nur ein fernes Rauschen.

„Kein Wort zu den Bullen!"

Um die Asiatin herum, die immer noch leblos auf der Straße lag, hatte sich eine Traube von Menschen versammelt. Das ging Tom nichts an. Er griff nach seiner Plastiktüte und setzte den Weg blutend und hinkend fort. Als er eine weitere Dose öffnete, spritzte Schaum auf sein Shirt. Aber Bier reichte jetzt nicht mehr, auf diesen Schreck brauchte er was Härteres. Hätte der Typ mit dem Messer nicht nur wie ein Amateur rumgefuchtelt, sondern Eier in der Hose gehabt und zugestochen, wäre Toms kümmerliches Dasein vielleicht bereits vorbei gewesen.

Die Bar, wo Tom sich seit Wochen jeden Abend vollllaufen ließ, war geschlossen, der Rollladen unten. Ein Stück Papier verkündete lapidar, dass die Bar wegen Ruhestand dauerhaft geschlossen war. Davon hatte ihm Juan aber gestern Abend nichts erzählt. Oder doch? Hieß der Wirt überhaupt Juan, oder war es nicht Ramón? Das würde Tom wohl nicht mehr erfahren. Und eigentlich war es ihm auch egal. In ein paar Wochen würde dort bestimmt ein weiterer Handyladen aufmachen. Oder eine schicke Tapas Bar, in die sich auch Touristen reintrauten.

Auf der Suche nach einer anderen Bar ging Tom durch den Carrer d'en Robador, der selbst für Raval-Verhältnisse nicht besonders breit war. Die Balkone der oberen Stockwerke schienen die von der gegenüberliegenden Seite fast zu berühren. Die Gasse war dunkel, der Boden klebte und war voller Flecken zweifelhafter Herkunft. Uringeruch sorgte bei Tom für aufsteigende Übelkeit, er brauchte jetzt einen Drink. Zur Mittagszeit waren viele Rollläden noch immer oder schon wieder unten, typisch Spanien, eine ewige Siesta. Eine Frau mit fleischigen Armen trat schimpfend aus einer kleinen Wäscherei nach draußen, Tom spürte ihren Blick, er musste fürchterlich aussehen. Als die Straße sich verbeiterte, schlurfte Tom mit gesenktem Kopf an den Damen der Tagschicht vorüber, die auf Kundschaft warteten. Vor ihm öffnete sich wieder ein Platz, den es 1992 bestimmt auch nicht gegeben hatte. Vermutlich hatten dort heruntergekommene Wohnblöcke gestanden, die vor nicht so langer Zeit abgerissen worden waren. Zu diesem Schluss kam Tom, denn die Häuser zu seiner Rechten waren erst ein paar Jahre alt und standen im Kontrast zu den meist alten Gebäuden des Viertels. Der moderne Betonklotz, an dem Tom entlanghumpelte, beherbergte das kommunale Kino, wie er mitbekommen hatte.

„He, Lust auf einen Quickie?", rief eine Prostituierte in rosa Leggings und mit hohen Stiefeln, dem Akzent nach zu urteilen aus Osteuropa.

Tom zog seine Mütze noch etwas tiefer ins Gesicht und

versuchte möglichst schnell dort vorbeizukommen. Die Frau lachte und sagte etwas zu einer ihrer Kolleginnen, was Tom nicht verstand. Das Gelächter verunsicherte ihn. Sein ganzes Leben war er nie im Puff gewesen. Nicht um seine Unschuld zu verlieren, nicht bei Junggesellenabschieden, nicht bei Herrenabenden. Mit der ganzen Kohle, die Tom auf dem Konto hatte für die kurze Zeit, die er noch zu leben gedachte, hätte er die Puppen vom Allerfeinsten tanzen lassen können. Luxus-Callgirls wären drin gewesen, die ihn in seiner versifften Bude so richtig hätten verwöhnen können. Doch was machte Tom? Er ging zu den Nutten am Straßenstrich. Das war ein Teil seines Selbsthasses. Aber Tom hatte keine Lust, großartig an sich herumzuanalysieren. Er brauchte jetzt eine Flotte gut eingeschenkter Drinks.

3

Nach deutschen Maßstäben war das Rincón Andaluz mehr als ungemütlich. Von der Decke schien grelles Neonlicht, die Wände waren in hellem Grün gestrichen, hinter Tom blinkte ein Spielautomat. Überall hingen meist bereits vergilbte Fotos. Menschen am Strand, Menschen vor Olivenbäumen, Menschen mit Esel. Wahrscheinlich aus der andalusischen Heimat des Wirts. Wie in der Bar, wo Tom die letzten Wochen verbracht hatte, und deren Namen er entweder nie gewusst oder schon wieder vergessen hatte, lief auch hier der Fernseher in hoher Lautstärke.

Tom nickte dem Mann hinter dem Tresen zu. Ein paar Augenblicke später klirrten in dem schlanken Glas Eiswürfel, die im steigenden Rumpegel knackten. Dafür liebte Tom Spanien: Hier wurden in Bars noch echte Mischungen eingeschenkt. Keine Eichstrichspießigkeit wie in Deutschland, wo 2cl Pfützen ein Heidengeld kosteten. Tom blickte den Barmann an; dieser setzte die Rumflasche ab, öffnete eine kleine Cola und füllte den Rest des Glases damit auf.

„Zitrone?“, fragte der Barmann.

„Gerne.“

Die Kommunikation in einer Bar beschränkte sich zum Glück auf wenige Worte.

Irgendwann zwischen der sechsten und siebenten Mischung bestellte Tom im Rincón Andaluz *patatas bravas*. Die frittierten Kartoffeln verschlang er ohne Genuss. Außer ihm waren noch ein paar Bauarbeiter in der Bar, die ihr Feierabendbier tranken und Tapas aßen. Am Fenster unterhielt sich ein junges amerikanisches Pärchen und zeigte sich die ganze Zeit Fotos auf ihren Handys. Einige Plätze entfernt kauerte ein schlechtrasierter Mann am Tresen und redete mit sich selbst. Der war bestimmt aus der Nachbarschaft und gehörte im Laden zum

Inventar, vermutete Tom.

„Was ist mit deinem Gesicht passiert?“, fragte der Barmann und der Akzent verriet Tom dessen südspanische Herkunft.

Tom war sich nicht sicher, ob der Mann die Beule an der Stirn und den Cut unterhalb des Auges meinte oder seinen hängenden Mundwinkel. Anzunehmen, dass es der Gesamteindruck war.

„Ich war wohl im Weg“, antwortete Tom mürrisch, „was ist deine Entschuldigung?“ Er führte das Glas zum Mund und kippte den Rest runter. „Noch einen, bitte.“

„Du bist ein *guiri*, oder?“, fragte der Barmann und schien von Toms versuchtem Witz gänzlich unbeeindruckt.

Guiri, das Wort hatte er seit fast dreißig Jahren nicht mehr gehört. Aber ja, er war natürlich der *guiri*, der Tourist. Mutter aus Torremolinos, Vater aus Hamburg. Tomás Greiff Hernández.

„Stimmt, ich bin nicht von hier. Ich werde auch nicht lange in Barcelona bleiben.“

„Ich habe dich schon ein paar Mal auf der Straße gesehen“, sagte der Barmann und schob eine neue Mischung über den Tresen. „Sieht nicht so aus, als ob du hier einen Familienurlaub verbringen würdest.“

Tom versuchte ein Lachen zu unterdrücken und prustete in sein Glas, aber wirklich witzig fand er die Vermutung nicht. „Lass mich einfach in Ruhe trinken, okay!?“ Außerdem merkte er trotz ein paar Stunden durchgängiger Alkoholzufuhr seine Rippe. Zumindest hatte er bisher kein Blut gepinkelt, ganz so dramatisch schien es also nicht zu sein.

Der Barmann zuckte mit den Schultern und brachte den Bauarbeitern eine weitere Runde Bier.

„Am frühen Nachmittag kam es im Raval zu einer weiteren brutalen Attacke“, sprach die Reporterin im Fernsehen mit ernster Stimme in die Kamera. „Eine Touristin aus Südkorea wurde auf offener Straße, im Carrer Sant Pau, Opfer eines heimtückischen Raubüberfalls."

Tom starrte auf den Fernseher, der Barmann erhöhte die Lautstärke mit der Fernbedienung.

„Nach Zeugenaussaugen war der Täter ca. 20 bis 25 Jahre alt, schlank und ca. 1,70 Meter groß. Kurze dunkle Haare und flächige Tätowierungen an den Unterarmen. Die Junge Frau wurde bewusstlos und mit schweren Kopfverletzungen ins Krankenhaus eingeliefert. Dieser Angriff ist nach Angaben der Polizei der zehnte schwere Vorfall in den vergangenen Wochen. Die meisten Opfer waren Touristen. Das Raval kommt nicht zur Ruhe."

„Keine 200 Meter von hier entfernt", knurrte der Barmann und wechselte das Programm.

Tom drehte sich um und atmete tief durch. Das heißt, er versuchte es. Egal wie er auf dem Barhocker saß, spürte er seine Rippen.

„Hat der Zustand deines Gesichtes irgendwas damit zu tun?", fragte der Barmann.

„Wie gesagt, ich war wohl im Weg. Und zur falschen Zeit am falschen Ort."

„Der Typ hat dich so zugerichtet?"

Tom nickte knapp.

„Du solltest zur Polizei gehen."

„Ich kann den Kerl nicht beschreiben. Das ging alles so verdammt schnell. Das hätte einer von denen sein können", sagte Tom und deutete auf die Bauarbeiterrunde, „das hättest du sein können."

Tom blickte den Barmann an, in dessen Gesicht war keine Regung zu erkennen.

*

„Früher war das hier alles schöner", lallte Tom und merkte, wie ihm die Kontrolle über seine Gesichtszüge noch mehr

entglitt als sonst.
Er war mittlerweile der letzte Gast, der Barmann fegte den Boden.

„Kennst du das Hotel Peninsular?“, fragte Tom.

„Ja.“

„Da habe ich 1992 die schönsten Wochen meines Lebens verbracht.“

Der Barmann ging an Tom vorbei und schloss die Tür zur Straße auf. „Ist schon spät, und du hast genug.“

Tom rutschte vom Barhocker, wankte Richtung Ausgang und merkte, dass ihm schlecht wurde. Gerade noch so eben schaffte Tom es auf die Straße und übergab sich mehrfach. Er drehte sich um und sah den Barmann im Türrahmen, der ihn stumm anblickte. Tom zuckte mit den Schultern. „Wenigstens nicht im Laden.“

4

Horden von Kindern stürmten die Treppen hinunter und verwandelten die triste graue Fläche des Pausenhofs in den lebendigsten Ort im Raval. Lebendig und bunt, so wie das gesamte Viertel, in dem jeder Zweite kein Spanier war. Der Mann hatte diese Vielfalt vom ersten Tag an gemocht. Immer wenn er hier an der Schule zur Pause vorbeikam, erinnerte er sich an seine eigene Kindheit, diese unbeschwerte Zeit. Der Geräuschpegel jenseits des Zaunes stieg innerhalb von wenigen Augenblicken dramatisch an. Überall spielten die Kinder ausgelassen, so als ob das strenge Backsteingebäude, das sie gerade ausgespuckt hatte, zu einem Vergnügungspark gehören würde. Einige Kinder ließen sich im Schatten der Bäume nieder und steckten ihre Köpfe zusammen. Der Mann lächelte und sah einer Gruppe von Mädchen zu, die Fangen spielte. Zwei asiatische Mädchen, eines, deren Eltern bestimmt aus einem südamerikanischen Land stammten und ein auffallend blondes Mädchen, mit Zöpfen, die beim Laufen durch die Luft wirbelten und dessen Kinderlachen so herrlich ansteckend war. Doch nach ein paar Augenblicken gefror das Lächeln im Gesicht des Mannes. Es war schlimm genug, dass diese unverdorbenen Kinder sich in ein paar Jahren bewusst werden würden, dass sie nicht im privilegiertesten Teil der Stadt aufgewachsen waren. Vielleicht würde das Gift, welches die Gesellschaft langsam aber sicher injizierte, bereits Wirkung zeigen, und sie unterschieden die Menschen nach ihrer Herkunft und Hautfarbe und Status. Am meisten Angst hatte der Mann, dass diese unschuldigen Kinder zu Junkies werden könnten. Schwere Drogenabhängigkeit verwandelte jeden Menschen früher oder später in einen Zombie, machten ihn kriminell, und Mädchen verkauften ihre Körper – er mochte gar nicht daran denken. Die Sucht wurde von skrupellosen Arschlöchern verkauft, die überall im Viertel rumhingen. Die meisten dieser Kriminellen hatten ein paar Jahre zuvor selbst noch auf so einem Schulhof wie diesem gespielt. Nicht alle Kinder würden Drogen nehmen, das war dem Mann klar. Aber er hatte mehr als einem dabei zugesehen, wie sie ihr Leben weggeschmissen hatten.

„Schauen Sie nach Ihrem Enkelkind", hörte der Mann eine Frauenstimme fragen. „Oder nach Ihrem eigenen Nachwuchs?"

Der Mann drehte sich zur Seite und blickte in das freundliche Gesicht einer Mittdreißigerin. „Weder noch", antwortete der Mann, „meine ist schon aus dem Haus. Und Enkelkinder sind leider noch keine in Sicht."

Die Frau lächelte und schob die Sonnenbrille in ihr Haar. „Das da hinten ist meine", sagte sie und deutete mit der Hand auf eine Gruppe von drei Mädchen, die zusammen Seil sprangen. „Die, die gerade springt." Die Frau winkte, aber ihre Tochter hüpfte weiter, ohne sie zu bemerken.

„Zum Glück sieht sie mich nicht. Mar ist schon zehn, ich kann es manchmal selbst nicht glauben. Und so langsam werden ihr bestimmte Sachen peinlich, die ihre Mutter macht", sagte die Frau und lachte.

„Daran erinnere ich mich noch gut", entgegnete der Mann und versuchte ein Lächeln, von dem er hoffte, die sympathische Frau würde es nicht als das falsche Lächeln erkennen, das es war. „Also, ich muss weiter. *Hasta luego.*"

„*Hasta luego*", antwortete die Frau.

*

Der Mann blieb neben einer Bäckerei stehen und schaute vorsichtig um die Häuserecke. Heute hatte er keinen Blick für die romanische Kapelle, deren alte Steine seit Jahrhunderten stille Zeugen des Wandels um sie herum waren. Denn keine fünfzig Meter entfernt, am Brunnen der Plaça del Pedró, lungerte der Typ herum, den er sich ausgesucht hatte. Die Unterarme tätowiert, viel Gel in den kurzen dunklen Haaren, und über dem weißen T-Shirt eine kleine Umhängetasche, wie sie viele junge Männer trugen. Dort bewahrte er bestimmt nicht die Drogen auf, die er im Viertel verkaufte. Er sprach betont lässig in sein Handy. Den Stoff hatte er stets irgendwo in der Nähe deponiert, oder er brachte die Kundschaft in ein nahegelegenes *narcopiso*. Hoch über dem Brunnen überblickte die Statue der heiligen Eulalia gleichmütig den Platz. Die Schutzheilige Barcelonas wurde von vielen Bewohnern verehrt, und selbst der Mann kannte die bewegende Geschichte des Christenmädchens, das von den Römern gefoltert und getötet worden war. Schon waren seine Gedanken wieder bei den unbeschwert spielenden Mädchen auf dem Pausenhof, und er schwor alles dafür zu tun, dass keines von ihnen das Martyrium von schwerster Drogenabhängigkeit durchleiden müsste.

In den vergangenen Wochen hatte der Mann den Dealer, der noch keine 25 Jahre alt war, oft genug bei seiner mörderischen Tätigkeit beobachtet. Ihn und andere Kriminelle aus dem Viertel hatte er observiert und ihre Tagesabläufe und Gewohnheiten in einem kleinen Notizheft niedergeschrieben. Der Typ hieß Yaku Mendoza, das hatte der Mann herausgefunden, und er agierte tagsüber und ohne Angst. Nicht mal die gigantische Polizeiaktion in der Altstadt gegen die dominikanische Drogenmafia schien ihn aus der gewohnten Ruhe gebracht zu haben.

In seiner dünnen Jacke hatte der Mann längst angefangen zu schwitzen, und er spürte wie der Griff der Pistole gegen seinen feuchten Oberarm drückte. In die Innentasche der Jacke hatte er ein kleines Loch geschnitten, damit der Lauf mit dem Schalldämpfer hindurchpasste. Mit Schusswaffen kannte sich der Mann nicht aus, nie hatte er eine auch nur in der Hand gehalten. Bis zu dem Tag, als er die Pistole im Mülleimer neben der Kirche gefunden hatte. Der Mann blickte in die Schaufensterscheibe und sah sein Spiegelbild, die dunkle

Kappe und seine Sonnenbrille boten eine gute Tarnung. In seiner schlichten Kleidung sah aus wie jedermann, nur die Jacke war bei der Wärme vielleicht ungewöhnlich.

Er ging los und steuerte direkt auf den Dealer zu, der immer noch telefonierte. Der Mann spürte förmlich, wie dessen dunkle Energie die Umgebung vergiftete. Keine dreißig Meter mehr, ein Lieferwagen fuhr an ihm vorbei. Noch hatte der Mann die Chance, an dem Kerl vorbeizugehen, doch scin Plan stand fest. Die Welt wäre mit einem Drogendealer weniger eine bessere. Die Menschen um ihn herum blendete er aus. Noch zwanzig Meter, der Mann griff mit der rechten Hand in seine Jacke und zog die Pistole heraus. Für ein paar Schritte ließ er sie am langen Arm im Rhythmus seiner Schritte schwingen. Noch zehn Meter, der Mann streckte seinen Arm und zielte, so wie er noch am Morgen geübt hatte. Erst jetzt bemerkte ihn der Dealer und hörte auf in sein Handy zu sprechen. Der Mund des Typen formte sich zu einem Nein, doch bevor auch nur ein Ton über seine Lippen kam, hatte der Mann schon zweimal geschossen. In die Brust. Ohne sich umzudrehen ging der Mann ein paar Schritte mit geschlossenen Augen weiter. Er musste getroffen haben. Als er die Augen wieder öffnete, schlug der Körper des Dealers zu Boden, die dunkle Energie verpuffte. Der Mann steckte die Pistole in die Innentasche der Jacke und ging weiter, er drehte sich auch jetzt nicht um. Hinter ihm bildete sich ein Gravitationszentrum für die restliche Welt, zu der er im Moment nicht mehr gehörte. Man sah es an den Blicken der Menschen, die angestürmt kamen oder sich wegdrehten. Bremsen quietschten, eine Frau schrie. Sollte sich doch alles auf das am Boden liegende Stück Dreck fixieren – sein Werk war getan, ein Anfang gemacht. Doch niemand schien Notiz von ihm zu nehmen. Hätte der Mann jetzt nicht überwältig werden, auf den Boden geschmissen werden müssen, mit auf den Rücken gedrehten Arm und einem Knie im Kreuz? Nichts dergleichen geschah. Mit dem Handrücken wischte er sich Schweiß von der Stirn und setzte seine stille Flucht fort. Schon war er am Obstladen in eine schmale Seitenstraße abgebogen. Immer noch folgte ihm niemand, das spürte er, bevor er einen Blick über die Schulter wagte. Hinter sich machte er in fünfzig Meter Entfernung den Sockel des Brunnens aus, wo dieser Kriminelle eben noch so lässig seine zynischen Deals am Handy eingefädelt hatte.

Nach ein paar Minuten sah der Mann die Platanen der Ronda, ließ den Sant Antoni Markt links liegen und strebte auf den Metroeingang zu. Auf der Treppe zog er sein Metroticket aus der Jackentasche und bemerkte, dass Blut an seinem Handrücken klebte. Sofort tastete er seine Stirn ab und sah mehr Blut an seinen Fingerkuppen. Er fischte ein Taschentuch aus der Jacke, tupfe Blut und Schweiß von der Stirn und setzte seinen Weg unbeirrt fort. Die Metro Richtung *Paral.lel* fuhr gerade ein. Gleich würde er sich in seiner Wohnung Essen machen und darauf warten, dass es an der Tür klingelte und er festgenommen werden würde. Man konnte doch nicht mitten am Tag in Barcelona jemanden erschießen und damit davonkommen. Oder konnte man doch?

5

Tom hatte eine Batterie von leeren Schnapsgläsern vor sich auf dem Tresen aufgebaut und verzog das Gesicht. In seiner Bude hatte er es wegen der Affenhitze nicht länger ausgehalten. Nach dem Erwachen und der ersten Zigarette hatte er mit der Klobürste noch festgetrocknetes Erbrochenes aus dem Waschbecken entfernt und schließlich eiskalt geduscht. Nun war Zeit fürs Frühstück. Da er sich beim Zähneputzen wieder an den Namen der Bar vom Vorabend erinnern konnte und sogar den Weg noch wusste, fand er sich am späten Nachmittag auf demselben Barhocker am Tresen wieder. Das Jochbein und die Rippen schmerzten, an der Stirn hatte Tom eine Beule. Nicht, dass er eine Entschuldigung brauchte, um sich einen zu genehmigen; ein paar Mischungen waren genau das Richtige gegen die dumpfen Schmerzen.

Wenn man davon ausging, dass ein einziger Vollsuff Millionen von Gehirnzellen vernichtete, wie mochte wohl bei ihm der Zwischenstand sein? Das interessierte Tom, und er zog sein Handy aus der Hosentasche.

„Wie viele Gehirnzellen hat das menschliche Hirn?“, fragte er auf Deutsch ins Handy.

Aus dem Augenwinkel sah Tom wie sich das weiße Hemd des Barmanns näherte und legte das Handy auf den Tresen, ohne die Antwort zu lesen. Bei dem allabendlichen Abnutzungskampf am Tresen würden die Armeen seiner Gehirnzellen ohnehin bald weiße Fahnen schwenken.

„Einen Rum-Cola und *bravas*, bitte. Dieser *Orujo* Schnaps ist ja noch ekliger als Underberg.“

Ohne erkennbare Reaktion räumte der Barmann die Gläser weg und bereite die erste Mischung für Tom vor.

„Hatte mir schon gedacht, dass du aus Deutschland kommst.“

„Wie bist du drauf gekommen?“

„Du hast doch eben was auf Deutsch ins Handy gesprochen, oder nicht?"

Tom nickte.

„Außerdem gehst du beim Trinken mit einer typisch deutschen Gründlichkeit ans Werk – oder ist das ein Klischee?."

Tom lachte kurz auf. „Und die Katalanen gelten als die Deutschen in Spanien."

„Ich bin kein Katalane," gab er Barmann trocken zurück und deutete auf das Schild über sich, auf dem Rincón Andaluz stand.

„Ach ja, du bist Andalusier."

Der Barmann bereitete die Mischung vor, Tom starrte weiter auf das Schild.

„Rincón hat auch mal bei uns gespielt", sagte Tom mehr zu sich.

„Das heißt?"

„Beim HSV", antwortete Tom und setzte eine Leidensmiene auf.

„Du bist aus Hamburg?"

Tom nickte und schaute sich um. Jetzt erst fiel ihm der grünweiße Fanschal neben der Bar auf. „Und dein stolzes Herz schlägt für Betis Sevilla?"

Fast schien es Tom, als ob der Barmann lächeln würde. Er konnte sich auch täuschen, denn um solch feine Mimik zu deuten, war er definitiv nicht geeignet.

„Ein Spieler hat bei Betis und bei uns gekickt", warf Tom in den Raum. „Noch gar nicht so lange her."

„Aha", entgegnete der Barmann und schien zu überlegen.

Tom setzte das Glas an seine Lippen und hörte es beim Barmann förmlich rattern.

„Kleiner Tipp: er ist Holländer."

„Rafael van der Vaart", rief der Barmann aus. „Hat uns aber nicht wirklich weitergebracht."

„Uns auch nicht“, gab Tom zurück und erhob sein Glas. „Auf Betis.“

„Und den HSV“, erwiderte der Barmann und prostete Tom mit einer kleinen Wasserflasche zu.

Das Leben könnte so einfach sein, dachte Tom. Zwei Männer in einer Spelunke in Barcelona, die nichts verband – außer Fußball.

„Wie läuft es gerade für Betis?“, fragte Tom.

„Hör bloß auf“, antwortete der Barmann mürrisch und verschwand mit einem Tablett Bier.

„Wie heißt du?“, fragte Tom den Barmann nach einer Weile und merkte selber, wie sehr er schon lallte. „Ich heiße Tom, Tomás eigentlich.“

Der Barmann hob den Kopf, sagte aber nichts.

„Es ist nämlich so“, setzte Tom an. „Du hast mir doch gesagt, dass du mich hier im Viertel schon gesehen hast, oder?“

„Das stimmt.“

„Wenn du mir morgen zum Beispiel, oder übermorgen oder wann auch immer über den Weg laufen solltest, nimm es nicht persönlich, wenn ich wie ein Arsch einfach ohne zu grüßen vorbeihumpeln sollte.“

Von der anderen Seite des Tresens kam keine Antwort.

Noch gab es für Tom ein Zurück, er musste in dieser Bar im Raval niemandem sein Herz ausschütten. Er hatte in Deutschland alle Zelte und Kontakte abgebrochen und hatte nicht vor, sich in Barcelona einen neuen Freundeskreis aufzubauen. Er war hierhergekommen, um sich zu bestrafen, um sich mit Alkohol zu Grunde zu richten, wie lange das auch immer dauern sollte. Ob Tom nach ein paar Monaten an der Flasche abhängig war? Er zeigte definitiv Anzeichen von Sucht. Sobald er zechte, ging es ihm besser, und er musste sich in das tägliche Quantum Alkohol nicht reinquatschen, er verzehrte sich danach. Und war er im Delirium, wollte er sterben, doch es überfielen ihn auch seltene Attacken von Sentimentalität, in denen Tom bewusst wurde, dass es nicht so einfach war, sein Leben loszulassen und für immer zu verschwinden. Im Augenblick hatte Tom das Bedürfnis, sich für sein auffälliges Sozialverhalten zu rechtfertigen. Wie viele Abstürze würde es noch benötigen, bis das nachließ? Wie viele Millionen Gehirnzellen musste Tom noch verlieren? Im dritten Anlauf entsperrte Tom sein Handy und suchte nach Antworten. Menschen hatten 500 Milliarden bis eine Billion Nervenzellen. Was würde wohl ein Blick unter seine Schädeldecke freigeben? Tom stellte sich seine Nervenbahnen nicht gut in Schuss gehalten wie das Bahnnetz der Schweiz vor, sondern mehr wie die sandigen Rumpelpisten eines afrikanischen Schurkenstaates. Wenn jedes komatöse Besäufnis ein paar Millionen davon vernichtete, würde es ganz schön lange dauern, bis das Bedürfnis vollkommen verschwinden würde, sich dann und wann mit anderen Menschen zu unterhalten, rechnete Tom. Aber benahm er sich so außergewöhnlich? Diese Bar hatte mit Sicherheit schon einige Alkoholiker kommen und für immer gehen sehen. Nur weil er drei Sätze mit dem Barmann über Fußball gesprochen hatte, machte den das nicht gleich zu Toms neuem Freund. Zusammengenommen mit heute – und der Abend war noch relativ jung – blieb er unter einer Milliarde bereits verloren gegangener grauer Zellen. Bei dieser Rechnung war jedes einzelne Besäufnis seines Lebens mitgerechnet, und er hatte die Zahl sogar ordentlich nach oben aufgerundet. Vielleicht war das mit dem langsamen Säufertod doch keine so gute Idee ...

„Mein Name ist Pedro“, sagte der Barmann und spülte weiter Gläser ab. „Du wolltest mir erzählen, warum du mich vielleicht nicht grüßen würdest, wenn wir uns auf der Straße begegnen.“

So ein Mist, dachte Tom, was sind die Menschen nur für

bekloppte soziale Wesen. Konnte er nicht einmal alleine in einer Kneipe sitzen, sich volllaufen lassen und zurück in sein Drecksapartment schleichen? Musste er den Barmann mit seinen Befindlichkeiten belasten? Tom hob sein Glas an und nickte Pedro zu. „Ich erkenne Menschen schlecht wieder. Besser gesagt, ich erkenne keine Gesichter wieder. Und das liegt nicht am Saufen."

„Aha. Hast du eine Sehschwäche?"

Tom nahm einen kräftigen Schluck. „Ich bin gesichtsblind."

„Habe ich noch nie gehört."

„Im Ärztesprech nennt sich das Prosopagnosie ."

„Prosopagno-was?"

„Es setzt sich zusammen aus den altgriechischen Wörtern für Gesicht und Nichterkennen." Tom hielt inne. „Ach, vergiss es. Mach mir lieber noch eine Mischung." Tom stierte in sein Glas und atmete schwer. Was ging einen Wildfremden seine Krankengeschichte an?

„Okay", sagte Pedro und stellte die Portion *patatas bravas* auf den Tresen.

Im Fernsehen erläuterte die Nachrichtensprecherin irgendwas zum Katalonienkonflikt. Dieses Thema, welches offensichtlich so viele Katalanen seit Jahren umtrieb, weckte bei Tom kein gesteigertes Interesse. Er sah der Frau zu, die keine Nachrichten vorlas, sondern eine Diskussionsrunde leitete, an der zwei weitere Frauen und ein Mann teilnahmen. Ständig fiel einer dem anderen ins Wort – typisch spanisch, wie Tom fand. Alle drei Frauen waren *rubias de bote*, Blondinen aus der Dose – also blond gefärbt. Da auch die Frisuren quasi identisch waren, sahen sie für Tom ziemlich gleich aus, zum Verwechseln ähnlich. Er nahm sein Handy und machte Fotos von den Frauen, wenn sie gerade in Großaufnahme zu sehen waren. Wie um sich seines Makels zu vergewissern, schaute Tom sich die drei Fotos mehrmals an. Er wischte auf dem Display nach links und wieder zurück, verharrte sekundenlang, suchte Details, verglich und wischte zum nächsten Foto. Kaum Unterschiede. Tom schaute sich nach dem Barmann um. Der war gerade mit Bier und Tapas zu dem Tisch unterwegs, von dem Tom annahm, dass dort wieder dieselben Bauarbeiter wie am Vortag saßen. Aber sicher war er sich nicht.

„Schau mal, Pedro", sagte Tom zum Barmann, als der an ihm vorbeiging, und hielt ihm das Handy hin. „Wie sehen diese Frauen für dich aus?", fragte Tom und merkte, dass er nicht mehr klar artikulierte.

„Drei typische *rubias de bote.*"

Tom kicherte in sein Glas. „Ja, das auch. Ich frage anders: kannst du die Frauen unterscheiden? Siehst du, wie alt sie sind? Ich sehe das nämlich nicht. Ich kann diese drei Frauen ums Verrecken nicht auseinanderhalten."

Pedro schaute sich die Fotos flüchtig an. „Diese hier ist dreißig, und diese wäre gerne noch dreißig. Dafür braucht sie morgens aber deutlich länger im Badezimmer. Und diese hier ist schon lange nicht mehr dreißig, möchte aber auch so aussehen. Deswegen hat sie schon einiges machen lassen." Der Barmann zog sich mit den Fingern die Haut am Jochbein nach außen, und danach fuhr er sich mit dem Zeigefinger über die Lippen. „Garantiert operiert."

Tom nickte und war erstaunt über die Redseligkeit des Barmannes, der plötzlich um den Tresen herumeilte und den Fernseher lauter stellte. Auf der rechten Seiten des Bildschirms stand ein Reporter, darunter die Einblendung: Mord in Barcelona.

„Heute ist gegen 12:15 Uhr ein 26 Jahre alter Mann im Stadtteil Raval auf offener Straße erschossen worden", sprach der schwitzende Reporter routiniert in die Kamera. „Schauplatz war die Plaça del Pedró im Stadtteil Raval. Ersten Ermittlungsergebnissen der Polizei zufolge handelt es sich bei dem Opfer um Yaku Mendoza, mehrfach wegen Drogendelikten vorbestraft. Die ermittelnden Beamten schließen eine Verbindung der Tat ins Drogenmilieu nicht aus. Der Schütze, der dem Opfer vermutlich zweimal aus kurzer Distanz aus einer Waffe mit Schalldämpfer in die Brust schoss, floh laut Zeugenaussagen zu Fuß."

„Danke, Pau", sagte eine der blonden Frauen auf der anderen Bildschirmseite, „wir werden gleich erneut direkt zu dir zurückschalten. Aber gerade erhalte ich die Meldung, dass die südkoreanische Touristin, die gestern am Nachmittag ebenfalls im Viertel Raval in Barcelona Opfer eines Gewaltverbrechens geworden war, ihren schweren Kopfverletzungen erlegen ist."

Die Sprecherin redete weiter, aber an Tom rauschten die Sätze vorbei. Für ein paar kurze Augenblicke ging ihm durch den Kopf, dass er nicht der einzige war, dessen Leben nicht in der Spur war.

„Was geht denn hier im Viertel ab! Erst werde ich von dem Typen vermöbelt, der jetzt zum Mörder geworden ist. Und dann wird auf offener Straße ein Drogendealer erschossen. Auch wenn das nicht die Sorte Mensch ist, der man viele Tränen nachweint." Tom kam richtig in Fahrt. „Was passiert als nächstes? Und warum tut die verdammte Polizei eigentlich nichts. Ständig sind die hier unterwegs. Ich habe hier schon Polizisten auf Fahrrädern gesehen, und vor ein paar Tagen auf Gott verdammten Gäulen, die ..."

„Sei mal kurz ruhig", unterbrach ihn der Barmann und drehte den Fernseher noch ein bisschen lauter.

Auf der rechten Bildschirmseite war wieder der Reporter zu sehen, im Hintergrund das Polizei-Flatterband des Tatorts, daneben zwei Einsatzwagen. Neben dem Reporter stand eine Frau, deren Körpersprache Tom sagte, dass sie viel lieber gerade woanders sein würde – und nicht im nationalen Fernsehen.

„Wie wir soeben erfahren haben, ist die Frau neben mir

Zeugin des Mordes geworden. Sie haben den Täter gesehen?", fragte der Reporter und hielt der Frau das Mikrofon fast direkt ins Gesicht.

Die Frau suchte offensichtlich nach Worten. Tom nahm sein Handy vom Tresen und machte auch ein Foto von ihr.

„Ich habe eigentlich gar nichts richtig gesehen", sagte die Frau schließlich. „Als ich zum Platz gekommen bin, muss es ein paar Augenblicke zuvor geschehen sein. Der Mann lag auf dem Boden, und andere Menschen waren bereits bei ihm."

„Da war der Mann schon tot?", hakte der Reporter nach.

„Das weiß ich nicht, aber ich vermute schon. Sein T-Shirt war voller Blut."

„Sie haben den flüchtenden Täter gesehen. Wie sah er aus?"

„Ich habe das eben schon der Polizei gesagt, ich habe *jemanden* gesehen, der sich vom Mann am Boden entfernt hat. Von hinten. Ich habe nicht gesagt, dass ich den Täter gesehen habe."

Die Frau bewegte sich langsam aus dem Bild heraus, die Kamera und der Reporter folgten ihr.

„Mehr habe ich nicht zu sagen." Die Frau drehte dem Reporter endgültig den Rücken zu und ging.

„Was für Aasgeier", seufzte Tom. „Müssen diese Sensationsjournalisten die arme Frau unbedingt vor die Kamera zerren?"

Der Barmann drückte auf die Fernbedienung und zappte durch die Kanäle, bis er eine Gameshow anließ. „Zwei Tote an zwei Tagen, das ist wirklich genug."

Tom zeigte dem Barmann erneut die Fotos. „Für mich sehen alle fast identisch aus. Die Gesichter sind für mich eine einzige konturlose Masse. Ich sehe Augen, Nase und den Mund. Wenn die Frauen eine nach der anderen hier in deinen Laden hereinspazieren würden, ich hätte keine Chance. Ich wüsste nicht, dass ich sie eben noch im Fernsehen gesehen habe. Und erst recht nicht, wenn ich sie morgen oder übermorgen sehen würde."

„Krass", sagte der Pedro. „Und woher wusstest du vorhin, als du reingekommen bist, dass ich ich war."

„Das wusste ich nicht. Aber wer sollte sonst hinter dem Tresen stehen, habe ich mir gedacht." Tom hob sein fast leeres Glas. Er war ja nicht zum Spaß hier.

Pedro füllte den Rum bis kurz unter den Glasrand ein, schob die Mischung zu Tom und stellte eine Colaflasche daneben. „Wie unterscheidest du Menschen?"

„Gute Frage. An der Stimme, der Körperhaltung. Frisuren und Kleidung helfen auch."

„Sag mir nochmal, wie heißt die Krankheit heißt?"

„Prosopagnosie. Wird auch Gesichtsblindheit genannt."

„Und das kommt nicht durch den ganzen Alkohol?"

Tom füllte ein paar Tropfen Cola in sein Glas und atmete dabei tief ein uns aus. „Ich würde eher sagen, ich trinke deswegen."

Mit Mühe fummelte Tom den Reißverschluss seiner Hose zu, als er von der Toilette wiederkam. Mittlerweile war er der einzige Gast, eine letzte Mischung wartete noch auf dem Tresen auf ihn, ehe es zurück in die Drecksbude ging. Tom schwankte durch den engen Gang. Unter seinem lahmen rechten Fuß knirschte es, und noch ehe Tom wusste, wie ihm geschah, knallte er der Länge nach zu Boden. Er war nicht zum ersten Mal im Suff gestürzt. Auch jetzt schien er sich nicht verletzt zu haben. Beim Sturz hatte Tom einen Reissack, der im Gang stand, umgeworfen. Stöhnend richtete er den Sack wieder auf. Ärger mit dem Barmann wollte sich schließlich kein Säufer einhandeln. Der Sack hatte ein kleines Loch, aus dem Reis auf den Boden rieselte. Jetzt wurde Tom der Zusammenhang klar – er war auf den Reiskörnern ausgerutscht wie ein Anfänger auf Schlittschuhen.

Der Barmann hatte die Stühle hochgestellt und wischte den Boden. Tom hievte sich schwerfällig auf den Barhocker und setzte das Glas an. Irgendetwas ist anders als eben, überlegte er. Es war die Musik. Und sie war laut. Pedro glaubte sich offensichtlich unbeobachtet und wippte im Takt mit, sein Wischmopp wurde ihm zur E-Gitarre. Die Musik kannte Tom, aber er hatte sie seit Ewigkeiten nicht mehr gehört. *Shout At The Devil* dröhnte aus den Boxen und Tom dachte ‚oh mein Gott, das ist die Crew, das ist Mötley Crüe'. Seine erste LP, da war er elf. Was hatten seine Eltern sich aufgeregt. Über den Text und wie die Band aussah mit der all der Schminke und den Frauenklamotten. So sehr Tom versuchte, in Barcelona die Erinnerungen an seine Vergangenheit gegen das Nichts einzutauschen, der Soundtrack seines Lebens hatte sich tief in die synaptische Festplatte eingebrannt. Tom grölte *Shout At The Devil* aus vollem Halse mit. Der Barmann fuhr herum, bangte seinen Kopf und streckte Tom den Wischmopp als Mikrofonersatz entgegen.

6

Hinter Tom hatte es gehupt. Er schleppte sich von der Straße in den Schatten und ließ den Lieferwagen passieren, der orangefarbene Gasflaschen auf der Ladefläche transportierte. Die eiskalte Dusche hätte er sich sparen können, das T-Shirt klebte ihm bereits wieder am Körper. Tom setzte sich schwerfällig in Bewegung und ihm blieb fast das Herz stehen, als ein Skateboarder haarscharf an ihm vorbeischoss. Eines Tages würde ihn einer von diesen Rowdys über den Haufen fahren. Wenn man Worte wie Rowdy in seinem Wortschatz hat, gehört man definitiv zum alten Eisen, dachte er bei sich. Mit einer Hand stützte er sich an der Wand einer Sporthalle ab, deren große Fenster den Blick ins Innere freigaben, wo Jugendliche auf drei Feldern Basketball spielten. Tom war flau im Magen, und er hatte das Gefühl gleich zusammenzubrechen. Er schloss die Augen und atmete ein paar Mal tief ein und aus.

„Alles klar bei dir?"

Tom schlug die Augen auf und sah einen dunkelhäutigen Mann mit einem Einkaufswagen voller Elektroabfälle neben sich.

„Geht schon", presste Tom heraus.

„Du musst immer viel Wasser trinken, sonst ist es bald aus mit dir", sagte der Mann mit dem Akzent einer afrikanischen Sprache und lachte mit all seinen weißen Zähnen ein kehliges Lachen. Er schien jung zu sein und war ziemlich groß, bestimmt über 1,90 Meter.

„Ich ruhe mich nur kurz im Schatten aus", sagte Tom und schaute in die Sporthalle.

Der Mann beugte sich nach vorne und zog eine große Wasserflasche aus dem Einkaufswagen, hielt sie ein paar Zentimeter über seinen Mund und ließ das Wasser hineinlaufen. So trinkt man in Spanien, dachte Tom. Solange er sich erinnern konnte, fand er diesen Unterschied bemerkenswert. In Deutschland setzte man die Flasche an die Lippen, in Spanien hielt man sie über den Mund. Auch Tom hatte früher wie ein Deutscher getrunken, aber bei den Sommerurlauben in der Nähe von Torremolinos hatte er sich schnell von seinen Cousins abgeschaut wie man in Spanien aus der Flasche trank. In der Schule, beim Basketball, bei der Polizei, überall wurde Tom schräg von der Seite angeschaut. Dabei lagen die hygienischen Vorzüge dieser Technik auf der Hand.

„Trink. Das Wasser ist noch kalt", sagte der Mann und hielt die Tom die Flasche hin.

Tom griff zu und trank ein paar kräftige Schlucke. Wie ein Spanier, nur dass ihm Wasser am schlappen rechten Mundwinkel den Hals hinunter auf sein T-Shirt lief und dort eine dunkle Spur hinterließ. Dieser verdammte Schlaganfall! Ein paar Augenblicke schaute Tom dem Mann hinterher. Ein vorüberfahrender Roller schluckte das Klacken seinen Badelatschen. Schwarzes T-Shirt, karierte Shorts, Einkaufswagen, dachte Tom, als der Mann in einer Seitenstraße verschwand. Wie das Gesicht aussah, wusste Tom schon nicht mehr.

Die Spielfelder in der Sporthalle lagen ein paar Meter unter dem Straßenniveau. Tom schaute den Schülern eine Weile zu, nur auf dem mittleren Feld wurde noch gespielt. Das Dribbeln des Balles, quietschende Sohlen und die Anfeuerungsrufe der Mitschüler drangen zu Tom hinaus. Die Mannschaft im Angriff spielte ohne T-Shirts. Die Jungs schätzte Tom auf 14 oder 15. Der Aufbauspieler war schlank, hatte aber schon eine Menge Muskeln. Immer wenn er den Ball hatte, kreischten ein paar Mädchen von der Seitenlinie. Er dribbelte auf die rechte Seite und passte den Ball zum Flügelspieler. Kurz fintierte er nach innen, so brachte er seinen Gegenspieler etwas aus der Balance und zog Richtung Korb. Vehement forderte der Aufbauspieler den Ball zurück, bekam ihn, machte noch zwei

Schritte und sprang kraftvoll ab. Der gegnerische Center streckte die langen Arme zum Block, doch der Angreifer hatte den Ball rechtzeitig losgelassen. Ohne den Ring zu berühren streifte der Ball durch das Netz und prallte auf den Boden. Der Lehrer beendete die Partie mit einem langen Pfiff, die Mitspieler klatschten ihren besten Spieler ab, und an der Seitenlinie steckten einige Mädchen ihre Köpfe zusammen.

Wenn Tom sich bei seiner alltäglichen Routine am Tresen nur genug Mühe geben würde, er war sich sicher, irgendwann würden alle Erinnerungen nach und nach verschwinden. Aber noch war es lange nicht so weit. Im Gegenteil: Alkohol machte Tom sentimental und die schmerzvolle Vergangenheit kam Tag für Tag zurück und quälte ihn. Qualen, die er verdient hatte. In seinem früheren Leben hatte Tom auch Basketball gespielt. Davon existierten immer noch ein paar Erinnerungen, kaum mehr. Alle Pokale, Trikots, Fotos und auch die VHS Kassetten von den Meisterschaftsspielen hatte Tom in einem großen Karton begraben und dort das Wort Müll raufgeschrieben. Wie auf alle anderen Kartons, die Persönliches von ihm enthielten und auf der Straße landeten. CDs, Platten, Bücher, Briefe, USB Sticks und externe Festplatten hatten verschwinden müssen. Er musste verschwinden. Aber noch waren Erinnerungen da. Und bei den Basketball spielenden Schülern kam nicht nur Toms Vergangenheit zurück, in solchen Augenblicken dachte er ganz besonders an seinen Sohn. Zum letzten Mal hatte er Falk auf der Beerdigung gesehen. Es hatte Tom wahnsinnig gemacht, als er ihn zwischen Mellis Eltern gesehen hatte. Zwei Tage vor seinem siebzehnten Geburtstag – auf der Beisetzung seiner Mutter. Da lebte Falk bereits bei Toms Schwiegereltern in einem Haus mit Elbblick. Sie hatten Tom immer das Gefühl gegeben, nicht gut genug für ihre Tochter zu sein. Während auf der Trauerfeier *Space Oddity* von David Bowie gespielt wurde, Mellis Lieblingslied, verlor Toms Schwiegermutter vollkommen die Contenance und verfluchte ihn. Nur er sei verantwortlich für den Tod ihrer Tochter. Viel schlimmer noch war Falks Reaktion: sein Sohn hatte aufgehört mit ihm zu sprechen. Tom stand verlassen auf dem Mond herum, und die Landefähre verschwand im Dunkel des Weltalls. Er hockte im Rollstuhl am offenen Grab, zugedröhnt mit Schmerzmitteln, natürlich hatte es auf der Beerdigung geschüttet. Die Wege auf dem Friedhof waren aufgeweicht, und so saß Tom vollkommen durchnässt am Grab, bis ihn endlich ein Kollege abholte.

Wie viel würde Tom trinken müssen, um die Erinnerung an seinen Sohn auszulöschen? Mit der Beflissenheit eines deutschen Beamten, der er über zwanzig Jahren gewesen war, würde Tom sein Vorhaben umsetzen. Wie sollte Falk seinem Vater jemals den Tod seiner Mutter verzeihen? Tom fummelte das Handy aus seiner Hosentasche und tippte den Sperrcode ein, Falks Geburtsdatum. Er ging zu den Kontakten. In seiner ersten Nacht in Barcelona hatte Tom alle entfernt, nur der von Falk war noch da. Doch auch diesen Kontakt würde Tom noch löschen.

Tom hinkte weiter und ließ die Sporthalle hinter sich. Vor ihm öffnete sich ein parkähnliches Areal, auf dem der einsame Schornstein einer alten Fabrik in den Himmel ragte. In nicht mal hundert Meter Entfernung machte Tom die alten Mauern von Sant Pau del Camp aus. Es war unter anderem die Erinnerung an diese kleine romanische Kirche, die Tom wieder nach Barcelona gezogen hatte. In Deutschland war nach dem Unfall und dem Tod seiner Frau sein altes Leben wie wegradiert. Bevor ein Disziplinarverfahren gegen Tom eingeleitet werden konnte, hatte er bereits gekündigt. Auf die Pensionsansprüche pfiff er und würde es nur als gerecht empfinden, wenn Mellis Eltern und auch Falk zivilrechtlich gegen ihn klagen würden. Der lange Arm der deutschen Justiz dürfte keine Schwierigkeiten haben, Tom in seiner Drecksbude im

Raval aufzuspüren.

Toni hatte Tom die Kirche Sant Pau del Camp gezeigt. Toni war der Grund, warum er vor fast dreißig Jahren am liebsten in Barcelona geblieben wäre. Wegen diesen fernen Erinnerungen an Toni hatte sich Tom Barcelona als Exil ausgesucht. Der Sommer nach dem Abi, die zwei Wochen der Olympischen Sommerspiele, die unbeschwerteste Zeit seines Lebens. Mit Claus hatte er damals immer gescherzt, wenn es eine Zeit geben würde, in der er ewig weiterleben möchte, dann diese. Nach Möglichkeit aber mit den finanziellen Möglichkeiten seiner Eltern und nicht nur mit den Hosentaschen voller Peseten. Der Ernst des Lebens würde noch früh genug kommen. Tom hatte diesen Ausdruck immer gehasst. Aber der Ernst des Lebens hatte auch ihn ziemlich schnell am Schlafittchen gepackt.

In der Bar Marsella hatte Tom Toni am Tresen kennengelernt. Vor ein paar Wochen, an einem seiner ersten Abende in Barcelona, war er wieder dort gelandet. Es sah zwar noch so aus wie er es in Erinnerung hatte, mit der abgeplatzten Farbe an der Decke, der dunklen Holzvertäfelung und den Glasschränken mit den vielen Absinthflaschen. Aber Tom hatte keine Lust, zwischen lauter Touristen zu zechen.

Damals war Toni mit ein paar Freundinnen unterwegs gewesen. Als Tom sie ansprach, begrüßte sie ihn mit den Worten: „He *guiri*, wie geht's?“ Toni sah aus wie Gabriela Sabatini, nur ohne das breite Kreuz und viel hübscher.

„Warum denkst du, dass ich ein Tourist bin?“, antwortete Tom und es fuchste ihn, schließlich sprach er akzentfrei Spanisch und hatte eine spanische Mutter.

„Das sage ich dir, wenn du mich und meine Freundinnen zu einem Drink einlädst, *guiri*.“

Tom schaute hinüber zu der Gruppe hinter Tonis Rücken und zählte durch.

„Wenn du die Antwort wissen willst, solltest du nicht am

falschen Ende sparen. Wir sind zu fünft. Ist es dir das wert?"

Zwar hatte Tom ein knappes Reisebudget, aber er wollte nicht riskieren, dass das Mädchen wegen seiner Knauserigkeit abgeschreckt war.

Auch Toni war gerade mit der Schule fertig geworden. Seit ein paar Wochen war sie achtzehn. Für seine Verhältnisse war Tom Ende Juli braungebrannt. Aber er war blond und Toni hatte schwarze Haare und braune Augen. Ihre tiefdunkle Haut bildete in der schummrigen Barbeleuchtung einen fantastischen Kontrast zum Weiß ihrer Augen und zu den schönen Zähnen.

„Wieso sehe ich aus wie ein *guiri*?" Die Frage war noch offen.

„Ich muss jetzt los", sagte Toni, stellte sich auf die Zehenspitzen, legte die Arme um Toms Hals und gab ihm ein Küsschen rechts und eins links, wie es in Spanien üblich war. Doch die Küsschen dauerten einen Tick zu lang und waren auch nicht auf der Wange gelandet, sondern hatten leicht den Mund berührt.

„Wenn du mich wiedersehen willst, komm morgen um fünf Uhr nachmittags zur Kirche Sant Pau del Camp, *guiri*."

Und weg war sie.

Mit Kugelschreiber hatte Tom sich den Treffpunkt auf den Unterarm gekritzelt. Noch in derselben Nacht fragte er den Nachtportier des Peninsular nach dem Weg. Die Kirche lag keine 400 Meter vom Hotel entfernt, ebenfalls im Raval. Claus hatte für das Date kaum Verständnis. Er glaubte fest daran, Tom würde alleine vor der Kirche stehen. Außerdem hatten die beiden am kommenden Tag Karten für das Schwimmstadion. Claus war großer Schwimm-Fan und wollte unbedingt den Star der US-Mannschaft, Matt Biondi, live erleben. Verstimmt verließ Toms Kumpel morgens das Hotel und machte sich alleine auf den Weg zum *Montjuïc*.

Tom wartete seit kurz vor 17 Uhr am Eingang der Kirche

und betrachtete die eingeritzten Zeichen oberhalb des Portals, die wahrscheinlich noch älter waren als die romanische Kirche selbst. Aus der Nähe wehte das fröhlich aufgeregte Stimmengewirr von spielenden Kindern herüber. Als Tom um 17:15 Uhr noch alleine war, machte er sich keine Gedanken. Schließlich hatte Tom spanische Verwandtschaft, die Verspätungen waren legendär. Als Deadline setzte sich Tom 17:30 Uhr, Toni kam noch mal zehn Minuten später. Sie trug weiße Bermudas und ein türkisfarbenes Top. In der Hand hielt sie lässig eine Jeansjacke. Tom fand, dass sich das Warten gelohnt hatte.

„Hallo *guiri*", begrüßte sie ihn, „ich muss dir was zeigen." Toni zog Tom in die kühle, dunkle Kirche hinein. Nur durch kleine Fenster fiel ein bisschen Licht auf den schlichten Altar.

„Schön, oder?"

Tom nickte und schaute sich in der Kirche um, die beiden waren alleine. Toni hatte sich die Jeansjacke übergezogen und ging zu einer Seitenkapelle. Tom folgte ihr. In Augenhöhe war eine Gedenkplatte in den Stein eingearbeitet. Was dort genau darauf stand, konnte Tom nicht enträtseln. Es war auf Katalanisch.

„Bis hierhin ist nach heftigen Regenfällen am 23. August 1981 das Wasser gestiegen. Über zwei Meter hoch", sagte Toni und schaute zu Tom. „Das ist eine meiner ersten ganz bewussten Erinnerungen, ich war gerade sieben Jahre alt. Mit meinem Vater bin ich ein paar Tage nach den Überschwemmungen hierher gekommen. Die ganze Umgebung hier im Raval war voller Schlamm. Die armen Menschen. Wir haben damals zum Glück in einer Wohnung im dritten Stock gewohnt. Es war schlimm, ganz schlimm. Das kann man sich alles kaum vorstellen, oder?"

Tom wusste nicht, was er sagen sollte, und brachte nur ein Nein heraus. Toni nahm seine Hand und fragte: „Wo gehörst du hin, *guiri*?"

Darauf wusste Tom erst recht nichts zu sagen.

Kurz danach hatten sich die beiden zum ersten Mal geküsst. Und fast dreißig Jahre später hatte Tom diesen Tag präsent, als sei es erst eine Woche her. So vieles hatte Tom vergessen, verdrängt oder durch die Sauferei vernichtet – aber diese Momente erlebte er in einer gnadenlosen Klarheit, die ihm Angst machte.

7

Der Mann konnte nicht glauben, dass keine Polizei bei ihm aufgetaucht war. Er hatte Yaku Mendoza zwei Mal in die Brust geschossen. Die Straße war belebt, und es soll keine Zeugen gegeben haben, die ihn erkannt hatten oder so genau beschreiben konnten, dass die Spur zwangsläufig zu ihm führen musste. Der Kirchenbesuch hatte ihn nicht in einen frommen Christen verwandelt, der an Wunder glaubte. Aber genau wie ein Wunder war es ihm vorgekommen. Wäre er verhaftet worden, hätte die Polizei ihn auf der Flucht gestellt und erschossen, der Mann hätte jeglichen Ausgang seines Handelns akzeptiert. Ihm war es darum gegangen, ein Zeichen zu setzen. Ein Zeichen gegen die Drogen in seinem Viertel. In all den Jahren hatte er nicht nur die Auswirkungen der Drogen auf die Gemeinschaft hilflos beobachtet. Es war auch die Gewalt, die ihn erschütterte. Und ganz besondere die Gewalt gegenüber Frauen, die sich von Generation zu Generation in den Familien zu vererben schien. Der Mann lebte in einem zivilisierten Land, glaubte er an guten Tagen, um tags darauf von tratschenden Hausfrauen zu erfahren, wie dieser oder jener mal wieder richtig bei einer Frau hingelangt, ihr ein blaues Auge oder Schlimmeres verpasst hatte. Aber diese Art von Tratsch gehört fast schon zu den guten Nachrichten. Wie oft berichtete das Fernsehen über Fälle, die nicht so glimpflich abliefen. Wenn Frauen krankenhausreif geprügelt wurden, wenn ach so stolze Ehemänner ihre Frauen erniedrigten, erstachen, erschossen, entsorgten. Der Mann wusste, dass im Ausland von den stolzen Spaniern gesprochen wurde. Wo kam dieser Stolz bitte her? Weil vor ein paar hundert Jahren spanische Männer die Welt dominiert hatten und seitdem ein Teil seiner Geschlechtsgenossen an Phantomscherzen litt? Oder war man auch innerfamiliär noch nicht in der Demokratie und in der Neuzeit angekommen? Verharrte man in den

Strukturen, in denen ein absoluter Souverän, ob nun König, Konquistador, Diktator oder der Mann im Haus seinen Willen ohne Furcht auf Konsequenzen gegen die Schwächeren durchsetzen konnte? Der Mann war bestimmt kein Feminist, aber er hasste diese toxische Männlichkeit. Kam es zu Gerichtsverhandlungen, die Strafen waren oft lächerlich gering. In der Straße, wo der Mann lange gelebt hatte, dem Carrer Joaquín Costa, wohnte so ein unbelehrbares Prachtexemplar, Ramón Rodríguez. Der Typ hatte den Tod mindestens so verdient wie der Drogendealer.

Die Pistole hatte der Mann nicht dabei, seit dem frühen Morgen war viel Polizei im Viertel. Auch das Handy hatte er Zuhause gelassen. Wer plante ein Verbrechen und war so blöd, sein Mobiltelefon mitzunehmen? Das war gesunder Menschenverstand, und außerdem schaute der Mann gerne Krimis und Serien, in denen immer das Gute siegte. Viel Polizei auf den Straßen war ein gutes Zeichen, dass sich etwas tat gegen Drogen und Gewalt, solange keine säumigen Mieter durch die Polizei aus ihren Wohnungen vertrieben wurden. Das war das Letzte, fand der Mann. Obwohl es ihm noch immer einerlei war, ob er für den Dienst, den er der Gesellschaft leistete, verhaftet oder getötet wurde, gefiel er sich heute mehr in seiner Rolle als am Tag zuvor. Er war vorsichtiger, und dazu gehörte, nicht mit einer Pistole mit Schalldämpfer in der Jackentasche von der Polizei angehalten zu werden.

Wie in den Wochen zuvor trank der Mann in einem Café seinen cortado mit wenig Milch und schaute hinüber zum Herrenfriseur, wo Ramón Rodríguez ein paar Minuten zuvor im Sessel Platz genommen hatte. Seine alte Straße hatte sich verändert, ging es dem Mann durch den Kopf. Er sah viele Geschäfte, die es vor ein paar Jahren noch nicht gegeben hatte. Wenn die Zeichen auf Veränderung standen, machten sich Handyläden und kleine Supermärkte breit, das hatte der Mann nicht nur in dieser Straße beobachtet. Doch es waren auch vertraute Geschäfte geblieben: der kleine chinesische Basar lag noch immer neben dem arabischen Metzger und nebenan ein locutorio mit den typischen Telefonzellen und den Angeboten im Schaufenster, um günstige Ferngespräche in alle Welt zu führen.

In der Wahl seiner Kleidung erwies er sich als nicht besonders kreativ, dachte der Mann, während er in sein Croissant biss. Doch mit dunkler Baseballkappe und Sonnenbrille, die er im Café aufbehielt, sollte er an einem heißen Junitag in Barcelona keine große Aufmerksamkeit erregen. Die dünnen hautfarbenen Latexhandschuhe waren nur schwer zu erkennen und wirkten nicht verräterisch. Auf der anderen Straßenseite rotierte der rot-weiß-blaue Barbierpfosten träge vor sich hin. Im Salon wartete Ramón Rodríguez mit eingeschäumtem Gesicht und Hals auf die Rasur. Der Friseur begann sein Werk, nachdem er seinem Kunden mit kleinen feuchten Umschlägen die Augen bedeckt hatte. Alles lief so, wie in der Woche zuvor. Gleich würde der Friseur ins Café kommen und sich einen cortado con hielo zum Mitnehmen bestellen, einen Kaffee mit Milch und Eis. Das Zeitfenster des Mannes, um zur Tat zu schreiten, würde sich für knappe drei Minuten öffnen.

Draußen wurde es unruhig. Menschen eilten plötzlich am Café vorbei, einige schrien oder fingen hektisch an zu telefonieren. Rechts die Straße runter schien ein mächtiger Sog zu entstehen. Früher als erwartet stürzte auch der Friseur auf die Straße. Im Café legte der Mann schnell fünf Euro auf den Tresen und folgte den andern Gästen und der Bedienung auf die Straße. Von weiter unten im Carrer Joaquín Costa schrillten Trillerpfeifen und wütendes Gebrüll aus einem Megafon durch die stickige Mittagsluft. Eine Gruppe von vielleicht zwölf Personen hatte sich ineinander verkeilt und versuchte einem Trupp Polizisten den Weg zu versperren. Die Lage schien eindeutig. Dort sollte wieder so ein armer Teufel, der seine Hypothek nicht mehr zahlen konnte, aus seiner Wohnung vertrieben werden.

Hinter der Menschentraube zwischen Café und Herrenfriseur schlich sich der Mann vorbei. Vor dem Betreten drehte er sich kurz um und glitt lautlos in den Laden. Keine drei Meter entfernt saß Ramón Rodríguez im Friseurstuhl, die Augen bedeckt, Kopfhörer im Ohr. Der Mann schnappte sich einen Friseurumhang mit Ärmeln und schlüpfte von vorne hinein. Das Rasiermesser wäre die Waffe seiner Wahl gewesen, aber dafür hätte er um Ramón Rodríguez herumgehen müssen. Kurz entschlossen griff der Mann eine der herumliegenden Scheren, ging noch einen Schritt näher und stach dem Vergewaltiger und Totschläger vier Mal in den Hals. Schon der erste Stich war gut gesetzt, die anderen folgten blitzschnell. Ramón Rodríguez zuckte im Sessel und griff panisch an seinen Hals. Sein Mund formte sich zu einem gurgelnden, fast tonlosen Schrei, während das Blut im fingerdicken Strahl aus dem Körper im Todeskampf herauspulsierte. Euphorisiert verließ der Mann den Laden, den blutverschmierten Umhang hatte er auf den Boden fallen lassen. Niemand aus der Menschtraube auf der Straße nahm Notiz von ihm, alle waren immer noch mit der Wohnungsräumung beschäftigt. Der Mann hatte sich ein großes weißes Friseurhandtuch wie eine Kapuze über den Kopf gelegt, um die Blutspritzer auf seinem Gesicht zu verdecken. Ein Schreck durchzuckte ihn, er fuhr herum und schaute auf den Boden. Doch es war alles in Ordnung, seine Schuhe hinterließen keine blutige Spur. Der Mann bog in den Carrer del Tigre ein, passierte den alten Tanzsaal La Paloma, und mit jedem Schritt wurde seine Gewissheit größer. Er hatte genau richtig gehandelt. Wenn er auch jetzt wieder ungeschoren davon kommen sollte, vielleicht hielt jemand oder etwas die Hand schützend über ihn. Wer konnte das sagen.

8

Die Frau hörte einfach nicht auf zu schreien. Tom presste das Kopfkissen fest gegen seine Ohren, trotzdem quälte ihn die krächzende Maschinengewehrstimme weiter. Nach einem ermattenden Spaziergang, der Tom nur zum nächsten paki und wieder zurück geführt hatte, war er auf der Matratze eingeschlafen. Unter dem Kopfkissen hindurch schielte Tom zum offenen Balkonfenster. Sein Blick blieb an der Zigarettenpackung hängen. Was für ein Quatsch, jetzt noch mit dem Qualmen anzufangen, dachte Tom. Selbst bei größter Mühe würde er keinen Lungenkrebs mehr bekommen, aber trotzdem war jede einzelne Zigarette ein weiterer Sargnagel: wenn schon Richtung Abgrund, dann mit vollem Einsatz.

So richtig zu verstehen war die Frau vom Nachbarbalkon nicht, aber der Tonfall erinnerte Tom an die Hasstiraden, mit denen seine Schwiegermutter ihn zugedeckt hatte – noch vor Mellis Tod. Scheinbar ging es um die Toten der vergangenen Tage. Tom schlurfte in die Küche, pulte einen der angeschmolzenen Eiswürfel aus der riesigen Tüte, die er vorhin gekauft und im Waschbecken liegengelassen hatte.
und goss sich eine frische Mischung ein.

Mit einem Knarren öffnete sich die Tür zum Trittbalkon, der gerade mal tief genug für Toms große Füße und eine Gasflasche war. Bei der Hitze hielt Tom es nicht für nötig, sich ein T-Shirt überzuziehen. Auf dem Nebenbalkon ging unterdessen das Gezeter weiter. Seine Nachbarin trug die fast weißen Haare kurz und hatte den typischen spanischen Oma-Kittel in der karierten Sommerversion an. Sie nahm keinerlei Notiz von Tom. Der Redeschwall brach ab, jetzt war die Nachbarin von vis-à-vis dran, die im Oma-Kittel in der längsgestreiften Variante steckte. Tom hörte den beiden eine Weile zu, bis er es verstand. Es hatte anscheinend einen weiteren Mord im Raval gegeben.

„Wenn ich es dir doch sage,“ brüllte es von gegenüber. „Die Kehle war aufgeschlitzt und die Zunge hing raus. Dios mio, das sind Mafiamethoden, mein Neffe, der Manolito, hat es von einem Polizisten erfahren, der am Tatort war.“

„Nein, nein“, setzte die Karierte an. „Mit einem Schinkenmesser ist dem Mann der Bauch aufgeschnitten worden, und die Augen waren ausgestochen. Wenn ich es dir doch sage. So haben sie es vorhin im Fernsehen erzählt. Sagt mein Emilio.“

In seinen Jahren bei der Mordkommission hatte Tom ebenfalls einige schlimm zugerichtete Leichen gesehen, deswegen hatte er gleich Bilder zu den Schilderungen der Nachbarinnen vor seinem geistigen Auge. Aber er wusste auch, wie die Sensationspresse und angebliche Augenzeugen die Fakten zu einem toxischen Gebräu hochkochen konnten. Mehr als einmal hatte das Tom und seinen Kollegen die Arbeit erschwert. Seine Nachbarinnen setzten munter ihre Spekulationen fort, nun hatte die Gestreifte wieder zu einem Monolog angesetzt.

Tom drückte die Zigarette am Balkongeländer aus und lehnte sich ein Stück vor. „Entschuldigen Sie, Señora“, sagte Tom, doch das Gezeter ging weiter. Señora, eine Sache“, rief Tom diesmal deutlich lauter über die Straße, die höchstens sechs Meter breit war. „Ich habe es ganz anders von meinem schwulen Schwager gehört, der einen sehr, wirklich einen sehr, sehr guten Freund bei der Polizei hat. Also nur einen Freund, der Mann ist glücklich verheiratet und hat zwei ganz entzückende Kinder. Und dieser Freund, ein zuverlässiger Mann, hat erzählt, dass ...“, Tom machte eine Pause, legte den Zeigefinger auf die Lippen und fuhr leiser fort, „der Mann, bevor er aufgeschlitzt wurde, mit den Füßen am Ventilator aufgehängt wurde, und alle Wände, alle Spiegel, wirklich alles voller Blut war. Als die Polizei eintraf, ist das Blut aus dem Laden auf die Straße geflossen.“

Die beiden Frauen schauten Tom ungläubig an. „Guten

Tag, Señoras", sagte Tom und ging mit einem Schmunzeln im schiefen Gesicht wieder in die Wohnung. Von draußen tönte wieder das anschwellende Gezeter der Nachbarinnen.

Im zugemülllten zweiten Zimmer der Wohnung hatte Tom irgendwann in den letzten Wochen einen kleinen Fernseher ausgemacht. Er zerrte das altmodische Gerät ins große Zimmer der Wohnung und schloss es an. Der Fernseher funktionierte tatsächlich noch, und nach ein bisschen Rumprobieren hatte Tom einen Sender ausfindig gemacht, der über den letzten Mord berichtete. Vermutlich ist derselbe Reporter am Tatort wie gestern, vermutete Tom. Aber wie immer war er sich da keineswegs sicher. Er sah einen Mann um die dreißig, das kurze dunkle Haar mit reichlich Gel zur Seite gedrückt. Unter den Armen des dunkelblauen Hemdes breiteten sich Schweißflecken aus. Die Einblendung wies den Journalisten als Pau Montanyer aus.

„Ich befinde mich im Carrer Joaquín Costa in Barcelona im Stadtteil Raval. Innerhalb von vier Tagen sind hier drei Menschen getötet worden. Ob zwischen den Taten ein Zusammenhang besteht, ist nach Polizeiangaben derzeit noch unklar. Hinter mir", sagte der Reporter und die Kamera schwenkte über das Flatterband zum Schaufenster eines Friseursalons, „ist heute der 34 Jahre alte Ramón Rodríguez auf brutale Art und Weise getötet worden. Wahrscheinlich ist das Opfer mit einer Friseurschere erstochen worden. Der Inhaber des Geschäfts wird zurzeit vernommen. Das Opfer war mehrfach vorbestraft und wurde vor einem Monat erst am Mord an seiner Ehefrau freigesprochen. Die Polizei schließt nicht aus, dass ein Zusammenhang zur heutigen Tat besteht."

Tom schaltete den Fernseher wieder aus. Was war denn nur in dem Viertel los? Wie viele Menschen würden noch sterben, bis er sich totgetrunken hatte?

9

Tom wankte ein paar Schritte nach hinten und kniff die Augen zusammen. Zwar war er schwer betrunken, aber er stand eindeutig vor dem richtigen Haus. Von den beiden Schlüsseln schien keiner zu passen. Tom hatte seiner Feinmotorik in den vergangenen Stunden stark mit Alkohol zugesetzt, die Schlüssel glitten ihm aus der Hand, und nur mit Mühe hob er sie vom Boden auf. Die Straße runter entfernte sich brummend ein Müllwagen. Warum passte dieser verdammte Schlüssel nicht. Früher hätte Tom in solchen Fällen klingeln können, aber ein Früher gab es nicht mehr.

Nach zwei Zigaretten und im Schein der Handylampe war die Haustür endlich aufgesprungen. Das schmale Treppenhaus schien im Licht der nackten Glühbirne noch enger als sonst. Vielleicht würde Tom eines Tages hinunterstürzen und sich den Hals brechen. Aber noch hatte er anderthalb Stockwerke vor sich, einen Fahrstuhl gab es nicht. Schwer atmend öffnete Tom die Wohnungstür überraschenderweise im ersten Versuch. Er holte zwei Bier aus dem Kühlschrank, hockte sich auf sein Lager und rauchte. Von der Straße drangen die Stimmen von Nachtschwärmern durch das geöffnete Fenster. Tom zerrte die Sporttasche aus der Ecke und fing an zu kramen. Er verteilte Socken, Unterhosen und T-Shirts auf dem Bett und daneben. Wo war das Foto? Fahrig überprüfte er die Innenfächer und fing danach wieder von vorn an. Nach einer Weile pfefferte er die Tasche in die Ecke zurück.

„Wo ist dieses verdammte Foto hin?", schrie Tom in die Nacht und kippte den Rest der zweiten Bierdose runter. „Das Foto muss doch in dieser gottverdammten Tasche sein." Er sprach besoffen mit sich selbst, so weit war es schon gekommen.

*

Irgendetwas musste im Schlaf in sein benebeltes Hirn

vorgedrungen sein. Tom rührte sich nicht und lauschte in die Stille. Aus dem kleinen Zimmer kamen eindeutig Geräusche, oder bildete er sich das in seinem Suffschlaf ein? Vorsichtig stand Tom auf und schlich über die verkrustete Auslegware zur Zimmertür, die angelehnt stand. Das von der Straßenlaterne in die Wohnung fallende Licht genügte, damit er den Baseballschläger ausmachen konnte. Den hatte Tom beim Aufräumen gefunden und hinter der Tür postiert. Man wusste ja nie. Mit dem Schläger in der linken Hand trat Tom in den kleinen Flur. Er lauschte. Alles war ruhig, er merkte nur sein Herz schneller schlagen als normal. Eine Minute oder länger verharrte Tom dort regungslos, seine Augen gewöhnten sich an die Dunkelheit. Hatte er sich doch getäuscht? Vorsichtig tastete Tom nach der Türklinke zum kleinen Zimmer. Ruckartig flog die Tür nach innen auf, eine Person stürzte Tom entgegen und rammte ihn zu Boden. Tom rappelte sich auf, umfasste den Baseballschläger und setzte der Person nach, die an der Haustür angekommen war. Mit einem mächtigen Hieb auf den Rücken streckte Tom den Eindringling nieder. Dabei hatte er auch die Glühbirne an der Decke getroffen, sodass Tom barfuß in kleine Scherben trat und aufstöhnte. Um auf Nummer sicher zu gehen ließ Tom den Schläger erneut niedersausen und war über seine Dynamik erstaunt. Die Person auf dem Boden schrie vor Schmerzen.

„Stopp, bitte aufhören. Du bringst mich um“, flehte eine panische Männerstimme.

„Schön liegen bleiben“, knurrte Tom, tastete sich zum Badezimmer vor und fand dort nach ein paar Augenblicken den Lichtschalter.

Schwaches Licht erhellte den Flur, der Mann hielt die Hände schützend vor sein Gesicht und drehte sich vorsichtig um.

„So ist gut, immer schön langsam“, befahl Tom und stieß dem Eindringling mit der dicken Seite des Schlägers in den

Oberschenkel.

„Jetzt muss aber gut sein,“ stöhnte der Mann, der Sneaker, Jeans und ein helles T-Shirt trug. Neben ihm lagen eine dreckige Sporttasche und ein Schlafsack, den ein Gürtel zusammenhielt.

„Wann gut ist, entscheide ich“, blaffte Tom und hatte keine rechte Ahnung, wie es jetzt weitergehen sollte. Er würde kaum die Polizei rufen.

Tom stand immer noch mit dem Baseballschläger im Flur, während der Mann eine Zigarettenpackung aus der Hosentasche fummelte und Tom hinhielt. „Auch eine?“, fragte der Mann und hielt eine Zigarette und ein Feuerzeug hin. „Sieht ja nicht gerade nach einer Nichtraucherwohnung aus.“

Tom blies Rauch ins Badezimmer und hustete. Er pulte sich kleine Glasscherben aus der Fußsohle. Das Adrenalin schien seinen Blutkreislauf zu verlassen, und der Alkohol sedierte wieder seine Sinne.

„Wie bist du hier reingekommen?“, fragte Tom und schaute zur unbeschädigten Wohnungstür

„Ich habe hier früher gewohnt“, sagte der Mann und hielt Tom zwei Schlüssel entgegen. „Ich war selbst überrascht, dass das Schloss nie ausgewechselt worden ist.“

Tom verfluchte seinen schnellsprechenden Vermieter und ging ins Wohnzimmer. Mit einem Nicken forderte er den Mann auf, ihm zu folgen.

„Darf ich dich was fragen?“, hörte Tom den Mann hinter sich.

„Klar“, entgegnete Tom.

„Du bist ein *guiri*, oder?“

„Steht mir das auf die Stirn geschrieben, oder was?“, motzte Tom. „Für jemand, der hier fast mit eingeschlagenem Schädel gelegen hätte, bist du ganz schön frech.“ Tom kniff ein Auge zu. Leider das rechte, dachte er, und sah gerade bestimmt aus wie Quasimodo. „Ich bin Halbspanier, in Hamburg aufgewachsen.“

„Ich habe hier fast zehn Jahre mit meiner Frau gelebt“, erzählte der Mann, der sich als Isi vorgestellt hatte. Er war ziemlich dünn, Tom schätzte ihn auf vierzig Jahre, und er roch, als ob die Körperpflege ein paar Tage zu kurz gekommen wäre.

„Eine typische spanische Karriere“, sagte Isi, der auf einem Klappstuhl Platz genommen hatte und blies Kringel in die Luft. „Vom stolzen Wohnungsbesitzer zum *sin techo,* zum Obdachlosen.“

„Was ist passiert?“, wollte Tom wissen und versuchte sein Leben ähnlich kurz zusammen zu fassen. Vom Hauptkommissar zum lebensmüden Säufer würde passen.

„Ich habe in den letzten Jahren viel Zeit zum Nachdenken gehabt, ich glaube, der Anfang vom Ende war der Euro.“

„Wow“, maulte Tom, „bei Geschichten, die mit dem Euro losgehen, schlafe ich spätestens nach fünf Minuten ein. Wollen wir wetten.“ Tom stand auf und ging zum Kühlschrank. Er hatte dem Eindringling nicht den Schädel eingeschlagen, ein wenig Spott musste Isi jetzt ertragen können.

„Auch ein Bier?“

„Nein, Danke. Hast du Wasser?“, fragte Isi.

„Ernsthaft?“

Isi nickte.

„Okay, mehr für mich“, sagte Tom.

„Mit dem Euro kam das Geld und die Gier nach Spanien. Weißt du noch damals, als wir die Pesete hatten?“, fragte Isi.

Nur zu gut, dachte Tom und nickte. Manchmal waren ihm die Scheine wie Spielzeuggeld vorgekommen.

„Ständig wurde die Pesete abgewertet, die Wirtschaft lief schlecht. Wenn du dir Geld bei den Banken leihen wolltest, kostete das irre Zinsen. Für junge Leute war nicht daran zu denken, zu Hause auszuziehen oder sich eine Wohnung zu kaufen. Man wohnte so lange bei den Eltern, bis man geheiratet hat."

Hotel Mama, das kannte Tom auch von seinen spanischen Cousins.

„Und mit dem Euro schienen wir endlich im gelobten Land angekommen zu sein. Endlich gab es billiges Geld. Überall wurde gebaut wie blöde. Ich habe mein Studium geschmissen und auf dem Bau richtig gutes Geld verdient."

Tom merkte, wie gut es dem ungebetenen Gast tat, seine Misere mit jemandem zu teilen.

„Jeder, wirklich fast jeder hat sich eine Wohnung zugelegt. Wer es nicht getan hat, war bescheuert. Wir wussten, dass es ein ganz schmaler Spagat war, aber der Wert der Immobilien ging durch die Decke, und steigerte sich jedes Jahr um zehn Prozent oder mehr."

„Moment mal", hakte Tom nach und hielt kurz inne, „woher hattet ihr die Kohle für die Finanzierung? Bei uns wollen die Banken schlappe dreißig Prozent Eigenkapital." Eben noch hatte sich Tom in der Bar die Kante gegeben, und auf einmal befand er sich mitten in der Analyse der spanischen Immobilienkrise. Verrückt! Obwohl sich seine Kopfschmerzen bereits ankündigten, fand er Gefallen am Gespräch.

„Das ist ja das Irre. Wir haben uns finanziell auf dem seidenen Faden bewegt, aber die Banken haben einem die Kredite nachgeschmissen, null Prozent eigenes Geld nötig. Damals fand ich, Spanien war ein echt cooles Land. Im Time Magazine war 2004 eine Reportage auf Spanisch, stell dir das vor. Auf dem Titelblatt war der Schauspieler Javier Bardem und darunter stand Spain Rocks." Isi schüttelte den Kopf. „Und jetzt schau mich an."

Tom schaute ihn an. Ausgezehrt, ungepflegt und mutlos sah Isi aus. So viel konnte selbst Tom erkennen, und er hätte noch eine Schiffsladung von wenig schmeichelhaften Adjektiven für den Eindringling parat gehabt.

Isi seufzte. „Fast die Hälfte des Gehalts ging für die verdammte Hypothek drauf. Wir gingen wirklich auf dem hohlen Zahn, aber wir klammerten uns an die Wohnung. Meine Frau war Krankenschwester, wir wollten Kinder, und dann ging alles den Fluss runter. Die Blase platzte, erst war mein Job weg, dann wurde meine Frau arbeitslos, wie so viele andere in Spanien. Und jetzt merkten wir, dass uns die Hypothek erdrückte." Mit zitternder Stimme und feuchten Augen sprudelte das Unglück des Mannes heraus. „Unsere Wohnung, diese Wohnung, wurde zwangsversteigert. Aber die Preise waren gefallen. Wir hatten also keine Wohnung mehr, dafür Schulden bei der Bank. Wir zogen zu Freunden, zu anderen Freunden, unsere Beziehung zerbrach, und ich habe tagelang geweint wie ein Schoßhund."

Tom prustete in sein Bier, und hoffte, dass Isi es nicht mitbekommen hatte. Sein ungebetener Gast schien es nicht so mit dem einwandfreien Gebrauch von Redewendungen zu haben.

„Ich landete auf der Straße, und jetzt bin ich hier." Isi atmete tief durch, Tränen liefen über seine Wangen. „Ich will dich nicht mit meinen Problemen langweilen. Du scheinst ja selber einige zu haben."

Und zwar nicht zu knapp, dachte Tom und überlegte mittlerweile, wie er seinen nächtlichen Überraschungsbesuch wieder loswerden konnte. Die zunehmende Emotionalität des Eindringlings in seine Privatsphäre nervte ihn. Normalerweise kam Tom nachts in die Wohnung zurück und fiel in einen komatösen Schlaf. Mal wachte er auf, um sich übergeben, oft schaffte er es dafür gerade noch bis ins Badezimmer. Meistens schlief er bis mittags durch, geweckt durch heftige Kopfschmerzen. Das Blöde war, und das wurde Tom jetzt bewusst, die Schmerzwelle rollte geradewegs auf ihn zu. Und er schlief nicht, sondern hörte sich die traurige Vita eines spanischen Ex-Bauarbeiters an.

„Was für ein Foto hast du vorhin gesucht? Ich habe dich fluchen hören“, meldete sich Isi mitten in Toms Überlegungen hinein zurück.

„So ein Foto halt“, maulte Tom und hob unmotiviert ein paar T-Shirts hoch, um sie gleich danach wieder fallen zu lassen.

Isi sprang vom Klappstuhl auf, kniete sich auf den Boden und durchstöberte die im Zimmer verteilten Klamotten.

Der Typ will sich nützlich machen, argwöhnte Tom, nur damit er ihn nicht rauschmiss.

„Ich habe es. Ist es das hier?“, fragte Isi und hielt Tom ein in der Mitte geknicktes Foto entgegen.

Tom riss Isi das Foto aus der Hand und aktivierte die Lampe seines Handys, um es besser erkennen zu können. Ja, das war das Foto. Das war Toni. Tom ließ sich auf die Matratze sinken und vernahm Isis Stimme nur noch als ferne Untermalung. Toni! Das Foto war der einzige persönliche Gegenstand, den Tom aus Deutschland mitgebracht hatte. Antonia Sanchez Fernández. Für immer achtzehn Jahre und wunderschön in seinen Erinnerungen. Das Foto hatte Tom vor dem Palau Nacional aufgenommen, im Hintergrund die Plaça Espanya mit den Backsteintürmen. Er traute sich nicht, das Foto länger anzuschauen. Zu groß war die Angst, das in seiner Wahrnehmung in einzelne Fragmente zerfallende und nicht zu identifizierende Gesicht auf dem Foto könnte die kostbaren Erinnerungen an Toni in seinem Kopf für immer überschreiben.

„Wer ist das auf dem Foto?“

Tom war zurück in der Gegenwart.

„Es ist schon ein paar Jährchen alt, oder?“

„Eine alte Freundin“, sagte Tom. Er wusste nicht genau warum, aber er reichte das Foto zu Isi.

„Alter! Da wird das Huhn in der Pfanne verrückt, eine

echte Schönheit."

Tom schmunzelte und massierte sich mit den Fingern seine Schläfen. Die Kopfschmerzen setzten ihm zu.

„Wer ist die andere Frau?", fragte Isi und schaute sich das Foto ganz genau an. „Ich glaube es nicht. Die kenne ich. Das ist Lidia." Isi hatte das Foto aufgeklappt und blickte zu Tom rüber.

Unfassbar, dachte Tom. Der Mann hatte recht, das war Lidia. Tonis Freundin. Er hatte seit Ewigkeiten nicht mehr an sie gedacht.

„Woher kennst du Lidia?", fragte Tom.

„Sie war eine Freundin meiner älteren Schwester. Früher hat sie auch im Raval gewohnt."

Tom war mühsam aufgestanden. Das wurde ihm alles zu viel. Er wollte in Barcelona bechern, bis ihn der Sensenmann holen würde, er wollte keine neuen und keine alten Freunde finden, und schon gar keine, die rumheulten und dauernd Sprichwörter und Redensarten drangsalierten. „Geh jetzt, bitte."

Isi blieb niedergeschlagen auf dem Klappstuhl sitzen. „Wirklich?"

„Ja, wirklich", gab Tom zurück. „Abschied ist ein scharfes Messer."

10

Es war mehr los im Rincón Andaluz als sonst. Am Fenstertisch saßen vier deutsche Touristen, vor sich Tapas und Bier. Sie unterhielten sich in einer Lautstärke, dass Tom befürchtete, die Bauarbeiter könnten kurzen Prozess mit ihnen machen. Doch Tom war mittlerweile routiniert, alles um sich herum auszublenden, was ihn vom Wesentlichen abhielt. Eine weitere Schicht am Tresen lag vor ihm. Schon in seinem ersten Leben war er mehr Wirkungs- als Genusstrinker gewesen. Aber alles schön in Maßen. Das war zwar nie seine Lebensmaxime, aber sein Handeln war nur selten von großen Ausschlägen geprägt. Wann hatte Tom diese Balance verloren? Vermutlich hatte sein beruflicher Erfolg ein Scherflein dazu beigetragen. Für einige Kollegen war Tom der Rockstar unter den Ermittlern. Je erfolgreicher seine Arbeit in der Mordkommission war, umso weiter zog sich seine Frau von ihm zurück. Das jedenfalls war die Bilanz im ungnädigen Blick zurück. Aus einer von Schuld zerfressenen und Albträumen gepeinigten Gegenwart. Auch wenn Tom im Innersten wusste, dass er meist ein anständiges erstes Leben geführt hatte.

Tom verstand sich selbst nicht. Er war nach Barcelona gekommen, um seinem Leben langsam ein Ende zu setzen. Auf dem Weg dahin wollte er seine Erinnerungen auslöschen. Jede einzelne Mischung, die Pedro ihm kredenzte, ein weiterer Schritt Richtung erlösendem Abgrund. Aber die Erinnerungen an Toni sollten bleiben? Wohl nur eine Frage der Zeit, bis er vergessen würde, wie sie aussah, wie sich ihre Stimme anhörte. Wahrscheinlich alles nur Teil eines perfiden Plans, nur waren die Erinnerungen daran bereits mit Alkohol fortgeschwemmt worden.

In der Nacht zuvor war einiges schiefgelaufen. Er blieb dabei: neue Freunde passten nicht in diese letzte Phase seines Lebens. Und erst recht keine, die mit ihrer traurigen Geschichte von Toms eigener Misere ablenkten. In seinem Film war Tom die Starbesetzung. Nebenrollen unerwünscht. Allenfalls waren Komparsen in rein professioneller Beziehung erlaubt, so wie hinreichend geschultes Tresenpersonal mit Ausschankgenehmigung alkoholischer Getränke im Allgemeinen und Pedro im Speziellen. Isi sollte sein Kreuz schön alleine durchs Raval tragen. Warum musste der unbedingt Lidia kennen. Tom hatte Angst, dass dies der Auslöser für Ereignisse war, die er nicht kontrollieren konnte. War der Rubikon bereits überschritten? Würde das Skript zu Toms Film umgeschrieben werden und eine Nebenhandlung das Kommando übernehmen? Tom nickte Pedro zu. Es war an der Zeit, gegen Millionen vitaler Gehirnzellen in die Schlacht zu ziehen. Detailreiche Kenntnisse altrömischer Geschichte und Protagonisten griechischer Mythologie könnten als Kollateralschäden auf der Strecke bleiben.

Nervös kickte Tom mit seinem gesunden Fuß gegen den Tresen, der rechte baumelte unnütz in der Luft. Zwar war die Bar gut gefüllt, doch so lange hatte er noch nie auf eine Mischung gewartet. Er rutschte auf dem Barhocker herum und schaute hoch zum Fernseher. Es ging um die Toten der vergangenen Tage. Heiße Spuren schien die Polizei nicht zu verfolgen. Ein Phantombild wurde eingeblendet. Mit dunkler Baseballkappe und Sonnenbrille. Ein Mann von ungefähr fünfzig Jahren soll an allen drei Tatorten gesehen worden sein. Beim erschossenen Drogendealer, beim Toten im Friseursalon und auch in der Nähe des Tatorts der toten koreanischen Touristin. Tom schüttelte den Kopf. Nie und nimmer war der Typ, der die Touristin auf dem Gewissen und ihn danach verprügelt hatte, dieselbe Person, die die beiden Männer umgelegt hatte. Das war ein typischer Kleinkrimineller. Vielleicht ein bisschen mehr, immerhin war er mit gezücktem Messer durch die Gegend gelaufen. Aber nie im Leben hatte er was mit den anderen Toten zu tun. War Toms Urteilsvermögen noch zuverlässig? Eine rein rhetorische Frage bei seinem Lebenswandel. Tom betrachtete das Phantombild. Eine dunkle Baseballmütze mit Sonnenbrille trug auch er: um nicht jedermann sein Geisterbahn-Gesicht zuzumuten.

Mit einem Tablett voll leerer Flaschen und Teller huschte Pedro an Tom vorbei. „Sag mal, Pedro, ich sitze hier ganz schön auf dem Trockenen."

Pedros Haar glänzte in der grellen Oberbeleuchtung. Behutsam drehte er die Rumflasche auf und schenkte Tom ein. Nach kurzer Zeit setzte er die Flasche ab. „Willst du es heute Abend nicht ein wenig ruhiger angehen lassen?"

„In gar keinem Fall", antwortete Tom und schaute ungläubig über den Tresen, wo Pedro das Glas nicht wie gewöhnlich bis kurz unter den Rand gefüllt hatte. Mit einem grimmigen Nicken forderte Tom akkurate Befüllung.

„Irgendwelche Nachschubprobleme, von denen ich als dein bester Kunde wissen sollte?", fragte Tom bissig.

Pedro öffnete die kleine Cola-Flasche und schob sie neben das Glas. „Alter Barkeeper-Trick. Sei bei Neukunden nicht knauserig mit dem Alkohol. Wenn du sicher bist, dass sie wiederkommen, schenk weniger ein." Kein Lachen, keine Ironie.

Tom starrte Pedro an. Irgendetwas tat sich in dessen Gesicht, was Tom nicht enträtseln konnte.

„Okay", sagte Tom, „wenn nur noch die Hälfte Rum im Glas ist, dann trinke ich eben die doppelte Menge. Kein Problem. Da hat der Wirt die Rechnung ohne den Gast gemacht." Ein gelungener Scherz, befand Tom und grinste in sich hinein. Er hob den Kopf, doch Pedros Gesichtsausdruck war nicht zu dekodieren. Tom nahm einen kräftigen Schluck. „Das ist ja eine richtige Wellness-Mischung."

Pedro fuhr sich mit der Hand durch das dichte, schwarze Haar. „Geh ein bisschen runter vom Gas."

„Was bist du? Der Gesundheitsbeauftragte? Eine

menschliche Haarnadelkurve? Willst du so meine Trinkgeschwindigkeit drosseln?" Tom kicherte und amüsierte sich über seine Eloquenz.

„Im Ernst", entgegnete Pedro, „du siehst heute wirklich nicht gut aus."

Sag einer Magersüchtigen, dass sie schön dünn ist, dachte Tom, bescheinige einem Sonnensüchtigen seinen herrlich dunklen Teint – du machst sie glücklich. Und attestiere jemandem, der sich hasst und sein Ende herbeisehnt, dass er schlecht aussieht – eine schönere Bestätigung gab es nicht. Tom war definitiv auf dem richtigen Weg.

Zum Qualmen musste Tom vor die Tür, zwei vom deutschen Tisch rauchten neben ihm auf der Straße. Beide trugen weiße T-Shirts, Sneaker und trotz der Hitze Skinny Jeans, die weit über dem Knöchel aufhörten. Tom schätzte die beiden auf Anfang zwanzig.

„Die Bar ist schön ravalig. Abgefuckt, mit richtig ungemütlicher Beleuchtung, und der Fernseher läuft in voller Lautstärke. Wenn schon Barcelona, dann authentisch", sagte der eine, mit dichtem Vollbart und die Haare zurückgegelt.

„Definitiv", antwortete der andere, dessen Kopf blankrasiert war. „Und dazu das Publikum. Nicht so tourimäßig wie im Gotischen Viertel."

Die geschmacklose Einrichtung des Rincón Andaluz und dessen Stammkundschaft, bestehend aus zupackenden Bauarbeitern und Säufern wie Tom, diente als folkloristisches Ambiente für Städtereisende, die das wahre Leben suchten. Fast musste Tom darüber lachen. Wenn das Stadtviertel zum Adjektiv wurde, lief irgendetwas verdammt falsch. Ravalig!

„Vielleicht schlägt der Raval-Killer erneut zu, so lange wir hier sind. Auf Insta gibt es schon #ravalkiller", sagte der Bart und schnippte seine Kippe auf die Straße.

„Bei Twitter auch. Sobald da was Neues passiert, sind wir

da und posten was in unsere Timelines“, schwadronierte der Glatzkopf und griff sich an seine Gesäßtasche, in der es offensichtlich vibriert hatte. „Kommt gerade was, wart mal“, sagte der Typ und wischte über den Bildschirm. Er hielt dem Bart das Handy unter die Nase. „So krass. Vor einer Minute wurde das Foto gepostet. *Raval-Killer 3, Polizei 0.* Der Standpunkt von dem Graffiti ist hier ganz in der Nähe.“ Der Glatzkopf ließ seine Kippe zu Boden fallen und trat sie aus. „Wir trinken noch schnell aus, und dann nichts wie hin da.“

Aus dem nichts-wie-hin-da seiner Landsleute wurde nichts. Tom hatte gerade wieder am Tresen den angestammten Platz eingenommen, als ein Mann mit dunkler Baseballkappe die Bar betrat – unter der großen Sonnenbrille eine Staubmaske wie sie auf dem Bau getragen wurde. Das eben noch beschwingt-euphorische Gespräch von Bart, Glatzkopf und ihren beiden Freunden war verstummt. Aus einer mitgeführten Sporttasche hatte der neue Gast eine Pistole gezogen und fuchtelte damit herum. Aus ein paar Meter Entfernung sah die für Tom ziemlich echt aus, er tippte auf eine Beretta. Niemand im Laden traute sich zu reden, aus dem Fernseher plärrte Werbung für Elektrogrills.

„I am the raval killer“, brüllte der Vermummte mit spanischem Akzent in die Bar und stellte die Sporttasche auf den Tisch der Deutschen. „Money and mobiles. Now!“

Sofort legten die Angesprochenen wie aufgefordert Handys, Geldbörsen und Money Clips in die Tasche.

Vielleicht hatte der Glatzkopf sich den Standpunkt des Graffitis gemerkt, dachte Tom. Sonst würde er es nur schwer finden. Ohne sein Handy.

„Hands on table!“

Auch Tom ließ seine Hände vorsichtshalber auf dem Tresen. Pedros Körperhaltung schien angespannt. Das ist kein Wunder, dachte Tom, so oft war auch im Rincón Andaluz noch nicht jemand bewaffnet hereinmarschiert, um Gäste auszurauben. Vorsichtig schaute Tom zum Mann mit der Pistole, der langsam um den Tisch mit den Deutschen herumging, und einem nach dem anderen mit der Pistole auf die Schulter tippe. Hoffentlich machte Pedro keinen Mist, Tom hatte das Gefühl, hinter der Bar würde Pedro gleich eine Waffe ziehen wie in einem amerikanischen Film und im nächsten Augenblick auf den selbst ernannten Raval-Killer schießen. Doch selbst im Raval dürfte nicht jeder Barbesitzer eine Pistole unter dem Tresen haben.

Der Eindringling blickte Richtung Tom und Pedro. „Schön ruhig bleiben, *amigos*." Er wendete sich wieder den Deutschen zu und sah kurz auf den Tisch. „Watches in bag!" Den Lauf der Pistole drückte der Mann dem Glatzkopf kurz an die Wange. „You not. It's plastic."

Die anderen drei legten brav ihre Uhren in die Tasche und warteten auf weitere Kommandos.

Tom hatte in seiner Berufslaufbahn einige brenzlige Situationen erlebt. Die Gefahr, die von verzweifelten Typen ausging, die mit einer Waffe herumfuchtelten, war schwer einzuschätzen. Doch im Rincón Andaluz schien ihm die Situation klar. Der Mann mit der Waffe war nur an dem Tisch mit den deutschen Touristen interessiert. Der Glatzkopf zuckte zusammen, als ihm der Vermummte die Pistole in den Nacken drückte. „Everybody cool. I go. You stay. Good evening"

Ein paar Sekunden füllte nur eine aufgedrehte Männerstimme aus dem Fernseher den Raum. Jeder schien für sich zu verarbeiten, was gerade passiert war. Tom rutschte vom Barhocker und ging zum Tisch mit den frisch Ausgeraubten. Auf Deutsch sagte er: „War euch das authentisch und ravalig genug?"

Tom stand alleine auf der Straße und fühlte sich vergleichsweise nüchtern, draußen war es noch nicht mal dunkel.

Polizei samt Spurensicherung war nach ein paar Minuten in die Bar gekommen und hatte Toms Tresenroutine empfindlich gestört. Alle Anwesenden wurden befragt, Tom musste für die Deutschen sogar noch den Dolmetscher spielen, das Rincón Andaluz wurde zum Tatort erklärt und geschlossen.

Pedro kam aus der Bar und gesellte sich zu Tom. „Alles gut bei dir?"

Tom überlegte eine Weile. „Ist schon ein merkwürdiges Viertel, das Raval, oder?"

„Stimmt, das Raval ist ein bisschen wie das Schwarze Schaf der Familie", antwortete Pedro und trat einen Schritt zur Seite, um einen Polizisten durchzulassen. „Jeder beteuert, dass es unbedingt zur Familie gehört, aber hinter vorgehaltener Hand zerreißt man sich das Maul. Über seinen schmutzigen Hals und die fehlenden Tischmanieren. Das Eixample mit der Sagrada Família und dem ganzen Gaudí Gedöns und das Gotische Viertel mit seiner mittelalterlichen Pracht sind die erfolgreichen Streber, auf die sind die Eltern besonders stolz. Aber auf Familienfeiern, wenn alle genug getrunken haben, wer erzählt da die besten Geschichten, über die jeder staunt und lacht? Wer unterhält die versammelte Verwandtschaft mit schlüpfrigen Details und pikantem Tratsch? Richtig, das schwarze Schaf. Und dafür wird es von der ganzen Familie geliebt."

Für einen wortkargen Barmann, denn so war ihm Pedro zuerst vorgekommen, konnte dieser eine Menge Sendungsbewusstsein entfalten, fand Tom – und das durchaus amüsant.

„Warum hast du dir das Raval in Barcelona ausgesucht?", fragte Pedro. „Und weil das Viertel so schön multikulti ist, wird als Antwort nicht akzeptiert."

„Das hat wohl eher nostalgisch-sentimentale Gründe."

Während Tom sich über seine Antwort ärgerte, weil er eigentlich nichts Privates preisgeben wollte, kam der Polizist kam zu Pedro und stellte noch mehr Fragen. Weitere

Mischungen und Mötley Crüe Songs zu vorgerückter Stunde würden in dieser Nacht definitiv ausfallen. Mit einem Sixpack in der Hand stapfte Tom die Treppe zu seiner Wohnung hoch.

11

Tom ging am Hotel Peninsular vorbei und an der langgestreckten Seitenfassade des Opernhauses. Er stand mitten auf den Ramblas, unter sich das Mosaik von Joan Miró. Die meist schmucklosen Fassaden des Ravals wurden hier abgelöst durch Häuser, die mit einer Vielzahl dekorativer Elemente überzogen waren. Die Menge an Menschen, die sich bereits am Morgen in beide Richtungen wälzte, war gewaltig. Die meisten davon Touristen. Sie schlenderten, unterhielten sich, schauten, lutschten Eis, blieben stehen, machten Fotos. Einheimische sah Tom nur wenige. Der Tourist macht das kaputt, was er sucht, indem er es findet, dachte Tom. So oder so ähnlich ging der schlaue Satz und war natürlich nicht von ihm, und Tom hatte auch keine Ahnung, von wem der stammte. Er hatte ihn in der Schule aufgeschnappt und zum Angeben gemerkt. Ein Geheimtipp waren die Ramblas schon lange nicht mehr, oder noch nie gewesen. Der Trubel machte Tom nervös. Er hatte das Kunststück fertig gebracht, in vier Wochen nicht einmal hierherzukommen. Im Gegensatz zu den Besuchern der Stadt: Die Ramblas waren eines der Epizentren des touristischen Interesses in Barcelona. Im vergangenen Monat hatte Tom das Raval nicht verlassen. Vom Flughafen war er mit dem Taxi direkt zur Wohnung gefahren, wo er sich mit dem Vermieter getroffen hatte.

Die Temperaturen waren um zehn Uhr morgens noch auszuhalten. Tom war früh vom Lärm des Müllwagens wach geworden. Die Kopfschmerzen hielten sich in Grenzen, vom Sixpack hatte Tom nur noch drei Dosen getrunken. Er hatte auf der Matratze gelegen und auf das Foto von Toni gestarrt. Doch solange er auch schaute, seine Befürchtungen erfüllten sich nicht. Sein inneres Auge hatte ihn nicht im Stich gelassen. Er wusste noch genau wie Toni aussah, obwohl das Foto nur irgendein hübsches Mädchen abzubilden schien. Tom würde sie nie vergessen. In seiner schäbigen ehemaligen Drogenwohnung gestand er sich ein, dass er nicht zufällig Barcelona als Exil, als Vorhof des Todes ausgesucht hatte. Tom hätte nach Amsterdam, Paris oder London gehen können. Nach New York, San Francisco oder Kapstadt. Er hatte einiges von der Welt gesehen. Es hätte ja nicht mal ein Ort sein müssen, den er schon kannte, um seinem Leben ein Ende zu setzen. Und doch war Tom in die Stadt gekommen, die viele Einheimische Barna nannten. Touristen sagten oft Barça, doch das war nur die Abkürzung für den FC Barcelona, auf den die meisten Einwohner Barcelonas so stolz waren. Tom war dorthin zurückgekehrt, wo er die besten Wochen seines Lebens verbracht hatte – eine Ewigkeit war das her. Diese fast dreißig Jahre alten Erinnerungen hatten Tom zurück hierher geführt. Wollte er Toni wiedersehen? Sollte er sie suchen? Lebte Toni überhaupt noch in Barcelona? Über diese und viele andere Fragen, die in Toms halbwegs nüchternem und ausgeruhtem Hirn herumspukten, würde er sich tagsüber Gedanken machen.

Tom saß am Rande eines Brunnens und schaute sich um. Aber es kehrten keine Erinnerungen zurück. So war das menschliche Gehirn nicht gebaut. Sich an Orte zu erinnern, die man vor langer Zeit besucht hatte, war nahezu unmöglich, wenn keine Fotos oder Videos diese Erinnerungen stützten. Das Gesehene war überschrieben durch unzählige nachfolgende Eindrücke. Viele Fotos hatte Tom damals in Barcelona nicht gemacht – zwei 36er Filme mit seiner Kleinbildkamera. War der Brunnen an der Plaça Reial eines der Fotomotive gewesen? Tom wusste es nicht mehr und würde es nie erfahren. Er blickte zu einer Gruppe junger Frauen, die ausgelassen für ein Foto posierten. Gleich würde der Schnappschuss in der Gruppe geteilt, später bei Instagramm oder Facebook gepostet werden. In die Cloud hochgeladen, auf externe Festplatten gespeichert. Das Foto war in der Welt, vermutlich mit Text und Standpunkt, und würde nicht wieder aus ihr verschwinden. Tom konnte seinen Erinnerungen so nicht auf die Sprünge helfen. Seine ferne Vergangenheit war lückenhaft dokumentiert und analog. Ihre Reste waren in Kartons verschwunden und hatten sich höchstwahrscheinlich längst durch die Schlote einer Hamburger Müllverbrennungsanlage in der Atmosphäre aufgelöst.

Die eiskalten Bierdosen in seiner Sporttasche kühlten Toms Oberschenkel. Später am Olympiastadion würde er die erste Erfrischung zu sich nehmen. Tom öffnete den Reißverschluss und zog das Foto von Toni aus der Seitentasche heraus. Auf dem Brunnenrand liegend betrachtete es Tom eine Weile. Schließlich nahm er sein Handy, aktivierte den Standort und machte Aufnahmen vom Foto. Bei der besten schnitt er die Kanten zurecht, die restlichen löschte er.

Eigentlich hatte sich Tom eines der roten Leihfahrräder schnappen wollen, die man überall sah – ein Fahrradstand lag ganz in der Nähe seines Apartments. Doch zu seiner Überraschung hätte man sich dafür vorher online anmelden müssen. Das war Tom zu viel Action, also hatte er sich auf den Ramblas bei der Touristeninformation nach einem Radverleih in der Umgebung erkundigt. Er ließ die Arkaden der Plaça Reial hinter sich und bog in eine dunkle aber belebte Gasse ein. Neben dem Eingang zu einem Restaurant drehten sich an der Straßenecke Grillhähnchen, ein Mann fachte das Feuer darunter mit Holzscheiten an. Ein paar Meter vor Tom fuhr ein kleines weißes Fahrzeug der Stadtreinigung. Eine Frau mit Gummistiefeln spritze die Straßenplatten ab, feine Wassertröpfchen legten sich auf Toms Beine. Ständig wurde Tom von anderen Fußgängern überholt, daran hatte er sich gewöhnt. Erblickte Tom sich in einer Schaufensterscheibe, war ihm sein Spiegelbild dagegen immer noch fremd. Er sah einen gealterten Mann, der sein Bein sichtbar nachzog.

Vor Tom öffnete sich ein kleiner dreieckiger Platz, in dessen Mitte ein von hüfthohen Metallpfosten begrenzter Spielplatz lag. Hier sollte er den Radverleih finden. Im Schatten einer modernen Skulptur schaute Tom sich um. In seiner Nähe palaverten drei Männer mit Bierdosen in der Hand. Zwei Hunde trotteten um sie herum. Wie auf der Plaça Reial waren auch hier die Tische der Terrassen gut mit Touristen gefüllt. An den meisten der Häuser hingen Plakate an den Balkonen. Eines war Tom bereits im Raval aufgefallen. *Wir bleiben im Viertel, raus mit den Spekulanten* stand dort zu lesen. Auf einem anderen: *keine neuen Touristenapartments.* Die Stoßrichtung ist leicht zu verstehen, dachte Tom. In welcher Stadt gab es diese Probleme nicht. Kampf um bezahlbaren Wohnraum, Verdrängung, Gentrifizierung. Und über allem die Frage: wem gehörte die Stadt? Den Menschen, die schon immer in ihr wohnten, oder dem Geld von Touristen und Investoren?

Während Tom sich eine Zigarette ansteckte, näherten sich zwei Straßenmusiker. Der eine hatte eine tätowierte Glatze und war um die Augen stark geschminkt. Der andere trug seine gewellte Matte an den Seiten auftoupiert. Tom fielen die Plateauschuhe mit Metallbeschlägen des Glatzkopfs sofort ins Auge. Im Duo war er der Gitarrist und Sänger und stellte sich dem Publikum als *discípulos de Satan* vor, die Jünger Satans vor. Sein Kollege saß mit zerrissener Jeans auf einer Holzkiste und trommelte mit den Fingern den Takt. Aus der Jackentasche lugte eine große Bierflasche. Beide schienen reichlich zugedröhnt, und der Vortrag litt dementsprechend. Doch wer war Tom, um über diese beiden schrägen Vögel zu urteilen. Wer sich jeden Tag aufs Neue Richtung Augenstillstand soff, gehörte auch nicht wirklich zum gesellschaftlichen Mainstream. Tom kramte in seiner Hosentasche und warf eine Zweieuromünze in den aufgeklappten Gitarrenkoffer.

*

Sagte man nicht, das war wie Radfahren, und meinte damit etwas, was man nie verlernen würde. Tom musste schnell einsehen, dass es, wenn überhaupt, nur bei körperlicher Unversehrtheit galt. Jedenfalls dann, wenn es wirklich ums Radfahren ging. Es war nicht mal ein Herrenrad, Tom schaffte es nach ein paar Versuchen zwar, auf das Damenfahrrad zu steigen. Aber die Vorstellung, damit durch die Stadt zu fahren, war nichts für ihn. Diese negative Selbsteinschätzung lag zum einen an seiner schlappen rechten Körperhälfte. Zum anderen an seiner allgemeinen Verfassung. Diesen sich verschlechternden Zustand hatte Tom auch schon als Teilerfolg auf dem Weg Richtung *Exitus letalis* verbucht. Gerade nervte es ihn aber kolossal, sich diesem kleinen, dämlichen, grünen Damenfahrrad geschlagen geben zu müssen.

Tom schaltete auf *high* und spürte augenblicklich die Beschleunigung. *Low* reichte auf gerader Strecke vollkommen aus. Am unteren Ende der Ramblas hielt Tom auf dem Bürgersteig an. Ein E-Bike mit verschiedenen Stufen der Unterstützung war wesentlich besser für ihn geeignet. Tom würde sich im Laufe des Tages über Toni Gedanken machen. Aber er hatte sich auch vorgenommen, zu den Tatorten der Ravalmorde zu fahren. Den Polizisten in sich bekam er offensichtlich nicht ohne Weiteres aus sich raus. Dem Säufer mit Selbstvernichtungswunsch hatte Tom bis zum späten Nachmittag freigegeben. Das Interesse an der Außenwelt kam für Tom überraschend, bisher hatte er sich in Barcelona ausschließlich aufs Trinken konzentriert. Eine Hypothese hatte Tom auch parat: der selbsternannte Raval-Killer, der die Deutschen im Rincón Andaluz erleichterte hatte, war genauso wenig der wahre Mörder, wie der Typ, der die Koreanerin getötet hatte. Aber das war Toms Instinkt. Vielleicht war es auch alles ganz anders.

In seiner Sporttasche befanden sich nicht nur das Foto

von Toni und kaltes Bier, sondern auch zwei Tageszeitungen, in deren Lokalteilen die Morde *das* Thema waren. Tom düste an den Palmen der Rambla de Raval vorbei, und mittlerweile fühlte sich Fahrradfahren wieder so einfach an wie Fahrradfahren. Nur in der 2.0 Version. Unter Tom war der Boden mit gelber Farbe besprüht, doch um zu lesen, was dort stand, musste Tom anhalten. #ravalkiller 3 – Polizei 0. Krass, dachte Tom. Vielleicht nur eine jugendliche Mutprobe, oder die stille Zustimmung des Viertels. Schließlich waren die Opfer nicht die angenehmsten Zeitgenossen gewesen. Oder ein Graffiti des Täters? Eher unwahrscheinlich. Tom machte ein Foto, das in der Galerie hinter dem von Toni landete.

*

Schatten des Bluts waren noch auf dem Platz zu sehen. Tom stellte das E-Bike ab und setzte sich auf den Brunnenrand. Sein Blick blieb kurz an der geduckten Fassade einer romanischen Kapelle hängen, die von deutlich neueren Gebäuden eingerahmt wurde. Auf der anderen Seite des Brunnens lud gerade ein Obdachloser einen Teil seiner Habseligkeiten aus und bereitete mit Pappen ein Lager im spärlichen Schatten vor. Eine ältere Frau befüllte am Brunnen ihre Gießkanne. Um hier unerkannt mitten am Tag einen Menschen zu erschießen, brauchte man viel Glück. Ortskenntnisse konnten nicht schaden, ein unauffälliges Äußeres war von Vorteil. Tom ging zum Tatort und stellte sich selbst als den Täter vor. Im Vorübergehen hatte er zweimal geschossen. Ein Lieferwagen röhrte hochtourig vorbei. Das Opfer soll telefoniert haben. Vielleicht hatte der Täter ihn aus der Nähe beobachtet und genau so einen Moment abgepasst? Etwas, das die Aufmerksamkeit ablenkte, konnte man aber schlecht planen. Tom schaute in eine mögliche Fluchtrichtung des Täters. Selbst mit seinem schleppenden Gang war er nach ein paar Sekunden in der schmalen Straße, die nach links führte. Wenn man sich vorstellte, dass die erste

Aufmerksamkeit dem Opfer am Boden galt, das bei zwei Schüssen in die Brust stark geblutet haben dürfte, war es für den Schützen durchaus möglich unerkannt zu fliehen. Die schmale Straße, der mögliche Fluchtweg, knickte nach fünfzig bis sechzig Metern sanft nach rechts ab. Schaffte man es bis dorthin, ohne verfolgt zu werden, die Flucht wäre fürs Erste gelungen. Tom erinnerte sich an eine Augenzeugin aus dem Fernsehen, die aber nicht wirklich etwas gesehen hatte. Die Polizei hatte mit Sicherheit in dieser Straße und den anderen möglichen Fluchtwegen viele Bewohner befragt. Wenn man denn genügend Kräfte dafür abstellen konnte. Wie Tom bereits am eigenen Leib erlebt hatte, gab es im Raval eine Menge Einsatzfelder für die Polizei. Der Tatablauf ließ sich für die Polizei durch die Zeugenaussagen schnell rekonstruieren, da war Tom sicher. Jetzt galt es Licht ins Umfeld des Opfers zu bringen. Auch das war früher Toms Job bei der Mordkommission. Öffentliche Videoüberwachung schien auf dem Platz und in der Umgebung nicht zu existieren. Der Obstladen und das Restaurant mit bester Sicht auf den Tatort und am wahrscheinlichsten Fluchtweg des Täters gelegen, hatten mit Sicherheit keine eigenen Kameras. Tom nahm eine Bierdose aus der Tasche und lehrte sie fast in einem Zug – so viel zu den guten Vorsätzen des Tages. Er griff eine weitere Dose, stand auf und ging zu dem Obdachlosen auf der anderen Brunnenseite. Tom dachte an seinen Besuch von vorletzter Nacht. Auch Isi war obdachlos, war ein *sin techo*. Armut und Obdachlosigkeit waren im Raval allgegenwärtig. Als der Mann Tom bemerkte, richtete er sich auf und deutete auf die Pappschachtel für mögliche Spenden. Tom stellte jetzt erst fest, dass es kein Mann war, sondern eine Frau, das Gesicht rotbraun verbrannt. Die Haare hingen ihr fettig in die Stirn, auf der Tom eine wulstige Narbe ins Auge fiel, er dachte an Harry Potter.

„Kleine Erfrischung gefällig?“, fragte Tom und fühlte sich

dabei schon im nächsten Augenblick unwohl. Er ging selbstverständlich davon aus, dass Obdachlose auch vor Mittag schon Bier tranken. Vielleicht schloss er auch von sich auf andere. Das Alter der Frau konnte Tom schwer schätzen. Er vermutete aber, dass sie deutlich jünger war, als sie aussah.

Die Frau nahm die Dose und hielt sie an ihre Wange. „Schön kühl."

„Ist das dein fester Platz hier?", fragte Tom.

Die Frau schaute ihn an. „Was ist denn mit deinem Gesicht passiert?"

„Bin in eine Faust reingelaufen."

„Ich meine deinen Mund, sah der schon immer so schief aus?"

„Schlaganfall."

„Scheiße." Die Frau öffnete die Dose und nahm einen kleinen Schluck.

„Kommst du öfter hierher?"

„Ich bin dort, wo man mich lässt, und wo ich vielleicht ein paar Taler bekomme."

Der Kopf der Frau zuckte plötzlich unkontrolliert nach hinten. „Verdammt", fluchte sie leise und setzte die Bierdose an ihre Lippen.

„Warst du vor vier Tagen auch hier?"

Ein paar Augenblicke schaute die Frau Tom prüfend an.

„Als der Typ umgenietet worden ist?"

Tom nickte.

„Bist du ein Bulle?"

„ Nein."

„Warum willst du es dann wissen?"

Eine berechtigte Frage musste Tom zugeben. Er deutete auf sein verbeultes Gesicht. „Ich bin ein besorgter Bürger." Etwas Besseres war Tom auf die Schnelle nicht eingefallen. Er konnte ja schlecht sagen, dass er ein ehemaliger deutscher Polizist war. Und warum stellte er dieser Frau nun Fragen?

Morde geschahen, Tom stellte Fragen. So war es über zwanzig Jahre gewesen. Wer weiß, überlegte Tom, wie viele Gehirnzellen noch verloren gehen müssen, damit diese Reflexe verschwanden.

„Aha“, machte die Frau und klang ebenfalls wenig überzeugt. Sie schien sorgsam zu überlegen, was sie als nächstes sagen würde. „Wenn ich dagewesen sein sollte, kann ich von einer kleinen Aufmerksamkeit ausgehen“, sagte die Frau und deutete auf die Pappschachtel. „Oder?“

Aus der Hosentasche kramte Tom das restliche Wechselgeld vom Zeitungskauf und warf es in die Schachtel. Er nahm sein Handy und aktivierte das Diktiergerät. „Ist okay, oder?“

Die Frau nickte. „Das Gedächtnis spielt dir ab und zu Streiche, was?“

Tom war überrascht.

„Das kommt vom Saufen. Ich kenn’ das.“

Wem wollte Tom etwas vormachen. Er ließ den Kommentar der Frau in der heißen Mittagsluft stehen, aber natürlich nahm er das Gespräch auf, um sicher zu sein, sich später an dessen Inhalt erinnern zu können. Ein ordentlicher Suff kostete stets Erinnerungen. Tom warf einen Blick auf das Display und schaute auf den dünnen roten Strich der Diktiergerät-App und die verstreichenden Sekunden. Es hatte wirklich ein bisschen was von einer richtigen Ermittlung. Tom würde sich noch früh genug wieder komplett abschießen.

„Der Typ ist keine zehn Meter von hier auf den Boden geknallt. Auf den Rücken. Bumm. So schnell kann es zu Ende sein.“

„Kanntest du den Mann?“

„Wen?“, fragte die Frau.

„Den Dealer, Yaku Mendoza.“

„Ach so. Klar, der lief hier ständig rum.“

„Schüsse hast du nicht gehört?“

„Ne, aber da war ein Mann, der in aller Seelenruhe weitergegangen ist, während der Rest hier vollkommen panisch rumlief."

„Und wie der Mann aussah, hast du den Bullen erzählt?"

„Bist du bescheuert? Ich habe gesehen, dass ich wegkomme. Meinen Kram gepackt und einen langen Schuh gemacht. Mit der Sache will ich nichts zu tun haben. Weißt du was passiert, wenn dich die Bullen befragen ..." Sie führte ihren Satz nicht zu Ende, denn erneut zuckte ihr Kopf heftig nach hinten.

Sollte Tom sie darauf ansprechen? Er entschied sich dagegen.

„Kannst du den Mann beschreiben?"

„Welchen?"

„Den, der weggegangen ist", sagte Tom und versuchte nicht ungeduldig zu klingen.

Die Frau tippte mit dem Fingernagel gegen die Bierdose. „Wo die herkommt, gibt's da noch mehr?"

Tom griff in die Tasche und stellte zwei Dosen neben die Pappschachtel.

„Steh mal auf", sagte die Frau.

Tom war erstaunt, erhob sich aber schließlich.

„Wie groß bist du?"

„Einsfünfundachtzig."

„Wirklich?"

Tom drückte sein Kreuz durch und stellte sich so gerade hin wie es ging.

„Der Typ war viel kleiner. Einssiebzig - würde ich sagen. Allerhöchstens"

„Was hatte der Mann an?"

„Eine dunkle Mütze, vielleicht eine Mütze mit Schirm, hab's ja nur von hinten gesehen."

„Haarfarbe?"

„Schwarz. Und kurz. Eins war komisch: die Jacke, die er

anhatte. Niemand hatte eine Jacke an, es war super heiß und schwül. Eine dünne, schwarze Jacke. Und unten an der Jacke war so ein ..." Die Frau suchte nach Worten. „Na, wie heißt denn das?"

„Ein Bündchen?"

„Genau, ein schwarzes Bündchen. Denke ich. Auch die Hose war schwarz. Sah nach Beerdigung aus."

Tom nickte. Vielleicht hatte er mehr erfahren als die Polizei. Ein paar Meter vom Brunnen entfernt schleppte ein Mann aus einem kleinen Restaurant Tische und Stühle auf den Platz.

„Eine Frage noch: vorgestern war das Restaurant geschlossen, oder?"

„Das stimmt. Normalerweise geben die Leute, die dort essen, mir ein bisschen Geld. Aber es war zu. Trauerfall oder so."

Das hatte Tom sich gedacht. Sonst hätte es mehr Zeugen geben müssen. Von den Tischen hatte man allerbeste Sicht auf den Brunnen. Tom holte die beiden verbliebenen Biere des Sixpacks und gab sie der Frau.

„Warum willst du das alles wissen, wenn du kein Bulle bist?"

Tom zuckte mit den Schultern. „Ich habe keine Ahnung." Er schaltete das Diktiergerät aus und fasste den Fahrradlenker mit beiden Händen. „Vielen Dank. Man sieht sich."

„Mir fällt da noch was ein", hörte Tom die Frau sagen und drehte sich um.

„Ja?"

Zweimal kurz nacheinander zuckte der Kopf der Frau zurück. „Verdammte Axt", zischte sie. „Das Leben auf der Straße ist kein Zuckerschlecken." Die Haare waren ihr in die Stirn gefallen und verdeckten die Narbe fast vollständig. „Wenn du noch ein Bierchen für mich hast, verrate ich dir noch was."

„Hat das mit dem Toten zu tun?"

„Aber natürlich", schrie sie die Antwort raus und ihr ganzer Körper verkrampfte sich für eine Sekunde.

„Geht's dir gut?", fragte Tom.

„Nichts, was nicht mit ständiger Bierzufuhr weggeht." Die Frau brüllte jetzt so laut, dass sich andere Passanten umdrehten. „Also, wie sieht's aus? Hast du noch ein paar Dosen für mich?"

Tom hatte der Frau bereits alle Dosen aus seiner Tasche gegeben, und auch sein Kleingeld war schon komplett in ihrer Pappschachtel gelandet. Zudem beschlich Tom das Gefühl, dass die Frau es primär auf Bier abgesehen hatte und wahrscheinlich keine weiteren Informationen für ihn hatte, die nützlich für Tom sein könnten.

„Gluck, gluck, gluck", machte die Frau und rieb sich über die Narbe auf ihrer Stirn.

Tom überlegte kurz und stieg auf das E-Bike. Zur Verabschiedung hob er einen Arm, ohne sich umzudrehen. Hinter Tom schrie die Frau: „Bei meinesgleichen wird sich ein Gerücht erzählt: ein Zwerg soll in einem Mülleimer eine Pistole gefunden haben."

Es ratterte in Toms Hirn. Sollte er umkehren? Tom wendete und fuhr zur Frau zurück, die ihre Bierdose in die Luft reckte und von einem Fuß auf den anderen hüpfte, sodass Bier aus der Dose auf ihr Gesicht tropfte. Erneut hatte Tom sein Handy gezückt und die Sprachaufnehme aktiviert.

„Sag das noch mal, bitte. Ein Zwerg soll in einem Mülleimer eine Pistole gefunden haben?"

„Ganz genau."

„Hast du das selber gesehen", fragte Tom.

Die Frau schüttelte den Kopf. „Nö. Das schwirrt so durchs Viertel, ich habe das halt aufgeschnappt. Von so einem großen Kerl."

„Und wo soll das gewesen sein?"

Die Frau drehte sich und verlor fast das Gleichgewicht. „Bier ist meine Währung", sang sie, „Bier ist meine Wä-äh-rung."

Tom war in einen kleinen Supermarkt gegangen und hatte zwei Bier mit seiner Kreditkarte bezahlt. Weitere glaubhafte Informationen hatte er dafür von der Frau aber nicht bekommen. Als sein Ärger darüber verflogen war, spürte er Mitleid für die Obdachlose und war froh, selbst ein Dach über dem Kopf zu haben. Auf der Straße vor sich hinzuvegetieren, zumal als Frau, das war ein ganz anderes Kaliber.

*

Während Tom zum zweiten Tatort radelte, fragte er sich, was nur aus seinem dahinplätschernden Phlegma geworden war. Es wurde von geradezu tosendem Tatendrang überspült – er war von sich selbst überrascht. Was war von den Aussagen der obdachlosen Frau glaubwürdig? Er beschloss, ihr die Täterbeschreibung abzukaufen und die Story vom Zwerg, der eine Pistole in einem Mülleimer gefunden haben soll, ins Reich der Mythen einzuordnen.

Wie erwartet, klebte an der Tür des Friseursalons ein Polizeisiegel, die Scheiben waren von innen abgehängt. Fünfzig Meter die Straße runter parkte ein LKW mit offenem Absetzcontainer. Dort schien die Zwangsräumung mitsamt Demonstration und Polizeiaufgebot stattgefunden zu haben. In jedem Fall eine willkommene Ablenkung für den Täter, der wie beim anderen Fall vermutlich sehr gut über die Gewohnheiten des Opfers Bescheid wusste. Eine spontane Tat war beim Blutbad im Friseursalon noch mehr auszuschließen als beim erschossenen Drogendealer. Auf halber Strecke zwischen dem LKW und dem Tatort spannte sich ein Plakat über die Straße. *Wir bleiben im Viertel, raus mit den Spekulanten.* Wie zum Hohn landete das Mobiliar aus der geräumten Wohnung krachend im Dunkel der aufgebockten Blechkiste.

12

Mittlerweile war es so heiß wie an den Tagen zuvor, und Tom war sicher, ohne E-Bike hätte er schon lange schlappgemacht. Vor ein paar Minuten war er an der Plaça Espanya entlanggekommen, um deren riesigen Kreisverkehr Autos, Busse und Motoroller rasten. Zwischen zwei Backsteintürmen hindurch steuerte Tom den Montjuïc an, einem Hügel von nicht mal zweihundert Metern Höhe, wo auch das Olympiastadion lag. Er fuhr über eine breite von rechteckigen Bassins gesäumte Straße, zu beiden Seiten lagen Messehallen – das hier war ein vollkommen anderes Barcelona, viel weitläufiger als die enge Altstadt. Hinter einer riesigen Fontäne erhob sich ein schlossartiges Gebäude. Tom war froh, am Display des E-Bikes auf *high* wechseln zu können – die Steigung war giftig. Mit einem normalen Fahrrad wäre es unmöglich für ihn gewesen, diese Bergwertung zu meistern.

Ein paar Schritte hinter Tom ragte der wuchtige Palau Nacional empor, den er eben noch hinter der Fontäne aus der Ferne gesehen hatte. Überall entlang der Balustrade posierten Touristen für Erinnerungsfotos mit der Stadt im Hintergrund und lächelten um die Wette. Im Norden türmten sich am Tibidabo dunkle Wolken auf, vielleicht würden sie Regen und die erhoffte Abkühlung bringen. Tom war durstig und warf einen Blick in seine Tasche. Hätte er doch nur im Supermarkt auch Bier für sich gekauft und nicht nur für die Obdachlose. Schon merkwürdig, dachte Tom, es hatte sich wie eine ganz normale Ermittlung angefühlt, so wie er es in seinem ersten Leben tausendmal getan hatte. Auch wenn seine Zeugin gegen Ende deutlich an Glaubwürdigkeit eingebüßt hatte.

Tom ging zum Kiosk, kaufte mit seiner Kreditkarte ein Bier und kehrte zu seinem Standort zurück. Ziemlich genau hier musste er vor einer Ewigkeit das Foto von Toni aufgenommen haben. Oder besser gesagt von Toni und Lidia. Wie groß war die Wahrscheinlichkeit, dass ausgerechnet jemand in seine Drecksbude eingebrochen war, der Lidia kannte. Auch darüber würde er heute noch nachdenken: sollte er Isi suchen, um so Lidia zu finden und am Ende auch Toni? Er nahm das Foto und hielt es am ausgestreckten Arm. Genau dies war der Ort. Ganz rechts im Foto, noch neben Lidia, waren das faltige Gewand und der nackte Rücken einer weiblichen Figur aus Stein zu erkennen, die Tom sah, wenn er über den Rand des Fotos hinwegblickte.

*

Schon wieder hatte Tom einen Ort seiner Erinnerung gefunden. Die Stelle, wo der Pfeil, der das olympische Feuer entfacht hatte, runtergekommen war. Claus und er hatten keine Karten für die Eröffnungsfeier bekommen, aber sie waren trotzdem zum Stadion gepilgert. Wann würden sie je wieder bei so etwas auch nur in der Nähe sein. Damals war es im Stadion mucksmäuschenstill geworden. Plötzlich ertönte eine Fanfare und Jubel drang hinaus, der brennende Pfeil war über den Stadionrand geflogen, über die Schüssel, in der Augenblicke später das Feuer auflodern sollte, und ziemlich genau da brennend gelandet, wo Tom jetzt stand. Daran erinnerte sich Tom tatsächlich, schon alleine deswegen, weil er und Claus es sich immer wieder erzählt hatten. Aber so richtig wurde das Erinnerte erst zementiert, als Claus ihm vor vielen Jahren den Link zu einem Youtube-Film geschickt hatte, wo genau diese Szene zu sehen war. Was Claus wohl macht, fragte sich Tom, er hatte ihn Ewigkeiten nicht gesehen. So ein Film würde heute innerhalb kürzester Zeit viral gehen. Aber 1992 gab es noch keine Smartphones, die Videokameras waren meist unhandlich – und wer hatte schon eine? Vom Internet ganz zu schweigen, das steckte noch in den Kinderschuhen. Eine der wenigen oder vielleicht die einzige Aufnahme zeigte, wie der Pfeil weit oberhalb der Schüssel durch den Nachthimmel flog und zwischen den Bäumen landete, wo Tom sich jetzt eine

Zigarette anzündete. An die fünfzig Meter vom Olympiastadion entfernt. Hätte es diesen Privatfilm nicht gegeben, alle Welt hätte geglaubt, der Pfeil wäre direkt in der Schüssel gelandet, so wie es das offizielle Filmmaterial suggeriert hatte. Alle Welt – bis auf die Augenzeugen. Wahrheit war oft das, was man erst nach mühsamer Suche belegen konnte.

*

Tom liebte an Spanien die korrekten Mischungen, hier schien es anders zu sein. Er hatte dem Barkeeper gut zureden müssen, um einen anständig eingeschenkten Drink zu bekommen. Neben ihm spannten sich die Kabel der Hafenseilbahn, von dort oben hatte man einen prächtigen Blick auf die Stadt und einen Teil des Hafens, wo Tom sieben große Kreuzfahrtschiffe ausmachte. Für ein paar Augenblicke versuchte er sich vorzustellen, was das bedeutete. Im Schnitt dürften 3000 Menschen von Bord gegangen sein, also überschwemmten gerade mehr als 20000 Besucher zusätzlich Barcelona, überschlug Tom. Zu den zehntausenden, die ohnehin schon in der Stadt waren – Tourismus war Fluch und Segen zugleich. Wie Tom am Vormittag selbst gesehen hatte, schoben sich die Massen die Ramblas hoch, viele kamen mit Sicherheit aus dem nahen Kreuzfahrthafen. Sie verstopften die Gassen des Gotischen Viertels und die meisten von ihnen würde es zur Sagrada Família ziehen. Dann zurück aufs Schiff und der nächsten Destination entgegen – ohne Abendessen und Übernachtung in Barcelona. Tom erinnerte sich an Gespräche, die er beim Einkaufen aufgeschnappt hatte, das reichte von ‚die verdammten Kreuzfahrer sind überall' bis zu ‚sie lassen kein Geld hier, auf dem Schiff gibt's ja all-you-can-eat'. Tom waren die Graffiti im Raval aufgefallen, auf denen *Tourist go home* stand. Und sie kamen dennoch, gefühlt wurden es jeden Tag mehr. Ob auf den Schiffen wohl vor den ganz offensichtlichen Gefahren in Barcelona gewarnt wurde? Immerhin hatte Barcelona den Ruf, das Mekka für Taschendiebe zu sein. Was Touristen im Raval sonst noch zustoßen konnte, hatte Tom selbst erlebt.

Aus den Lautsprechern drang schmeichelnd Loungemusik, jeder um Tom herum schien gute Laune zu haben. Ausnahmslos Touristen, tippte er, deswegen war auch die Preise so gesalzen. Tom hatte die Zeitungen so gefaltet, dass er die wichtigen Artikel alle im Blick hatte. Was die Presse von Verbrechen berichtete, musste nicht der vollständigen Wahrheit entsprechen. Es gab für die Polizei ermittlungstaktische Gründe, die es nötig machten, Informationen zurückzuhalten. So konnte es sein, dass explizites Täterwissen nicht veröffentlicht wurde. Tom schien es aber, als ob die Polizei in Barcelona wenig zurückhalten konnte. Noch wurden bei den Morden keine Verdächtigen präsentiert. Und bei so einer Mordserie, die binnen weniger Tage und noch dazu in einem Viertel wie dem Raval stattfand, stieg der Erfolgsdruck auf die Polizei innerhalb kürzester Zeit rasant an. Wenn erst das Wort Serienmörder in der Welt war, konnte auch die beste Pressearbeit nicht verhindern, dass die Angst vor weiteren Morden umging. Oder auch die Hoffnung auf weitere Morde. So krank das klang. So etwas lag in der Luft, Tom spürte das. Drei Tote in einem Viertel innerhalb von nur vier Tagen waren ohne Zweifel schlimm. Per definitionem ist ein Serienmörder jemand, der mindestens drei Menschen ermordet, dachte Tom. Das Wort Serienmörder erregte Aufsehen: sorgte für höhere Einschaltquoten und mehr Klicks, verkaufte mehr Zeitungen. So brodelte die Gerüchteküche nicht, sie stand in hellen Flammen. Wenn man den Tod der koreanischen Touristin ausklammerte, das war eher unglückliche Folge der Attacke, Tom hatte es selbst gesehen, so blieben zwei unterschiedliche Taten, vielleicht von einem Täter, der kein oder noch kein Serienmörder war.

Was wollte Tom? Sterben hatte oberste Priorität. Da sein Tod aber sehr wahrscheinlich weder morgen noch übermorgen eintreten würde, wollte er dieses Spiel nach seinen Regeln spielen, er würde sich solange mit den Fällen beschäftigen, wie er Lust hatte, er hatte keine Verpflichtungen. Niemandem gegenüber. Und das war vielleicht der einzige Pluspunkt, den er seiner Situation in Barcelona abringen konnte. Tom trieb eine Mischung aus Neugierde und alter Gewohnheit an. Zum Sterben bleib noch Zeit genug.

Wie war der Modus Operandi, so hieß es im Polizeisprech, wie sahen die Tatmuster der anderen beiden Morde aus? Verschiedene Tatwaffen, eine andere Art von Körperlichkeit. Jemandem aus kurzer Distanz in die Brust zu schießen, erforderte Professionalität, eine Waffe als erstes. Aber auch die gelungene Flucht legte eine gewisse Planung und Routine nahe. Das galt für beide Taten. Mitten am Tag den Moment abzupassen, an dem sich der Friseur einen Kaffee holte, um dann einen Mann mit mehreren Stichen mit einer Schere zu erstechen, war noch ein Kaliber größer. Im Friseursalon dürfte es äußerst blutig zugegangen sein, dafür war ein hohes Maß an Abgebrühtheit nötig. Doch wo was war das Motiv? Milieubedingte Taten? Ein Dealer legte einen anderen um? War der Täter ein guter Bekannter in den Datenbanken der Polizei? Wenn es denn einer und nicht zwei verschiedene Täter waren. Aber ein ganz anderes Szenario war ebenfalls vorstellbar: eine überschrittene Grenze von Frustration und Verzweiflung, die einen normalen Menschen, der vorher nicht in Erscheinung getreten war, zum rächenden Killer machte. Yaku Mendoza und Ramón Rodríguez gehörten nicht zu den angenehmsten Zeitgenossen, überlegte Tom, und hatten mit Sicherheit mehr als nur einen Feind, der ihnen das Schlimmste wünschte. Ein Drogendealer und ein brutaler Schläger und Vergewaltiger, der raunende Stammtisch freute sich heimlich über den kurzen Prozess. Warum nicht schnell und unbürokratisch. Die Polizei würde mit Hochdruck im persönlichen Umfeld der Opfer ermitteln. Das versprach statistisch den größten Erfolg. Eine

Katastrophe wäre für die Polizei der Typ Rachenengel, der gar keinen persönlichen Bezug zu seinen Opfern hatte. Nach den ersten Erkenntnissen hatten sich Yaku Mendoza und Ramón Rodríguez nicht gekannt. Falls es ein Täter war, würde das die Racheengel-These stärken. Und dessen Taten konnten von der Allgemeinheit als gut und gerecht eingestuft werden. Das machte die Sache nicht einfacher. Tom glich die Zeitungsartikel mit den neuesten Online-Veröffentlichungen ab. Zwar gab es für beide Taten eine ähnliche Täterbeschreibung, doch die war so allgemein, dass die Polizei die Tat eines Einzelnen nach außen nicht favorisierte. Was aber nicht dafür sorgte, dass es auch genau so von der Presse wiedergegeben wurde – der Raval-Killer war schnell in aller Munde. Das was ein Label, ein Trend, eine Marke. Wollte der Täter die Welt zu einem besseren Ort machen? Wenn das so war, wie würde es weitergehen? Würde es noch mehr Morde geben? Und wie würde die Stimmung über die sozialen Medien beeinflusst werden? Im Grunde war Tom das egal – ihn interessierte, ob seine alten Reflexe noch funktionierten. Aus Gewohnheit und vielleicht aus Langeweile heraus hatte er ein bisschen rumgeschnüffelt – mehr nicht. Zudem erinnerte sich Tom an die anstrengende Körperlichkeit des Jobs eines Polizisten der Mordkommission. In seiner momentanen physischen aber auch geistigen Verfassung wäre er dem nicht ansatzweise gewachsen. Darum ging es aber auch nicht.

13

Die Erleichterung dauerte nur kurz, Tom keuchte mit geschlossenen Augen und spürte eine erneute Welle, die seinen Körper erfasste. Toms Finger ertasteten die Spülung, das Rauschen des Wassers übertönte sein Würgen. Mit Mühe lehnte er sich gegen die Wand und merkte wie das Brennen im Rachen und im Mund nachließ. Vollkommen ausgelaugt kauerte Tom in der kleinen Toilette auf dem Boden. Eine Weile bewegte er sich gar nicht, er versuchte nur, sich auf tiefe und gleichmäßige Atemzüge zu konzentrieren. Wenn ihn der Schlaganfall damals nur schon dahingerafft hätte.

Wie lange Tom so verharrte, wusste er nicht. Ohne sich zu rühren, wanderte sein Blick umher. Er schien die Nacht oder Teile davon auf der Toilette verbracht zu haben. Alles tat ihm weh. Um aufzustehen, musste Tom sich am Abflussrohr festhalten. Er schleppte sich zum Spiegel und stütze sich auf dem Waschbecken ab. Im Gesicht hatte Tom frische Schwellungen, an der Unterlippe haftete verkrustetes Blut. Er stank nach Erbrochenem und Urin, und seine Rippen schmerzten beim Husten fürchterlich.

Mit einer Flasche Wasser hockte Tom auf der Matratze, er hatte einen kompletten Filmriss. Was war passiert? Das alltägliche Ritual der Rekonstruktion der Geschehnisse der vergangenen Nacht war langwieriger als gewohnt. Tom hatte in der Bar auf dem Montjuïc gesessen und sich über die Morde Gedanken gemacht. Dabei hatte er nur ein paar Mischungen getrunken. Danach war er mit dem E-Bike die steilen Rampen des Montjuïc hinunter gefahren und hatte das Rad am Verleih zurückgegeben. Tom zündete sich eine Zigarette an, drückte sie aber gleich wieder aus. Er nahm die Wasserflasche und trank fast die Hälfte in einem Zug. Von der Straße drang der Ruf des Gasverkäufers durch das geöffnete Fenster, dem wie immer das vierfache Schlagen mit einer Eisenstange auf eine Gasflasche vorausgegangen war. Tom brauchte dringend neues Gas für die Küche und warmes Wasser, aber das musste warten. Er fühlte sich definitiv nicht im Stande, die Treppe runterzugehen und mit einer Gasflasche wieder hoch. Nicht mit diesen Schmerzen. Er hatte sich gestern Nacht offensichtlich komplett abgeschossen. Eine Zeitlang döste Tom mit geschlossenen Augen. Die Spurensicherung hatte das Rincón Andaluz noch nicht wieder freigegeben, deswegen musste er sich eine andere Kneipe suchen. Schemenhaft erinnerte sich Tom an eine belebte Bar, in der für Toms Geschmack zu viele Menschen waren. Die Erinnerungen kamen in Fragmenten wieder. Hatte Tom erst mal irgendwo am Tresen Platz genommen und die Alkoholzufuhr war gesichert, wechselte er so schnell nicht mehr den Laden. Ein paar Typen hatten ihn wegen seines schiefen Gesichts verarscht, es gab Streit. Wahrscheinlich hatte Tom rumgepöbelt und wurde aus der Kneipe geschmissen.

Zum Glück wirkten mittlerweile die beiden Schmerztabletten, die Tom eingeworfen hatte. Mit WC-Reiniger und Klobürste beseitigte Tom die gröbsten Spuren der vergangenen Nacht. Das Bettzeug stopfte Tom in die große Tüte, in den nächsten Tagen würde er den Waschsalon aufsuchen müssen. Nach einer Dusche und mit frischen Klamotten fühlte sich er halbwegs wohl. Tom erinnerte sich, wie er in Richtung seiner Wohnung gewankt war. Waren ihm die Typen aus der Bar gefolgt? Eine Weile sah Tom aus dem Fenster und zündete sich eine Zigarette an. Unter ihm fuhr ein Müllwagen entlang, dessen Abfälle so stanken, dass Tom fast wieder schlecht geworden wäre. Zwei Asiatinnen hielten sich die Nase und ekelten sich. Tom dachte an die tote Koreanerin und an den Typen, der sie umgerissen und danach ihn verprügelt hatte. Das war's! Tom war ihm in der vergangenen Nacht erneut begegnet. Vielleicht hatte der Typ Tom schon in der Bar angemacht, oder er war ihm beim Nachhauseweg über den Weg gelaufen. Tom erinnerte sich, wie er herumgestoßen wurde und jede Menge Tritte und Schläge gefangen hatte. Immer wieder hatte der Typ gebrüllt, Tom solle bloß nicht zu den Bullen gehen. Hatte Tom dem Typen versucht mitzuteilen, dass er ihn beim besten Willen nicht erkennen konnte? ‚Bitte, schlag mich nicht weiter, ich habe Prosopagnosie, ich weiß nicht, wie du aussiehst und könnte dich nie identifizieren.' So in die Richtung könnte er es versucht haben. Bei den zurückkehrenden Erinnerungen schloss Tom die Augen. Als er schon bewegungslos am Boden lag, hatte der Typ ihn angepisst. Besser, er wäre schon tot.

Tom nahm das Handy vom Ladekabel und gab Tonis Namen ein. Antonia Sanchez Fernández, natürlich wollte er sie wiedersehen. Aber das löste eine Kaskade von Fragen aus: was versprach Tom sich davon? Sollte sie ihn retten? Sollte sie seine Hand halten, wenn er seinen letzten Atemzug machte? Wenn er sie treffen würde, würde er sich noch immer das Leben neben wollen? Würde Toni ihn wiedersehen wollen? Wie würde sie auf Tom reagieren, fast dreißig Jahre später und so wie er aussah? Wohnte Toni überhaupt noch Barcelona? War sie verheiratet, geschieden, hatte sie Kinder? Wie hatte sie sich entwickelt? Was für ein Mensch war sie geworden? Und was würde sie zu der Schuld sagen, die Tom auf sich geladen hatte? Wollte Tom Absolution? Wollte er hören, dass alles nicht so schlimm war? Dass jeder eine zweite Chance verdient hatte, egal wie schlimm die Last war?

Tom scrollte sich durch die Ergebnisse. Antonia Sanchez Fernández, Barcelona. Es war ungefähr so, wie Stefanie Müller in Berlin zu suchen. Aber nicht die hippe Influencerin mit unendlich vielen Treffern, sondern eine Frau Mitte vierzig, die vielleicht überhaupt keine Spuren im digitalen Dickicht hinterließ. Tom suchte ein paar Minuten, so würde das nichts werden. Er würde Lidia finden müssen, damals Tonis beste

Freundin, die andere Frau auf dem Foto. Und Lidia würde er nur mithilfe von Isi finden.

*

Das hätte Tom auch einfacher haben können. Hätte er Isi angeboten, bei ihm zu übernachten oder ihn bei sich einziehen lassen, hätte er sich erstens die Suche nach ihm sparen können, und zweitens wäre das anständig gewesen. Aber Toms Belange kreisten hauptsächlich um sich selbst und die Bespiegelung seiner Befindlichkeiten. Anstand war in die zweite Reihe zurückgetreten. Doch nun brauchte er Isi. Zum Altruisten war Tom damit nicht geworden – er war lediglich berechnend.

Im zugemüllten zweiten Zimmer der Wohnung hatte Tom eine alte Krücke gefunden, auf die er sich stützte, um überhaupt einigermaßen aufrecht gehen zu können. Zum normalen Nachziehen des rechten Beines kamen auch die Folgen der nächtlichen Schläge und Tritte dazu. Trotz der Schmerztabletten taten ihm die Rippen höllisch weh. Gerade erst waren die Folgen der ersten Tracht Prügel halbwegs verflogen. Was für einen Eindruck sein Gesicht auf die Menschen, die ihm begegneten, machte, wollte Tom gar nicht wissen. Tom hatte ein paar Tage zuvor an der Kirche mit der beschädigten Seitenfassade Obdachlose gesehen. Ihm blieb nichts anderes übrig, als dort hinzugehen und Isi zu suchen. An der Rampe zu einem Seiteneingang der Kirche standen an die zwanzig Personen, die meisten davon Männer. Ob die Frau mit der Narbe auf der Stirn, die er befragt hatte, auch darunter war? Kurz dachte Tom an das Märchen vom Zwerg mit der Waffe aus dem Mülleimer.

Die Menschen schienen auf Essen zu warten, es musste so etwas wie die Tafel zu sein. Ein Mann kam mit einer kleinen Tüte Obst und einem belegten Brot aus der Tür, wo Tom auch zwei Ordensschwestern erkannte. Tom schleppte sich an der Schlange entlang und suchte bei den Wartenden nach

Ähnlichkeiten zu Isi. Doch so würde es Tom nie gelingen, ihn zu finden. Isi könnte vor ihm stehen, er würde ihn nicht erkennen. In der Wohnung hatte Tom ihn nicht gehen und stehen sehen. Da er mit der Mimik der Menschen wenig anfangen konnte, orientierte Tom sich an der Größe, am Gang, der Körperhaltung und der Stimme. Aber die Schlange wartete schweigend. Tom musste fragen, ob jemand Isi kannte oder ihn gesehen hatte. Aber diese Kirche war bestimmt nicht der einzige Anlaufpunkt für Obdachlose, um sich mit dem Nötigsten zu versorgen. Toms Blick schweifte über die Wartenden. Der Kleidung nach zu urteilen standen dort auch Menschen an, die nicht auf der Straße lebten.

Tom ging auf den ersten Mann in der Schlange zu. Noch bevor er an ihn herangetreten war, fuhr dieser ihn an. „Immer schön hinten anstellen, das Ende ist da“, sagte der Mann und deutete hinter sich.

„Ich wollte nicht ... ich habe nicht ...“, stammelte Tom und merkte, dass es so ein zähes Unterfangen werden könnte. „Kennst du Isi? Das ist so ein Dünner. Mit Schlafsack und Tasche.“

Der Mann lachte mit den wenigen Zähnen, die er noch hatte und drehte sich zur Schlange um. „So ein Dünner mit Schlafsack. Der war gut.“

Auch die anderen in der Schlange schienen das lustig zu finden. Tom betrachtete die großporige Trinkernase seines Gegenübers und fragte sich, ob auch in seinem Körper solche irreversiblen Umbauprozesse bereits begonnen hatten.

„Du musst keine Scheu haben“, hörte er eine Frauenstimme hinter sich.

Tom drehte sich um und neben ihm stand eine Ordensschwester mit weißer Haube.

„Wieso sollte ich Scheu haben?“

„Es ist nicht schlimm, hierher zu kommen.“

„Wohin bin ich denn gekommen?“

„Zum Speisesaal der Schwestern von Mutter Teresa von Kalkutta."

Aha, dachte Tom, die blauen Streifen der Haube kamen ihm gleich bekannt vor. Erinnerungsfetzen an Mutter Teresa, dieses Persönchen in Ordenstracht, die sich so sehr für die Armen eingesetzt hatte, poppten in seinem Hirn auf. Jetzt begriff Tom: er musste so bemitleidenswert aussehen, dass er von der Schwester zur Essensverteilung gebeten wurde. Kein Wunder: Schleppender Gang und Krücke, schiefes Gesicht mit Schwellungen und verkrustetem Blut.

„Vielen Dank, Schwester", sagte Tom und versuchte ein Lächeln, „ich suche nur jemanden. Vielleicht können Sie mir helfen. Er heißt Isi. So ein Dünner ... mit Schlafsack. Hat vor ein paar Jahren seine Wohnung verloren." Mit dieser Geschichte dürfte es ein paar mehr im Viertel geben, überlegte Tom, und sein Mut sank.

„Das muss Isidro sein. Ein sehr liebenswürdiger Mensch."

Sofort fühlte Tom sich noch schlechter.

„Den hast du knapp verpasst. So weit ich weiß, ist er im alten Krankenhaus."

„Geht es ihm nicht gut?", fragte Tom besorgt.

„So wie es einem Menschen geht, der viel verloren hat. Aber er ist nicht krank. Das alte Krankenhaus ist das Antic Hospital de la Santa Creu. Am Carrer Hospital links abbiegen", sagte die Schwester und deutete Richtung Norden, „und nach gut hundert Metern nach rechts. Vielleicht ruht er im Kreuzgang."

Tom ließ die abgerissenen Seitenportale der Kirche hinter sich und ging über den Kirchvorplatz. Zwei Männer stritten an einem kastenförmigen Klohäuschen. Er vermutete, dass auch sie auf der Straße lebten und betrunken oder sonst wie zugedröhnt waren. So benahm er sich auch, wenn er voll war, da machte Tom sich nichts vor. Bisher hatte er noch nichts getrunken, der Absturz von letzter Nacht steckte ihm noch in den Knochen.

Als Tom im Carrer Hospital nach rechts zu den Ramblas schaute, sah er, wie sich dort die Massen entlangschoben. Schlimmer ging es nicht. An dem Kirchvorplatz lag ein Hotel, vor dem im Schatten ein paar Tische standen. Gespräche wehten zu Tom hinüber. Wohin er blickte, überall waren Touristen. Und nur ein paar Meter entfernt standen Menschen für Obst und ein belegtes Brot an. Er sah bereits die alten Gemäuer des Krankenhauses, als sein Blick von einem gelben Plakat angezogen wurde, das in einem oberen Stockwerk am Balkon in der Sonne flatterte. *# ravalkiller 3 – Polizei 0.* Das war doch alles verrückt.

Wie es ihm die Schwester beschrieben hatte, gelangte Tom zum alten Krankenhaus, welches eines der wenigen mittelalterlichen Gebäude im Raval zu sein schien. Augenblicklich wurde es stiller. Die Geschäftigkeit des Viertels schien sich in dem weiten Innenhof zu verflüchtigen. Zweigeschossiges Mauerwerk ging in weite Bögen über. Auf den Treppen saß eine Gruppe Jugendlicher. In der Mitte des Innenhofes ragte eine gewundene Säule empor, abgeschlossen mit einem Kreuz. Er hielt nach Isi Ausschau und legte sich schon Worte zurecht. Zwar konnte Tom sich in den Mann hineinversetzen und wusste sehr wohl, dass er auf der Straße eine harte Zeit hatte. Aber es gab keinerlei Gründe für Gewissensbisse. Isi war in *seine* Wohnung eingestiegen, und Tom war nicht Vater Teresa. Er musste sich für nichts entschuldigen. Ganz im Gegenteil, wenn es einem von den beiden Leid tun sollte, dann isi. Im hinteren Teil des Komplexes lag der Kreuzgang, in dessen Mitte Orangenbäume wuchsen. Und da stand er, mit dem Rücken zu Tom, der sich trotz seiner Schwäche ziemlich sicher war, Isi vor sich zu haben. Zu dessen Füßen lag ein Freiluft-Schachfeld aus Plastik ausgerollt, ungefähr drei mal drei Meter groß. Isi schien nachzudenken, schaute auf einen

Zettel, setzte den schwarzen Turm in das Spielfeld und schnappte sich danach den König.

„Isi", war alles, was Tom sagte. Ganz so einfach war sein Anliegen doch nicht zu formulieren.

Isi drehte sich um. „Hallo Tom. Wie siehst du aus? Geht's dir gut?"

„Hatte ein kleines bisschen Ärger."

Tom spürte, wie Isi ihn von oben bis unten skeptisch musterte.

„Da fragt man sich, wer der Obdachlose von uns beiden ist." Isi setzte die nächste Figur in die Aufstellung. „Bist du nicht zum Schachspielen gekommen?" In der Frage lag nicht ein Fünkchen Ironie.

Tom schüttelte den Kopf. „Die Schwester an der Kirche hat mir gesagt, wo ich dich finde."

„Das war bestimmt Concepción. Sie ist ein Engel."

Tom schaute auf seine Füße und suchte die richtigen Worte.

„Ich sage dir, wie es ist. Ich glaube, ich habe noch einen gut bei dir."

„Aha!", erwiderte Isi. „Und ich dachte schon, du willst dich bei mir entschuldigen. Mein Rücken tut immer noch weh."

Ach ja, er hatte mit dem Baseballschläger auf den ungebetenen Gast eingedroschen, fiel Tom ein. „Es hätte schlimmer für dich ausgehen können."

„Du willst also was von mir", sagte Isi und verschränkte die Arme vor seiner Brust. „Es ist nicht schwer zu erraten, was das sein könnte. Ich soll dir helfen, die Frau vom Foto zu finden. Und weil meine Schwester Lidia kennt, hast du mich gesucht."

Tom war offensichtlich durchschaubar wie Plexiglas. Jetzt lagen die Karten auf dem Tisch.

Tom nickte vor sich hin. „Und? Hilfst du mir?"

Isi ging zu den Figuren, die noch neben dem Schachfeld

standen und griff den zweiten schwarzen Turm. „In deiner Bude ist noch ein Zimmer frei. Da könnte ich gut einziehen."

„Du willst bei mir einziehen, so mitbewohnermäßig?" Was für ein Hund, dachte Tom. Wo war nur das sprichwörterverdrehende Nervenbündel geblieben. Jetzt musste Tom schnell überlegen, wie viel war es ihm Wert Toni wiederzufinden?

„Okay", sagte Tom, streckte seine Hand aus und wartete darauf, dass sein neuer Mitbewohner einschlug.

In aller Seelenruhe schaute Isi auf den Zettel in seiner Hand, platzierte den Turm auf dem Spielfeld und ging schließlich zu Tom, um die Vereinbarung per Handschlag zu bestätigen. „Ich baue noch meine Figuren auf und spiele meine Partie von gestern zu Ende. Danach komme ich mit meinem Krempel zu dir. Okay? Ich weiß ja, wo du wohnst."

Was für eine krasse Veränderung auf dem Planeten Tom, wie aus dem Nichts hatte er einen Trabanden in seiner Umlaufbahn.

„Wenn das nicht der Mann ist, der mehr Wasser trinken sollte", hörte Tom eine tiefe Männerstimme mit dem Akzent einer afrikanischen Sprache hinter sich sagen. Tom fuhr herum und sah einen großen, schlanken Mann. Das T-Shirt schwarz und mit karierten Shorts. Der Elektroabfallsammler fiel es Tom sofort ein.

„Hey Isi, alles easy?", fragte der Mann und lachte.

„Sehr gut geht's, ich habe jetzt ne Wohnung, Macky." Die Männer umarmten sich.

„Klasse", antwortete Macky und drückte Isi noch ein bisschen fester. „Ich freue mich riesig für dich."

„Zwei Bedingungen habe ich, wenn ich bei dir einziehe", sagte Isi an Tom gewandt.

Geht's noch, ging es Tom durch den Kopf. Eben noch obdachlos und jetzt noch Bedingungen stellen. „Schieß los." Tom war auf die Hilfe angewiesen, in ihm brodelte es.

„Macky zieht auch bei uns ein."

Isi ging offensichtlich all in, dachte Tom und verzog keine Miene, aber hinter seiner Stirn ratterte es. Jetzt musste er sich entscheiden, wie sehr er Toni wiedersehen wollte. Sie war seine allerletzte Ausfahrt auf dem *Highway To Hell*. War ihm das nicht nur einen, sondern gleich zwei neue Mitbewohner wert? „Okay", sagte Tom, „schätze, das macht dann auch keinen großen Unterschied mehr." Ob er bei der Antwort seinen Unmut gut verborgen hielt oder nicht, war ihm egal.

„Und eine Sache noch", sagte Isi und stellte die schwarze Dame auf das Feld. „Du hörst mit dem Trinken auf. Alkohol zerstört alles."

14

Als der Mann die Haustür öffnete, schlug ihm die Mittagshitze entgegen. Bis Anfang Juni war es ungewöhnlich kühl in Barcelona gewesen, viele hatten sich beschwert. Gerade an einigen Wochenenden, so erinnerte er sich, hatte es heftige Niederschläge gegeben. Der Sommer würde schon noch früh genug kommen, hatte der Mann gedacht. Und jetzt war er da. Es fühlte sich nach August an, mitten im Juni. Es waren höchstens 30°, nicht zu vergleichen mit den Temperaturen von über 40° in Südspanien. Doch wegen der hohen Luftfeuchtigkeit fiel ihm das Atmen schwer. Das Wetter konnte der Mann nicht ändern; er beschwerte sich nie, es war wie es war. Aber die Zustände in seinem Viertel nahm er nicht mehr länger als naturgegeben hin. Deswegen mussten der Drogendealer und der Vergewaltiger sterben. Er hatte die Männer nicht persönlich gekannt, nur so lange ihre Gewohnheiten und Tagesabläufe beobachtet, bis er bereit war, Zeichen zu setzen. Nach der ersten Befreiung, denn das war es, eine Befreiung für das Viertel, wäre der Mann bereit gewesen, für sein Handeln Verantwortung zu übernehmen und ins Gefängnis zu gehen. Er hatte sich schon vorgestellt, wie er den Gerichtssaal als große Bühne genutzt hätte, um einen Scheinwerfer auf die Missstände im Raval zu richten. Aber es war anders gekommen, niemand hatte ihn gestoppt, nicht bei der ersten, nicht bei der zweiten Befreiung. Die Liste für zukünftige Aktionen im Raval war lang: Drogendealer, Kriminelle, Vergewaltiger, Immobilienhaie. Und es betraf nicht nur sein Viertel, in ganz Barcelona musste endlich zugepackt werden.

Der Mann alleine würde es nicht schaffen, sein Viertel zu befreien. Aber er könnte Vorbild für andere sein. Die Zustimmung für seine Taten war doch zu sehen und zu spüren. Er sah die Plakate und hörte die Gespräche, die meist mit, ‚oh mein Gott, ist das schrecklich' begannen und mit ‚aber sie hatten es verdient' endeten. Der Zweck heiligte die Mittel. Der Titel Raval-Killer wäre nicht seine bevorzugte Wortwahl gewesen. Aber heute musste alles eine griffige Bezeichnung haben, also warum nicht. Die *narcopisos* waren dem Mann ein besonderer Dorn im Auge, eine Schande. In den vergangenen Tagen hatte er eins genau ausgekundschaftet, dort würde er als nächstes zuschlagen. Aber eins nach dem anderen.

War es ihm zu Beginn noch unwichtig, ob er verhaftet würde oder nicht, wollte er jetzt Zeichen um Zeichen setzen. Solange niemand mutig genug war und ihm folgte, musste er alleine weitermachen. Dafür durfte es keine Zeugen geben. Es war nicht die Schuld der Frau gewesen. Sie wurde vor die Kamera gezogen. Sie gehörte nicht zu dieser mediengeilen Generation, die fürs Internet Schminktipps und Katzenvideos produzierte. Sie ging auf die fünfzig zu, war dezent gekleidet. Aber irgendwas hatte sie gesehen, was seine Mission gefährden konnte. Sie musste schweigen. Er hatte sich das Foto der Frau aus dem Fernsehen gut eingeprägt und sie schnell gefunden. Der Mann war zur Plaça del Pedró zurückgekehrt, hatte sich in ein Café gesetzt und gewartet. Niemand erkannte ihn. Nach nicht mal einer Stunde ging die Frau, die er suchte, über den Platz und hielt kurz am Brunnen an, wo auf dem Boden noch das Blut des Dealers zu erkennen war. Es gab keinen Zweifel. Der Mann ließ zehn Euro auf dem Tisch liegen und folgte der Frau. In einer Seitenstraße nahm die Frau Schlüssel aus ihrer Handtasche und verschwand kurz danach in der Hausnummer zwölf. Der Mann lehnte im Schatten an der gegenüberliegenden Hauswand, nahm sein Handy, starrte auf das dunkle Display und tat so, als ob er etwas lesen würde. Er trug wieder Mütze und Sonnenbrille, aber auch sein spanisches Allerweltsgesicht wäre nicht weiter aufgefallen. Dennoch musste er auf Nummer sicher gehen und die Frau beseitigen. Im zweiten Stock öffnete sich die Balkontür, und für ein paar Augenblicke sah er ihr Gesicht. Der Mann überquerte die Straße und schaute auf die Klingelschilder. Im zweiten Stock befand sich nur eine Wohnung.

15

Tom war aus seiner Wohnung geflohen, er hatte die ungewohnte Gesellschaft und den Lärm nicht mehr ertragen, außerdem brauchte er Eis für weitere Drinks. Er war nach Barcelona gekommen, um sich ins Jenseits zu expedieren, jetzt hatte er zwei neue Mitbewohner, die sich in einen regelrechten Frühjahrsputz hineingesteigert hatten. Säckeweise schleppten Isi und Macky Müll aus ihrem Zimmer. Natürlich konnte Tom ihren Enthusiasmus verstehen. Zwei Obdachlose in ihrer neuen Wohnung, das war wie Tom vor einem Alkoholregal im Supermarkt. Zudem war es Isis alte Wohnung, hier hatte er zusammen mit seiner Frau gewohnt. Das Zimmer, das er zusammen mit Macky einrichtete, war in einem anderen Leben sein Schlafzimmer samt Ehebett gewesen. Es war verrückt, Tom kannte die beiden Männer fast gar nicht. Und doch würde er mit ihnen eine bizarre Wohngemeinschaft bilden. Dafür gab es ganz genau einen Grund: Isi hatte Kontakt zu seiner Schwester aufgenommen, und die hatte ihm Lidias Adresse gegeben. Es war der einzige Weg zur Toni. Was Tom sich von einem Treffen erhoffte, wusste er nicht, doch er musste sie finden. Eine Sache bereitete Tom Kopfschmerzen, neben den Kopfschmerzen, die er sowieso täglich hatte. Isis Bedingung, Tom müsste mit dem Trinken aufhören, war kompletter Schwachsinn. Der sollte froh sein, wieder ein Dach über dem Kopf zu haben. Die schwüle Mittagsluft ließ Tom schwer atmen, er schaute auf sein Handy. Er hatte seinen beiden neuen Mitbewohnern zwei Stunden Zeit gegeben. Jetzt brauchte Tom einen Drink, egal was Isi sagte. Tom schob sich in dem engen Flur an einem bis oben hin gefüllten Müllsack vorbei und warf einen Blick in das Zimmer. Alles picobello sauber, und auf den Matratzen lagen frischbezogene Kopfkissen und Laken.

„Überraschung", riefen Isi und Macky. Zwischen der Küche

und Toms Lager stand ein Tisch mit drei Stühlen. Der Tisch war gedeckt, und seine neuen Mitbewohner grinsten ihn an.

„Ich habe aufgeräumt", sagte Isi, „und Macky hat gekocht."

„*Ceebu jen*, ein senegalesisches Nationalgericht", führte Macky fort und lachte.

Tom schwitzte und merkte, wie Wut in ihm hochstieg. „Was soll das hier werden? Da fehlen ja nur noch die Blumen."

„Wann hast du zum letzten mal was Ordentliches gegessen", fragte Isi.

„Vermutlich schon länger her, aber darum geht es auch nicht." So einfach ließ Tom sich nicht beruhigen. „Ich lass euch hier wohnen ...", knurrte Tom und warf den mitgebrachten Eiswürfelbeutel ins frisch geputzte Waschbecken. Er überlegte nach einem Aber, doch ihm fiel nichts Sinnvolles ein.

„Jetzt setz dich mit uns an den Tisch", sagte Macky. „Das Rezept ist von meiner Großmutter aus Senegal." Macky schloss die Augen und wedelte sich den Dampf in die Nase.

Tom seufzte resignierend und setzte sich auf den freien Stuhl. „Wo habt ihr den Tisch und die Stühle her?"

„Aus unserem Schlafzimmer", antwortete Isi. „Die hatten wir zuerst gar nicht gesehen, so zugestellt war es, und überall lagen Fixersachen herum. Unglaublich."

Isi wirkte niedergeschlagen, aber Tom verspürte keine Lust emotionale Aufbauarbeit zu leisten. Nur weil Isi nicht damit klarkam, wieder in seiner alten Wohnung zu sein, musste Tom nicht den Sozialarbeiter spielen.
„Was is'n das?", fragte Tom und stocherte mit der Gabel im Essen herum.

„Mit Gemüse gefüllte Goldbrasse, Reis und Tomatensoße", antwortete Macky und strahlte.

Tom schmeckte es ausgezeichnet, aber das wollte er den

beiden gegenüber nicht zeigen. Seine Hauptnahrungsquelle waren in letzter Zeit Alkoholika aller Art. Die Abwechslung im Speiseplan tat ihm gut, trotzdem benahm er sich weiter demonstrativ unfreundlich und schaufelte das Essen in sich rein.

„Wie ist es für dich in deiner alten Wohnung?“, fragte Macky und sah Isi an.

„Etwas ganz Besonderes“, antwortete Isi leise und suchte den Blick von Tom, der ins Leere starrte. „Es bringt mir die Vergangenheit nicht zurück, aber schaut euch um: das ist doch ein Anfang.“ Isi schluckte und blickte auf seinen halb leergegessenen Teller.

Tom war kein Experte, menschliche Regungen schnell zu deuten, aber würde der Typ gleich wieder wie ein Schloss- oder Schoßhund heulen?

„Nachdem die Bank uns rausgeschmissen hatte, bin ich noch ein paar Mal hierher zurückgekehrt. “

Isis seufzte und seine Augen glänzten tatsächlich, argwöhnte Tom.

„Diese Wohnung sollte meine Zukunft sein. Aber meine glücklichen Zeiten waren vorbei. Erst wurde die Wohnung von ein paar jungen *okupas* besetzt, doch schon nach ein paar Wochen sind die weitergezogen. In der ganzen Zeit kam niemand auf die Idee, das Schloss auszutauschen. Und nachdem ich auf der Straße gelandet war, begann ich wieder hier zu übernachten.“

„Krass“, sagte Macky. „Warst du auch noch hier, als es ein *narcopiso* wurde?“

„Als ich eines Nachts in die Wohnung schlich, waren Typen da, echt fiese Gestalten. Einer hielt mir ein Messer an den Hals. Und das war es.“

Macky legte eine Hand auf Isis Arm. „Jetzt ist das hier wieder ein besserer Platz.“

Tom stöhnte, was ging ihn diese rührselige Geschichte an?

„Ihr hättet noch Luftballons aufhängen sollen“, sagte er bissig, stand auf und nahm sich ein frisch gespültes Glas, dazu drei Eiswürfel. Tom riss die Kühlschranktür auf und beugte sich vor. Er starrte auf Milch, Eier, Brokkoli und viele andere gesunde Sachen, aber weder die Rum- noch die Ginflasche. Tom befürchtete das Schlimmste, sein Puls beschleunigte sich.

„Wo habt ihr meinen Stoff hingestellt?“ Tom gab sich keine Mühe, auch nur ansatzweise freundlich zu klingen.

„Ich habe ihn weggetan“, sagte Isi.

„Weggetan im Sinne von im Kühlschrank war kein Platz mehr, und die Flaschen stehen jetzt woanders, will ich stark hoffen“, hörte Tom sich fast schreien und stemmte die Fäuste in die Hüften.

„Nein, weggetan im Sinne von weggeschüttet.“

Tom bemerkte das Zittern in Isis Stimme und spürte dessen Aufregung.

„Du musst mit dem Trinken aufhören“, setzte Isi fort.

„Ach? Und aus welchem Grund sollte ich das machen?“, brüllte Tom und sein vom Schlaganfall und den zurückliegenden Schlägereien gezeichnetes Gesicht verzog sich zu einer grotesken Maske.

„Das Zeug tötet dich. Ich kann keine böse Mine zum guten Spiel machen.“

Das war zu viel. Zu viel verdrehte Redewendungen, vor allem zu viel Einmischung in sein Leben. Und zu wenig Alkohol, den er jetzt mehr denn je brauchte. „Das schlägt dem Fass die Krone weg“, schrie Tom und sah, wie Speicheltröpfchen durch den Raum flogen. „Genau das ist der Sinn der Sache. Ich lasse mich jeden Tag vollaufen, um zu sterben. Das ist dir vielleicht noch nicht aufgefallen, aber genau das ist mein Ziel. Geht das nicht in dein Spatzenhirn rein? Wenn ich nichts in mich reinschütte, bekomme ich schlechte Laune.“ Tom humpelte so schnell er konnte zu Tür, griff den Baseballschläger mit der linken Hand und kehrte zum Tisch zurück.

„Das wird hier keine lustige Männer WG der gescheiterten Existenzen", tobte Tom und ließ den Schläger auf den Tisch sausen. Isis Teller zersplitterte, Sauce und Fisch spritzten herum. Tom holte erneut aus und schwang den Schläger, um Isi zu treffen, doch der duckte sich gerade noch weg.

„Ich lasse mir von niemandem vorschreiben, ob ich mich besaufe oder nicht. Das ist meine Entscheidung. Ich glaube, die barmherzigen Schwestern haben einen Einfluss auf dich, der gut für dich sein mag. Doch darauf gebe ich einen Scheiß. Ich ziehe mein Ding durch", keifte Tom. Er hatte das Gleichgewicht verloren und stützte sich auf dem Boden ab. Hatten die beiden die Lage jetzt verstanden, fragte sich Tom und stand langsam wieder auf. Gerade holte er ein weiteres Mal aus, um seinen Standpunkt zu unterstreichen, als Macky aufsprang und ihn zu Boden riss.

Tom hatte noch eine Weile um sich getreten und die beiden Eindringlinge in sein Leben aufs Übelste verflucht, doch Macky hielt ihn mühelos im Schwitzkasten am Boden. Nach einigen Sekunden erlosch seine Gegenwehr, Macky lockerte den Griff und Tom kroch schwer atmend zu seiner Matratze. Mit gesenktem Kopf rauchte Tom und merkte, wie ihn Macky und Isi beobachteten. Tom legte sich innerlich Sätze zurecht, die er gleich wieder verwarf. Er zündete sich eine weitere Zigarette an.

„Es tut mir leid", flüsterte Tom, ohne seinen beiden Mitbewohner anzuschauen. Er hatte kurz vor der Kernschmelze gestanden. „Ihr kennt mich nicht, ihr wisst nicht, was ich hinter mir habe." Tom schloss die Augen, paffte ein paar Züge und steckte die Kippe in eine leere Bierflasche. „Ich habe das Leben meiner Frau auf dem Gewissen."

„Wie bitte? Was hast du?", entfuhr es Isi und er atmete hörbar aus.

„Hast du sie umgebracht?", fragte Macky zögernd.

Tom schüttelte den Kopf und spürte die Blicke der beiden auf sich. Durch einen meterdicken Sarkophag aus Scham und Verdrängung frästen sich Erinnerungen an den Unfall und die Zeit danach in sein Bewusstsein. „Nein, aber es ist kein großer Unterschied.“

Sekunden, die sich wie Minuten anfühlten, brachte keiner ein Wort raus. Tom steckte sich eine weitere Zigarette in den Mundwinkel und zündete sie an.

„Du musst uns nicht erzählen, was passiert ist", sagte Isi schließlich und sammelte die Scherben zusammen. „Wir haben alle eine traurige Geschichte.“ Isi legte die Scherben auf den Tisch und ging zu Tom. „Ich helfe dir, Lidia zu finden, damit du die andere Frau vom Foto findest. Sie scheint dir viel zu bedeuten. Aber du musst dir von mir, von uns helfen lassen.“ Isi blickte zu Macky, der nickte. „Sonst können wir hier nicht bleiben.“

Wieder sagte Tom eine Weile nichts und blies Qualm in die stickige Luft. Krasse Ansage, dachte er, räusperte sich, sah Isi an und versuchte ein Lächeln. „Was wird das hier? Betreutes Trinken?“

16

Wieder näherte sich der Mann der Wohnung. Er hatte sich eine rotblaue FC Barcelona Kappe aufgesetzt und trug beigefarbene Cargoshorts und T-Shirt. Die nahe Kirchturmuhr schlug zwölf. Aus sicherer Entfernung sah er, wie ein Paketbote im Hauseingang verschwand. Wenig später erreichte der Mann die Hausnummer zwölf und wartete, bis der Paketbote das Haus wieder verließ. Er wusste nicht, ob die Frau allein wohnte, aber das Risiko musste er eingehen.

Der Mann klingelte. Aus der großen Plastiktasche hatte er einen eingepackten Schuhkarton gezogen. Drinnen näherten sich Schritte der Wohnungstür.

„Ja?“, fragte eine Frauenstimme.

„Ein Paket für die Nachbarin aus dem ersten Stock. Können Sie es annehmen?“, fragte der Mann und hielt das Paket Richtung Türspion.

Aus der Wohnung kam keine Antwort.

„Ich müsste das Paket sonst wieder mitnehmen“, sagte der Mann und merkte, wie er unter der Mütze zu schwitzen begann.

Nach ein paar Augenblicken öffnete sich die Tür, der Mann streckte das Paket vorne. Blitzschnell, so wie er vor dem Spiegel geübt hatte, zog er die Pistole mit Schalldämpfer hinter dem Rücken hervor und drückte sie der Frau an den Hals. Wie bei einem langsamen Tanz setzte der Mann die Schritte und gab der Wohnungstür von innen einen sanften Stoß. Die Frau schloss die Augen.

„Bist du alleine?“

Die Frau nickte.

„Du weißt, wer ich bin?“, fragte der Mann und drängte die Frau durch den Flur, bis sie im Wohnzimmer ankamen.

Die Frau zitterte. Der Mann schaute sich um, sein Blick fiel auf ein großes lila Stofftuch, das über einem Standspiegel hing.

Er legte einen Finger auf ihre Lippen.

„Das Schweigen heißt, dass du weißt, wer ich bin?“

„Ich habe der Polizei gesagt, dass ich nichts gesehen habe“, sagte die Frau und weinte leise. „Ich werde denen nichts erzählen, niemals.“

Darauf wollte sich der Mann nicht verlassen. „Leg dich auf den Boden, mit dem Gesicht nach unten.“ Von dem Wäscheständer, der am Fenster stand, nahm er eine Socke und stopfte ihn der Frau in den Mund.

Mit dem Stofftuch und einer Lichterkette hatte er Füße und Hände der Frau aneinander gefesselt. Sie stöhnte und zerrte an den Fesseln, während der Mann ihr eine Plastiktüte über den Kopf zog und den unteren Rand mit Klebeband an ihrem Hals festklebte. Die Tüte hob und senkte sich noch eine Weile, während der Körper im Todeskampf zuckte.

Der Mann betrachtete ein paar Augenblicke den leblosen Körper, stand schließlich auf und zog die Schubladen einer Kommode heraus. Den Inhalt verteilte er auf dem Boden und ging in den kleinen Flur. Was war das für ein Knacken? Verdammt, die Frau hatte gelogen, es war noch jemand in der Wohnung. Regungslos blieb der Mann für einige Momente stehen, dann wieder ein Knacken, gefolgt von einem Rascheln. Die Pistole lag auf dem Wohnzimmertisch. Ohne zu atmen schlich er zurück, nahm die Waffe und kehrte zurück in den Flur. Erneut knackte es. Was war das?

„Wer immer dort drinnen ist, kommt jetzt langsam raus.“

Der Tod der beiden Männer bereitete dem Mann Genugtuung. Die Frau musste er töten, um seine Mission nicht zu gefährden. Weitere Kollateralschäden waren nicht vorgesehen. Aber was sein muss, muss sein, dachte der Mann.

„Rauskommen. Sofort“, befahl der Mann und merkte, dass er stärker schwitzte. Er wischte sich mit dem kurzen Ärmel des T-Shirts über sein Gesicht. In der Wohnung wollte er bestimmt kein genetisches Material von sich hinterlassen. Aus dem Schlafzimmer fiel Licht auf den Flur, erneut dieses Knacken.

„Einbrecher“ krächzte eine Stimme aus dem Schlafzimmer.

Der Mann umklammerte seine Pistole, beugte sich vor und konnte einen großen Kleiderschrank ausmachen, in dessen Tür ein Spiegel eingelassen war. Er atmete tief durch, es war ein Papagei. Da saß ein verdammter Papagei in einer Voliere. Als der Mann in das Zimmer ging, meinte er für den Bruchteil einer Sekunde wahrzunehmen, wie hinter ihm ein Schatten entlanghuschte. Doch im Flur war niemand, und im kleinen Schlafzimmer war nur der Papagei, der krächzte und mit den Flügeln schlug. Der Mann durchwühlte den Kleiderschrank und steckte Schmuck ein, der auf einem Nachttisch lag. Dazu waren im Portemonnaie über dreihundert Euro, die er ebenso an sich nahm wie zwei Kreditkarten und das Handy. Der Mann schaute sich in der Wohnung um, langsam entsprach es seinen Vorstellungen. Aus der Plastiktasche zog er vorsichtig ein paar gebrauchte Spritzen, die in der Nähe eines Spielplatzes gelegen hatten. Das musste man sich vorstellen! Auch wenn seine Tochter heroinabhängig gewesen war, wusste der Mann nichts davon, wie sich ein Junkie einen Schuss setzte. Er platzierte zwei Spritzen neben der Couch. Da, so nahm er an, würde es Sinn machen. Hier würde ein Drogenabhängiger sich hinhocken und diesen Dreck in die Vene jagen.

Bevor er aufbrach, ging der Mann noch einmal langsam durch die Wohnung. Er war zufrieden, es sah aus, als ob Einbrecher eingedrungen waren. Junkie-Einbrecher, die eine Frau getötet hatten, nur um an Schmuck, Kreditkarten und ein bisschen Bargeld zu kommen. Im Wohnzimmer sah der Mann an der Wand über der Couch zwei kleine Gemälde prüfend an. Er war kein Kunstexperte, aber es sollte ihn wundern, wenn diese beiden Bilder nicht deutlich mehr als nur ein paar Euro einbringen würden.

Der Mann hatte die Pistole in die Plastiktasche zu den Bildern und dem Klebeband gelegt. In ein paar Minuten würde er bei sich zu Hause sein. Auf dem Weg dorthin würde er diese alberne Barça-Kappe entsorgen. Natürlich tat es ihm um die Frau leid. Aber es musste sein, er war verantwortlich, das große Ganze im Auge zu behalten. Und hätte er die Frau mit der Pistole erschossen, würde die Polizei feststellen, dass es dieselbe Waffe wie beim Dealer war. *Raval-Killer erschießt unschuldige Frau.* Diese oder ähnliche Schlagzeilen wären die Konsequenz. Die Sympathie, die der Mann für sein engagiertes Handeln gerade noch gespürt hatte, würde in Hass umschlagen. Und das wäre das Gegenteil vom dem, was er wollte. Für seine Taten wollte er nicht von den Menschen geliebt werden. Wer liebte schon Mörder. Er wollte ein Vorbild sein, er wollte Follower. Das war Schwachsinn, er hasste diese von Anglizismen durchsetzte Sprache der Medien und der sozialen Netzwerke, jetzt ließ er sich auch noch davon infizieren. Denn auf Daumen-hoch- oder Herzchen-Follower, die jeden Schund mit einem Like versahen, konnte er verzichten. Für sein Vorhaben benötigte der Mann Gefährten, Jünger, die seinen Weg mit oder ohne ihn weitergehen würden, er brauchte Kombattanten, mit denen er diese Schlacht gewinnen könnte.

17

Tom hatte sich benommen wie ein Irrer. Nun hinkte er einen halben Schritt hinter Isi her und bastelte in seinem Kopf an einer Entschuldigung herum, während sein Blick über die Baumkronen der Platanen und Palmen schweifte.

„Früher sah das hier anders aus, oder?, hörte Tom sich sagen und hasste sich für die Belanglosigkeit seiner Frage, aber noch viel mehr verachtete er sich für seine Feigheit.

„Ja", antwortete Isi und drehte sich zu Tom. „Wo sich heute die Rambla de Raval erstreckt, wurden in den Neunzigern die ganzen heruntergekommenen Wohnblocks abgerissen."

Krass, dachte Toms, sein erster Eindruck hatte ihn also nicht getäuscht.

„Ich kann mich noch an den Slogan erinnern", fuhr Isi fort, „mit dem sich die Stadt damals veränderte. *Barcelona posa't guapa*, Barcelona, mach dich hübsch. Du glaubst nicht, wie es hier vor Olympia aussah. Es gab keinen richtigen Strand, da war eine riesige Barackensiedlung. In der ganzen Stadt und besonders im Raval kreiste die olympische Abrissbirne. Ich sage es dir, das Viertel war vorher war ein einziges Gassengewirr. Und ganz schön trostlos. Plötzlich gab es Luft und Licht, Sonne und Sauberkeit. Die Dealer sollten weg und auch die Prostituierten. Ich kenne es selber nur aus Erzählungen, aber wenn früher die sechste amerikanische Flotte in Barcelona lag und tausende junge Matrosen nach langer Zeit auf See ins Raval kamen, um sich zu vergnügen, es muss der Teufel losgewesen sein ..."

Der Rest von Isis Ausführungen verlor sich in den Windungen von Toms mit Selbsthass geflutetem Hirn. Instinktiv nickte er von Zeit zu Zeit, um so aufmerksames Zuhören vorzutäuschen, nur selten durchstießen einzelne Worte die Schutzmembran. Tom blieb stehen und stützte seine Hände auf den Oberschenkeln ab. Er schwitzte und keuchte. Nicht nur die Mittagshitze machte ihn fertig.

„Alles klar bei dir?“, fragte Isi.

Tom nickte. „1992 war das Raval reichlich auf den Hund gekommen, oder täuscht mich meine Erinnerung?“

Wieder einmal gelang es ihm nicht, die Mimik seines Gegenübers zu dekodieren, aber er vermutete stark, dass sich die Ausführungen seines neuen Mitbewohners, die nicht zu Tom durchgedrungen waren, hauptsächlich um den Zustand des Viertels gedreht hatten und Isi deswegen irritiert dreinschaute.

„Das Raval ist an vielen Ecken schicker geworden und lebenswerter“, setzte Isi scheinbar unbeirrt fort. „Weißt du, wie das Raval auch genannt wird?“

„*Barrio chino*“, antworte Tom. Chinatown, den Begriff hatte er mehrfach aufgeschnappt. Es lebten eine Menge Chinesen in seiner Nachbarschaft.

„Als das Raval den Beinamen *barrio chino* bekam, lebte hier aber kein Chinese“, fuhr isi fort.

In Tom begann es zu brodeln, hatte er eine Stadtführung gebucht? Hätte er bei Isi nicht noch eine Entschuldigung loswerden müssen, wäre er ihm schon lange übers Maul gefahren. „Und warum heißt es sonst *barrio chino*?“, fragte Tom übertrieben freundlich.

„Ich drücke es mal ganz nüchtern aus: Reisende fühlten sich beim bunten Treiben im Raval an die Rotlichtbezirke anderer Weltstädte erinnert, und die lagen oft in den Chinatowns.“

„Ist ja interessant“, stellte Tom mit einem Stöhnen fest.

„Heute ist unser Viertel viel sicherer als früher. Auch wenn man das bei dem, was in den vergangenen Wochen hier passiert, kaum glauben kann. Da die Mieten lange sehr günstig waren, sind auch viele junge Leute hiergezogen und mit ihnen neue Ideen und ein frischer Wind. Mittlerweile gibt es im Raval jede Menge Galerien, Boutiquen, schicke Restaurants und Museen. Ein paar Minuten zu Fuß von hier haben sie einen riesigen Unineubau ins Viertel gequetscht. Seit Jahren klettern die Immobilienpreise, und die Menschen, die hier wohnen, müssen schauen, wo sie bleiben.“ Isi seufzte.

Tom verstand es nur zu gut, so viel Empathie konnte er für andere Menschen noch aufbringen. Der Verlust der Wohnung und das Zerbrechen seiner Beziehung nagten an Isi. Eine Katastrophe, die das Leben in ein Davor und Danach teilte, hatte Tom nicht exklusiv.

Die beiden Männer setzten ihren Weg schweigend fort. Tom dachte an Isis Zustandsbeschreibung des Viertels und ihm fiel ein Zeitungsartikel ein, den er vor Jahren in Deutschland gelesen hatte. Der hatte die Veränderung von Stadtvierteln durch die KSK-Truppe beschrieben, durch Künstler, Studenten und Kreative. Junge Leute zogen dorthin, wo der Wohnraum günstig war und veränderten ihre Umgebung. Das Viertel war auf einmal angesagt, es wurde investiert, saniert und gebaut und schon war der Gentrifizierungsprozess im vollen Gange. Andere Probleme verschärften die Situation im Raval noch, das hatte Tom trotz seiner Selbstzentriertheit mitbekommen, es hingen überall an den Balkonen Protestplakate: Neben Drogen und Prostitution waren das Wohnungseinbrüche, Diebstähle und Raubüberfälle – das volle Programm. Tom überlegte kurz, ob er seine Gedanken mit Isi teilen sollte, entschied sich aber dagegen. Er würde nichts berichten, was Isi nicht längst wusste, und so gerne hörte Tom sich nicht reden, als dass er es unbedingt loswerden musste.

„Schließ deine Augen“, sagte Isi plötzlich und legte seine Hand auf Toms Schulter. „Und hör der Stadt zu.“

Isis ständiges Verdrehen von Redewendungen, wenn er nervös war, fand Tom putzig. Aber der Stadt zuhören? Wurde Isi jetzt esoterisch? Oder religiös? Trotzdem schloss Tom die Augen und lauschte dem Sound der Stadt. Ganz in der Nähe hörte er kurz hintereinander vier metallische Schläge. *Klang, klang, klang, klang.* Das war Tom vertraut. Es folgte der langgezogene Ruf des Gasverkäufers, der zuvor mit einer Eisenstange auf eine orangefarbene Butangasflasche geschlagen hatte, um auf sich aufmerksam zu machen. „Das ist der *butanero*, der mit einer Sackkarre voller Gasflaschen durchs Viertel zieht“, sagte Tom und ihm fiel ein, dass sie dringend eine neue Flasche für die Wohnung brauchten.

„Schhhh“, machte Isi, „das ist der *alte* Sound des Viertels. Lass bitte die Augen zu.“

Tom wollte kein Spielverderber sein und lauschte weiter mit geschlossenen Augen. Er vernahm vorbeifahrende Fahrzeuge, ein paar Meter neben ihnen schimpfte ein Mann mit seinem Hund. In der Ferne hörte Tom das Lärmen einer Baustelle, ein Auto bremste scharf.

„Hörst du es?“, fragte Isi.

Was sollte Tom bitte hören? Da war nichts Besonders. Nur ein leises Grollen, welches immer lauter wurde. Er konnte es nicht zuordnen. „Was ist das?“ Das Grollen dröhnte in Toms Ohren und vermischte sich mit einem Klackern – eine ganz unangenehme Mischung.

„Das gehört zum *neuen* Soundtrack des Viertels.“

Tom Schlug die Augen auf und sah, wie sich eine Frau entfernte, die einen Rollkoffer hinter sich herzog. Er dachte an die tote Touristin aus Südkorea.

„Vor nicht allzu langer Zeit gab es hier fast keine Hotels und Touri-Apartments“, fuhr Isi fort. „Niemand hat etwas gegen Touristen. Aber die Balance ist einfach verlorengegangen. Das Raval darf nicht zu so einem Disneyland werden wie das Gotische Viertel. Oder noch schlimmer: wie das Eixample am Passeig de Gràcia, wo auch die bekanntesten Wohnhäuser von Gaudí stehen und die Sagrada Família.“

Tom schloss erneut die Augen und hörte in der Ferne noch immer den Rollkoffer – ein Symbol für die unangenehmen

Auswirkungen des Massentourismus. So hatte er es noch gar nicht betrachtet.

*

Isi überprüfte die Adresse auf dem Zettel und klingelte. Der Summer blieb still.

„Probier's noch mal", sagte Tom, trat einen Schritt zurück und blickte an der Fassade noch. „Ein Fenster steht offen."

„Wollen wir später wiederkommen?", fragte Isi und wischte sich mit dem Handrücken Schweiß von der Stirn.

Tom verzog den Mund. „Mmh", brummte er. „Lass uns noch kurz warten."

Zehn Minuten waren vergangen, Tom wartete auf der einen, Isi auf der anderen Seite des Eingangs. Die Fassade war mit den gleichen kleinen Trittbalkonen bestückt wie überall im Viertel. Außerdem zog sich ein Wust aus Kabeln vom Verteilerkasten oberhalb der Haustür über die Straßenseite des Gebäudes. Warum dieser Anblick in Spanien die Regel und in Deutschland die Ausnahme war, konnte Tom sich nicht erklären. Etwas anderes, wofür Tom keine Erklärung hatte, war sein Verhalten. Wie hatte er sich nur gegenüber Isi und Macky benommen! Er war komplett außer Kontrolle geraten. Nur weil die beiden seinen Alkohol entsorgt hatten. Tom schämte sich. Was hätte er getan, wenn Macky ihn nicht gestoppt hätte? In seinem Kopf puzzelte Tom an der zigsten Entschuldigung herum. Das Schlimme war: Tom würde wieder ausflippen, wenn ihm und seiner obersten Direktive zukünftig etwas in die Quere kommen sollte. Und damit meinte er seinen bedingungslosen Alkoholkonsum, der Vorrang vor allem und jedem hatte. Den Begriff *oberste Direktive* hatte er aus Star Trek. Diese verlangte eine strikte Nichteinmischung. Daran hätten sich lieber seine beiden neuen Mitbewohner halten sollen. Toms destruktiver Alkoholkonsum hatte Priorität. Mit solcherlei Gedanken war Tom auf dem Weg zu Lidias Wohnung wortlos hinter Isi hergetrottet. Irgendetwas musste er zu ihm sagen. Am besten Worte finden, die einer Entschuldigung nahe kommen würden.

„Sorry wegen ... Na, du weißt schon.“ Es war amtlich: das war die schlimmste Entschuldigung aller Zeiten.

„Schon okay.“

War der Mann ein Heiliger? Oder einfach nur dankbar, wieder ein Dach über dem Kopf zu haben?

Von einer Kirchturmuhr erklangen vier Schläge der vollen Stunde und ein weiterer.

„Da kommt jemand“, sagte Isi.

Sekunden später öffnete sich die Haustür, und ein älterer Mann mit Zigarrenstummel im Mundwinkel trat auf die Straße. Der Gürtel seiner Stoffhose saß im letzten Loch, ein gewaltiger Bauch spannte das Sommerhemd. Der Mann setzte sich mit Tippelschritten in Bewegung und kramte ein Feuerzeug aus der Hosentasche. In seinem Rücken setzte Tom einen Fuß in den Türspalt.

Die Wohnungstür war angelehnt, Tom klopfte. Als nach ein paar Augenblicken nichts zu hören war, klopfte er erneut.

„Was machen wir jetzt?“, fragte Isi.

Tom legte einen Finger auf die Lippen und bewegte seinen Kopf in den Türspalt. Aus der Wohnung vernahm er leises Rascheln. Dann wieder Stille. Erneut raschelte es.

„Lidia, bist du zu Hause?“, fragte Tom mit gedämpfter Stimme. Keine Antwort.

„Lidia“, sagte Isi, „Ich bin der Bruder von Rafaela Rosell. Weißt du? Isidro, der kleine Isi. Ich würde gerne mit dir sprechen. Bist du da?“

Mit dem Ellenbogen gab Tom der Tür einen sanften Stoß. Er und Isi blickten in den Wohnungsflur.

„Hier stimmt was nicht“, sagte Isi leise und Tom nickte.

Im Flur lag Kleidung ungeordnet herum, Tom machte die Scherben einer Vase in einer Zimmertür aus.

„Wurde hier eingebrochen?“, flüsterte Isi.

Tom nickte. „Sieht so aus.“

„Lass uns abhauen.“

Vorsichtig betrat Tom die Wohnung.

„Nicht!“, zischte Isi.

Tom war auf Höhe der zerbrochenen Vase und schielte in das Zimmer, in dem Licht brannte.

„Einbrecher“, kreischte eine Stimme aus dem Zimmer.

Tom stand wie festgefroren im Flur der unbekannten Wohnung.

„Einbrecher. Einbrecher.“ Es folgte ein Rascheln wie zuvor.

„Lidia?“, fragte Tom.

Wieder raschelte es. Tom drehte sich zu Isi um und bewegte die Arme auf und ab. „Ein Papagei?“

Isi zuckte mit den Schultern. Langsam betrat Tom das Zimmer. Neben dem Doppelbett stand ein großer Vogelkäfig mit einem Papagei.

„Einbrecher.“

Im Schlafzimmer bot sich ein ähnlicher Anblick wie im Flur. Blusen und Röcke lagen auf dem Bett und auf dem Boden. Die Schublade des Nachttischschränkchens stand offen, Briefe, Ketten und Zeitschriften waren herausgezogen und vorm Bett verteilt. In einer Voliere hockte ein grauroter Papagei, der an den Käfigstäben knabberte.

„Einbrecher.“

Tom legte eine Finger auf die Lippen und flüstere: „Das ist wahrscheinlich das einzige Wort, was der Vogel kann.“

Tom war in den vergangenen zwanzig Jahren zu vielen Tatorten gekommen, und diese Wohnung sah nach einem aus. Isi nickte und drehte sich zur Tür um. Im Flur bog er zum Wohnungseingang ab. Tom tippte ihm auf den Rücken und deutete Isi durch ein Kopfnicken an, dass er bleiben würde, um sich umzuschauen. Isi zuckte resigniert mit den Schultern und folgte Tom.

Vorsichtig zog Tom die Gardine zu, trat einen Schritt zurück und beobachtete durch einen schmalen Spalt die Fenster der gegenüberliegenden Straßenseite. Die Frau auf dem Boden des Wohnzimmers war tot. Der Teppich unter ihr war dunkel verfärbt, die Blase hatte sich entleert. Mit großer Sicherheit war es Lidia. Die Leiche lag auf der Seite, Hände und Füße waren auf dem Rücken mit einem Stofftuch und einer Lichterkette zusammengebunden. Der lange Rock war bis zur Mitte des Oberschenkels hochgerutscht, am linken Fuß saß noch die Sandale. Über den Kopf war eine bedruckte Plastiktüte gezogen, die am Hals mit einem breiten Klebeband befestigt war.

Tom blickte zu Isi, der stocksteif in der Tür stand. „Wer macht so etwas?", flüsterte Isi und wendete seinen Blick von der Leiche ab.

Tom erster Impuls: die beiden mussten schnell und unauffällig verschwinden. Sollte es Zeugen ihres Aufenthalts in der Wohnung gegeben haben, wie würde es aussehen? Ein ehemaliger Obdachloser und sein Alkoholiker-Mitbewohner neben einer Frauenleiche. Doch wie Tom bereits bemerkt hatte, schlummerten in ihm noch die Instinkte des Polizisten von früher.

„Drei Minuten", sagte Tom leise, „dann sind wir weg. Nichts anfassen, nicht hinsetzen. Ruhig atmen. Ich schaue mich nur kurz um Du bewegst dich nicht, okay?"

Isi nickte.

Was war hier geschehen? Die Wohnungstür war nicht beschädigt. Lidia, wenn die Frau auf dem Boden Lidia war, hatte dem Täter, vielleicht waren es auch mehrere Täter, sehr wahrscheinlich die Tür geöffnet. Tom merkte, wie er schwitzte und seine Schläfen schmerzten. Für umfassende Beobachtungen blieb keine Zeit, sie sollten lieber verschwinden. Tom fischte das Handy aus seiner Hosentasche und richtete es auf die Leiche. Blitzlicht erhellte kurz den Raum.

„Mist“, zischte Tom und schaltete den automatischen Flash aus. Er beugte sich neben die Frau und machte weitere Fotos. In seiner Berufslaufbahn hatte Tom Dutzende Tote gesehen: schwer entstellte, erschossene, verstümmelte, überfahrene, erstochene. Einschlägig bekannte, namenlose, ein prominenter Ex-Sportler war dabei. Doch nie hatte er einen Toten vor sich, den er persönlich so kannte wie Lidia. Konnte man nach fast dreißig Jahren noch davon sprechen, dass er die Frau auf dem Boden kannte? Versuchte Tom mit dieser Frage die emotionale Distanz zum Opfer zu vergrößern? Doch es gab keine Tricks. Wenn die Frau vor ihm Lidia war, und wer sollte es sonst sein, stand sie für Tom in direkter Verbindung zu Toni. Erinnerungsfetzen poppten in Toms Kopf auf. Toni und Lidia, beste Freundinnen. Ob sie es über die Jahre geblieben waren? Tom knipste die Vergangenheit aus, er hatte zu wenig Zeit in der Gegenwart.

Vorsichtig betastete Tom den leblosen Körper. Im Nacken der Frau hatte bereits die Totenstarre eingesetzt, im Schulterbereich waren die Muskeln noch deutlich lockerer. In der Wohnung waren knapp dreißig Grad, die Totenstarre hatte sehr wahrscheinlich schnell begonnen. Im Laufe der Jahre hatte Tom oft die Arbeit der Gerichtsmediziner bewundert und versucht, sich Wissen von ihnen abzuschauen. Er schätzte den Todeszeitpunkt auf eine bis zwei Stunden zurück. Vom Wohnzimmertisch nahm Tom einen Bleistift und schob den Rock der Frau so hoch, bis er einen Slip sah. Ein Sexualdelikt schien ausgeschlossen.

Tom versuchte auszublenden, dass vor ihm ein Mensch lag, den er kannte und der für ihn der Schlüssel zu Toni sein sollte. Er bückte sich und betrachtete die offene Handtasche, die neben der Leiche lag, daneben das entleerte Portemonnaie. Mit dem Bleistift stocherte Tom herum: kein Bargeld, keine Kreditkarten. Auch kein Handy, nicht auf dem Boden und nicht in der Umgebung. Tom ging zurück ins Schlafzimmer, machte ein paar Fotos und Videos, während der Papagei *Einbrecher* krächzte. Zurück im Wohnzimmer dokumentierte er auch dort die Situation. Bevor er gehen wollte, schloss Tom die Augen und rekapitulierte die Eindrücke.

„Tom“, flüsterte Isi. „Eine Sache, schau mal dort.“ Er deutete auf die Couch, über der eine Decke mit indischen Mustern lag. „Da sind Spritzen.“

Tatsächlich. Die hatte Tom bisher übersehen. Zwei Spritzen und ein Gummiriemen. Junkie Equipment.

Tom und Isi schlichen durch das Treppenhaus davon. Die Wohnungstür hatte Tom offen gelassen, jetzt rückte er seine Kappe zurecht. Zum Glück trug auch Isi eine Kopfbedeckung. An der Haustür wischte Tom mit seinem T-Shirt über die Metallplatte, wo er vor zwanzig Minuten seine Fingerabdrücke_hinterlassen hatte. In einem Viertel, wo innerhalb von ein paar Tagen vier Menschen gewaltsam zu Tode gekommen waren, mussten die Spuren nicht unbedingt zu ihm führen.

18

„Alter, was ist denn da los?“, fragte Macky und stellte das Tablett mit dampfendem Essen auf den Tisch neben dem Fernseher.

Der Bildschirm wurde gefüllt von herumflitzenden Polizisten, aus dem Hauseingang kamen zwei Männer der Spurensicherung in ihren weißen Anzügen, die Kisten in einen Polizeiwagen verfrachteten. Vor dem Flatterband, das den Tatort absperrte, stand derselbe Reporter, den Tom bereits zur Genüge kannte. Der gegelte Typ mit dem Schweißproblem. Die Einblendung wies ihn als Pau Montanyer aus. Tom erinnerte sich an den Namen, zückte sein Handy und machte ein Foto.

„Innerhalb von nur sieben Tagen ist im Raval in Barcelona zum vierten Mal ein Mensch Opfer eines Gewaltverbrechens geworden. Eine allein lebende Frau. Nach Bekanntwerden der Tat verbreitete sich im Internet und über die sozialen Medien rasend schnell der Hashtag #ravalkiller 4 – Polizei 0“, sprach der Reporter mit reichlich wichtigtuerischer Stimme in das Mikrofon, so empfand es Tom.

„Das Opfer ist die 47 Jahre alte Lidia Puig Gassó“, fuhr der Reporter fort.

Tom schaute zu Isi, der auf dem Plastikstuhl neben ihm saß und in sich zusammensackte.

„Scheiße", kommentierte Tom ihre zur Gewissheit gewordene Vermutung. Wer sonst hätte die Tote auch sein sollen?

„Nach den vorangegangenen Morden steigt der Druck auf die Polizei. Es scheinen Zeugenaussagen und Hinweise auf mögliche Täter vorzuliegen, in Kürze erfahren Sie bei uns mehr“, sagte der Reporter. „Als Todeszeitraum wird bisher die Spanne zwischen 10:30 und 12:30 Uhr angenommen. Nachbarn hatten den leblosen Körper von Lidia Puig gegen 14

Uhr entdeckt, der herbeigerufene Notarzt konnte nur noch den Tod feststellen."

In Lidias Wohnung hatte Tom den Gedanken noch unterdrückt: was wäre passiert, wenn Isi und er eine Stunde früher aufgebrochen wären und Lidias Mörder in der Wohnung angetroffen hätten? Wäre das Unglück zu verhindern gewesen, oder hätten sie in Lebensgefahr geschwebt? Tom beschloss, diese Fragen auszublenden, sie führten zu nichts. Isi würde er mit diesen Gedankenspielen nicht belästigen, der war auch so schon nervös genug.

Im Fernsehen drückte der Reporter sich zwei Finger ans Ohr und nickte kurz. „Wie mir gerade mitgeteilt wird, werden wir in wenigen Minuten von einem der Ermittler vor Ort die neuesten Erkenntnisse erfahren. Wir sind nach einer kurzen Pause zurück."

Im Fernsehen begann der Werbebreak.

„Was ist nur im Viertel los?", stöhnte Isi und schüttelte den Kopf. „Die arme Frau."

Tom wandte sich an Macky. „Du darfst niemandem, aber wirklich keiner Seele davon erzählen, dass Isi und ich in der Wohnung von Lidia waren, verstanden?"

Macky nickte ernst und nahm die Teller vom Tablett. „Auf den Schreck braucht ihr dringend eine Stärkung. Wie meine Oma immer gesagt hat: schlimme Nachrichten verdaut man an besten mit einem guten Essen."

„Was hast du gezaubert?", fragte Isi und versuchte ein Lächeln, das selbst Tom als gequält erkannte.

„*Poulet yassa*, senegalesisches Hühnchen mit Zwiebeln und Zitrone."

„Mmh", machte Isi. „Wenn du hier nicht schon wohnen würdest, könntest du tagein- tagausgehen und für uns kochen."

Macky grinste. „Man könnte sich fragen, wer von uns beiden Spanier ist."

„Habe ich schon wieder was durcheinandergeworfen?“, fragte Isi und errötete leicht.

„Halb so schlimm“, entgegnete Macky. „Schön zu wissen, dass du mich ein- und ausgehen lassen würdest.“

Isi schlug sich mit der Hand gegen die Stirn. „Schon gemerkt? Ich habe es nicht so mit Redewendungen“, sagte er und die ganze Wohnung wurde vom Lachen der drei Männer erfüllt.

Tom war nach einem Drink zumute, doch auf dem Weg in die Küche fiel ihm ein, dass es in der Wohnung keinen Alkohol mehr gab. Doch seine Abstinenz würde aber nicht ewig dauern. Mit einem Glas Cola kehrte Tom an den Tisch zurück. „Auf Lidia.“

Das Fernsehen berichtete ausführlich über den Mord an Lidia. Im Rücken des Reporters traten drei Polizisten in Uniform vor das Flatterband. Sofort stürzten mindestens zwanzig Reporter mit Kameras und Mikrofonen auf sie zu. In der Haut der Polizisten würde Tom nicht stecken wollen. Pressekonferenzen, die unter einem so großen öffentlichen Druck abgehalten wurden, waren ihm in seiner Karriere ein Graus gewesen. Noch dazu so ein offensichtlich improvisiertes Statement, bei dem nicht nur die Presse, sondern auch Schaulustige anwesend waren.

Trotz seines Defizits erkannte Tom, dass der Kommissar, der die Presse mit Einzelheiten fütterte, ein echter Schönling war. Er überragte seine beiden Kollegen um fast einen Kopf, seine vollen schon leicht grauen Haare trug er zurückgegelt. Tom machte wieder ein Foto, die Einblendung wies den Mann als Xavier Almirall von der katalanischen Landespolizei *Mossos d'Esquadra* aus.

„Ein weiterer schlechter Tag für Barcelona, ohne Frage“, sagte der Polizist, „jeder Mord ist einer zu viel. Aber wir können ihnen mitteilen, dass dieser Mord mit großer Wahrscheinlichkeit nicht mit den anderen in Verbindung steht.“

Die Reporter bombardierten den Polizisten mit Fragen. Eine Frau schrie: „Die Öffentlichkeit sieht das anders. Sie sieht den Raval-Killer am Werk.“

Der Polizist nickte souverän und wartete, bis es wieder leiser wurde. „Bei aller gebotenen Vorsicht, es scheint sich um einen Fall von Beschaffungskriminalität zu handeln, die dem Drogenmilieu zuzurechnen ist. Darauf deuten die Spuren in der Wohnung hin. Und auch erste Zeugenaussagen bezüglich möglicher Täter.“

„Konkreter", schrie ein Reporter aus einer hinteren Reihe in das allgemeine Gemurmel hinein.

„Die Wohnung wurde gründlich durchsucht, Wertgegenstände wurden entwendet, und unsere Spurensicherung hat Spritzen sichergestellt, die zurzeit im Labor untersucht werden.“

„Ganz schön viel polizeilicher Aufwand für einen Fall, bei dem alles auf Beschaffungskriminalität hindeutet, oder nicht?“, rief ein anderer Journalist.

Von den umstehenden Passanten wurde die Frage mit zustimmenden Rufen und Klatschen quittiert. Die Körpersprache des Polizisten blieb weiter souverän, nicht eine Schweißperle zeigte sich auf seiner Stirn.

„Ich bitte sie, nicht zynisch zu werden. Wir zuallererst verstehen die Ängste der Menschen im Raval.“

Gelächter ertönte aus dem Publikum. Der Polizist schaute schweigend in die große Runde. „Ich meine es, wie ich es sage. Auch wir sind besorgt, auch deswegen leisten die verfügbaren Kräfte hervorragende Arbeit.“

Der Mann, so gut er Tom bisher gefallen hatte, begann zu schwimmen. Mangels Substanz versuchte er jetzt wie ein Politiker sein Publikum mit Worthülsen einzunebeln.

„Alles Lügen“, schrie jemand.

Eine Extrakamera zeigte den Polizisten in Nahaufnahme.

Unter dem ebenfalls leicht angegrauten Fünftagebart mahlten sichtbar die Kiefer.

Komm schon, dachte Tom und fühlte mit dem Mann. Noch ein paar allgemeine Sätze zum Schluss, und er hätte sich ohne große Blessuren aus der Affäre gezogen.

„Wie wurde die Frau getötet?“, wollte ein Reporter wissen.

„Dazu müssen wir die Ergebnisse der gerichtsmedizinischen Untersuchung abwarten. Noch Fragen?“

„Stimmt es, dass das Opfer Besitzerin von zwei Touristenapartments hier im Raval gewesen ist?“

„Auch in diese Richtung wird ermittelt“, antwortete der Polizist.

„Und welche Richtung ist das? Das erste Opfer war eine Touristin, das zweite ein Drogendealer, das dritte ein brutaler Vergewaltiger und jetzt eine Frau, die Touristenapartments besitzt.“

Vor dem Fernseher hörte Tom das Raunen der Menschen.

„Jeder einzelne Mord“, setzte der Reporter fort, „und das scheint mehr als offensichtlich, spiegelt ein anderes Problem dieses Viertels wieder. Drogen, Gewalt, zu viel Tourismus und zu wenig bezahlbarer Wohnraum für die Menschen durch die vielen illegalen Apartments für Touristen.“

„Beide Apartments des Opfers hatten eine Lizenz, waren also nicht illegal. Es ist zum jetzigen Zeitpunkt der Ermittlungen noch viel zu früh, um daraus Zusammenhänge abzuleiten “, bemühte sich der Polizist hinterherzuschieben. „Und nochmal: wir gehen davon aus, dass es sich um einen Fall von Beschaffungskriminalität handelt, die dem Drogenmilieu zuzurechnen ist.“

„Dann ist es also ein Zufall, dass dieser Mord an Lidia Puig Gassó nur fünfzig Meter Luftlinie entfernt von dem Ort geschah, wo der Drogendealer erschossen worden ist?“

Der Reporter hat Oberwasser, dachte Tom.

„Dessen ist sich die Polizei bewusst, es ist ein Ermittlungsansatz, dem wir nachgehen.“

„Es ist doch wie meistens: die Polizei verschanzt sich hinter einem Panzer aus Phrasen und ermittlungstaktischen Gründen. Und die Wahrheit ist offensichtlich: im Raval ist ein Serienmörder unterwegs, der gezielt Menschen tötet, die schlecht für das Viertel sind.“

Die Presse bestürmte den Polizisten mit Fragen, während der sich zu seinem Kollegen herunter beugte und hinter vorgehaltener Hand sprach.

„An solchen Spekulationen beteiligen wir uns zum jetzigen Zeitpunkt nicht. Jedoch ermitteln wir in alle Richtungen. Guten Tag.“ Der Polizist nickte in Richtung der Presseleute und verschwand.

Beim gegelten Reporter zeichneten sich wieder Schweißflecken unter den Armen ab, und auch seine Stirn fing an zu glänzen. „Soweit Xavier Almirall, zuständiger Ermittler der *Mossos d'Esquadra.* Gerade erfahre ich, dass das Opfer Lidia Puig Gassó beim Mord an dem Drogendealer Yaku Mendoza als Zeugin ausgesagt hatte.“

Ein Bild von Lidia wurde auf der rechten Bildschirmhälfte eingeblendet. Tom machte wieder ein Foto. Doch es rief nichts in ihm wach. Er hatte Lidias achtzehn Jahre altes Gesicht vor seinem Inneren Auge gespeichert, zu dem Foto aus dem Fernsehen gab für Tom keine Verbindung.

„Ist es nur ein tragischer Zufall, dass Lidia Puig Gassó nicht nur in der Nähe zu einem anderen Tatort gewohnt hat, sondern auch als Tatzeugin vernommen worden ist? Ist es möglich, dass sie deswegen Opfer des Raval-Killers wurde? Oder handelt es sich um das Ergebnis von Beschaffungskriminalität, scheinbar die bevorzugte Version der Polizei? Mit diesen offenen Fragen und Einschätzungen aus dem Raval in Barcelona zurück ins Studio.“

Tom kam aus dem Badezimmer zurück, in der Hand das T-Shirt und die Shorts, die er in Lidias Wohnung anhatte. Dazu die dunkle Baseballkappe. „Du ziehst deine Klamotten bitte auch aus, Isi", sagte Tom. „Falls sie zu uns kommen sollten …"

„Sie?", fragte Macky.

„Die Polizei", antwortete Tom. „Wenn uns Zeugen in der Nähe gesehen haben sollten, wie lange würde es wohl dauern, bis es bei uns an der Tür klingeln würde? Schaut mich an. So viele hässliche Vögel wie mich gibt es selbst im Raval nicht."

Isi war aufgestanden und ging in Richtung des kleinen Zimmers. „Du warst in deinem früheren Leben Polizist, oder?"

Tom nickte.

„Das hatte ich vorhin schon gedacht. Macky, ich sage dir, das war wie bei CSI Raval."

„Ich glaube es nicht", rief Macky aus und lachte, „ich wohne mit nem Ex-Bullen zusammen. Sachen gibt's."

Isi kam umgezogen und mit einem Müllsack in der Hand zurück. „Ich habe deine Sachen auch reingetan", sagte Isi. „Und später entsorgen wir den Sack?"

„Ganz genau." Tom überlegte ein paar Augenblicke. „Hat die Polizei von dir Fingerabdrücke oder eine Blut- oder Speichelprobe im System, Isi?"

Isi schüttelte den Kopf. „Ich bin immer anständig geblieben."

Gut, dachte Tom, selbst wenn die Polizei in Lidias Wohnung seine oder Isis Fingerabdrücke, Haare oder Hautschuppen finden sollte, was Tom für unwahrscheinlich hielt, konnten die Spuren nicht mit ihnen in Verbindung gebracht werden.

Auf der Straße näherte sich dröhnend ein Müllwagen.

Macky sprang auf und schnappte sich den Müllsack „Wieso

später entsorgen?"

Noch ehe Tom oder Isi reagieren konnten, war er am Fenster und schrie: „Eh, *amigos*, aufpassen." Kaum hatte er das gesagt, schleuderte Macky den Müllsack durch die Luft.

Tom hatte zu wenig Zeit, um irgendwas zu denken und sah, wie der Müllwagen den grauen Sack geräuschlos verschluckte. Macky jubelte und lachte. Die beiden Müllmänner lachten ebenfalls. Nur Tom war nicht nach Lachen zumute. Was wäre wenn …? Doch schon im Ansatz dieses Gedankens wurde Tom klar, wie gering die Wahrscheinlichkeit war, dass die Klamotten aus dem Bauch des Müllwagens ihn jemals mit dem Mord an Lidia in Verbindung bringen könnten.

Prinzipiell fand Tom Isis Beharrlichkeit bewundernswert. Doch da konnte sich sein neuer Mitbewohner noch so sehr ins Zeug legen, Tom würde am Abend noch dem Rincón Andaluz einen Besuch abstatten, um Versäumtes nachzuholen. Die einzige Verbindung zu Toni hatte zusammengeschnürt und mit einer Plastiktüte über dem Kopf vor ihm gelegen. Tom hatte keine Angst, die Bilder nicht wieder aus dem Kopf zu bekommen, dafür hatten ihn all die Leichen in seinen Berufsjahren zu sehr abgehärtet. In seinem Handy betrachtete Tom noch einmal das Foto von Lidia, das er vom Fernseher aufgenommen hatte. Sie schien darauf zu lächeln. Tom hatte sich emotional schon auf ein Wiedersehen mit Toni eingestellt. Doch wie sollte das jetzt noch was werden?

In seine Überlegungen hinein platzte Isis Stimme: „Warum machst du Fotos von Personen, die du im Fernsehen siehst? Das habe ich noch nie gesehen."

Lange würde Tom die Antwort nicht vom Tresendienst abhalten, also konnte er es Isi ruhig erzählen.

„Es ist eine Krankheit, sie heißt Prosopagnosie", sagte Tom und erklärte seinen beiden Mitbewohnern die Besonderheiten.

„Würdest du uns auf der Straße wiedererkennen?“, fragte Macky.

„Würdet ihr still stehen und nichts sagen, dann nicht. Vieles läuft über Sprache, Gestik und die Frisur.“

„Krass“ sagte Macky.

Tom holte sein Handy hervor und wischte sich durch die Galerie. „Schau zum Beispiel hier“, sagte Tom und zeigte den beiden das Foto einer Frau.

„Das ist Lidia“, sagte Isi und Tom bemerkte die Verwunderung in seiner Stimme.

„Echt?“ Tom rief die Infos zu dem Foto auf. „Das ist sieben Tage her. Und du bist sicher, dass es Lidia ist?“

„Kein Zweifel“, antwortete Isi und wischte zu den neuesten Fotos. „Eindeutig: das ist Lidia, auf beiden Bildern.“

Tom erinnerte sich wieder. Das erste Foto hatte er im Rincón Andaluz ebenfalls vorm Fernseher aufgenommen, um Pedro die Krankheit zu erklären. „Dann muss der Typ, der den Drogendealer erschossen hat, Lidia gar nicht direkt begegnet sein. Vielleicht hat er sie nur im TV gesehen, hatte Angst identifiziert zu werden und sie deswegen umgebracht.“

„Oder es waren doch Junkies", warf Isi ein.

19

Tom saß im Bus Nummer 21 und schaute auf die Kräne und Silos des vorbeiziehenden Hafens. Er kauerte auf einem der Sitzplätze, die für alte und kranke Menschen reserviert waren und war dort bestens aufgeboben. Zwei Stunden zuvor beim Aufwachen hatte er sich so elend gefühlt wie noch nie in Barcelona. Gut möglich, dass er ohne Isi und Macky seine Mission bereits erfüllt hätte und nicht mehr leben würde. Tom fehlte ein kompletter Tag. Seine Erinnerungen reichten zurück bis zum gemeinsamen Essen in der Wohnung, als im Fernsehen über die Raval-Morde berichtet wurde. Später war er ins Rincón Andaluz gegangen, danach war alles schwarz. Tom wachte nicht auf, er kam zu sich. Das erste klare Bild war das Spannbettlaken der Matratze auf dem Wäscheständer. Einen ganzen Tag hatten sich seine beiden Mitbewohner um ihn gekümmert. Und Tom glaubte, dass Isi die Lage nicht dramatischer geschildert hatte, als sie war, um ihn in Zukunft vom Sprit fernzuhalten. Den ganzen Tag hatte Tom sich übergeben, Fieber kam dazu und Krämpfe. Nur wusste er davon nichts mehr.

Außer Tom waren noch vier weitere Fahrgäste im Bus. Er stützte sich mit den Unterarmen auf dem Griff der Krücke ab und zählte fünf Kreuzfahrtschiffe. Wie lange hatte er keinen Anzug mehr getragen? Auf Mellis Beerdigung, als er noch in Rollstuhl gesessen hatte. Für solche Art gesellschaftlicher Konventionen war Tom in Barcelona nicht vorbereitet, ein Anzug befand sich nicht in seinem schmalen Gepäck.

Macky hatte ein Katerfrühstück zubereitet, von dem Tom sogar einiges verdrückte, da er sich fühlte, als ob er tagelang nicht gegessen hätte.

„Heute um 12 Uhr wird Lidia beerdigt“, sagte Isi.

„Wie soll das gehen?“, fragte Tom, „Lidia ist gestern umgebracht worden.“

„Vorgestern“, korrigierte isi.

So hatte Tom von seinem Filmriss im Kinoformat erfahren. Tom betrachtete den etwas zu kurzen Ärmel des schwarzen Anzugs, den Macky im chinesischen Basar gekauft hatte, während Tom seinen Rausch ausgeschlafen hatte. Keine fünfzig Euro, weißes Hemd und Baseballkappe inklusive. Bezahlt hatte Macky mit Toms Kreditkarte. In ihrer Wohngemeinschaft wurde offensichtlich alles geteilt. Wäre er nicht so schwach auf den Beinen gewesen, hätte er Macky einen mit dem Baseballschläger übergezogen. Zumindest hätte er einen Einlauf bekommen, aber auch dafür hatte sich Tom zu matt gefühlt.

„Bleib locker“, hatte ihn Isi beruhigt, „du musst zu der Beerdigung. Da ist bestimmt jemand, der Toni kennt, oder vielleicht ist Toni auch da. Du hast erzählt, dass sie früher beste Freundinnen waren.“

Tom hatte sich geduscht und sein schiefes Gesicht rasiert. Hinter dem riesigen Kreisverkehr der Plaça de les Drassanes war er in den Bus gestiegen. Es war unerträglich schwül. Hinter Tom fauchte der Verkehr der Küstenstraße, und dumpfes Krachen wehte vom Containerhafen herüber. Vor ihm erhob sich der Montjuïc, an dessen steil abfallender Flanke der Friedhof lag.

*

„Wo findet die Beerdigung von Lidia Puig Gassó statt?“, fragte Tom den Mann am Empfang der Friedhofsverwaltung.

„Einen Augenblick“, erwiderte der Mann, dessen Hemd bis zum letzten Knopf geschlossen war. Er vertiefte sich in den Bildschirm und teilte Tom die Grabnummer und den Abschnitt des Friedhofs mit, wo die Beerdigung stattfand – *Santissima Trinitat*, die heilige Dreifaltigkeit.

„Um zwölf Uhr, stimmt doch, oder?“, fragte Tom und schielte auf den Getränkeautomaten an der Stirnseite des Raumes.

„Sie müssten sich beeilen, es ist bereits nach zwölf. Die Trauergäste sollten schon am Grab sein."

„Wie lange brauche ich dorthin?" Tom bekam schon bei dem Gedanken an körperliche Aktivität weiche Knie.

„Wenn sie sich beeilen, ist das in zehn Minuten zu schaffen."

Tom räusperte sich, und der Mann musterte Tom über den Tresen hinweg.

„Normalerweise würde gleich ein Bus von hier losfahren."

So begannen keine guten Nachrichten, der Mann schaute auf einen Zettel.

„Aber der Bus hatte einen Motorschaden, und es dauert mindestens eine halbe Stunde, bis der neue kommt."

„Danke", presste Tom raus und setzte sich schwerfällig in Bewegung.

„Familie?", hörte er den Mann hinter sich fragen.

Einen Moment zögerte Tom. „Eine Freundin", antwortete er, weil er nicht wusste, wie er das Verhältnis zu Lidia beschreiben sollte. Was ging den Mann das auch an.

*

Tom trank den halben Liter Wasser fast in einem Zug aus. Im zwölften Jahrgang war er in Paris auf Kursfahrt gewesen. Zusammen mit Claus war er zum Friedhof Père-Lachaise gefahren, natürlich mit den obligatorischen Fotos am Grab von Jim Morrison. Auf Friedhöfen in Deutschland wurden die Toten in parkähnlichen Anlagen beigesetzt. Der Père-Lachaise oder der Friedhof am Montjuïc in Barcelona waren dagegen Totenstädte. Der Mann an der Information hatte Tom einen Plan mitgegeben und mit einem Kreuz den Ort markiert, wo er hinmusste. Tom schleppte sich durch eine wahre Open Air Skulpturensammlung den steilen Hang hinauf. Links und rechts erhoben sich prächtige Mausoleen und Grabdenkmäler, oft geschmückt von ernst schauenden Engeln. Schon nach wenigen Minuten hechelte Tom und sein Hemd klebte am

Rücken. Im Schatten eine Pinie kam er wieder zu Atem und betrachtete die Skulptur eines Mannes, dem der personifizierte Tod sanft an der Schulter packte. Zu Lebzeiten gehörte der Mann bestimmt zur privilegierten Oberschicht Barcelonas. Wie sonst sollte man sich eine solch protzige Grabanlage leisten? Der Tod war von einem dünnen Schleier bedeckt, unter dem sich die knöchernen Rippen und der Totenschädel abzeichneten. So sahen bei Harry Potter die Dementoren aus, vor denen sich sein Sohn so sehr gefürchtet hatte.

Weiter oben am Berg ragten senkrechte Wände mit zahllosen Grabnischen empor, am Himmel darüber türmten sich dramatische Wolken auf. Toms Handfläche schmerzte. Seit er zum zweiten Mal Prügel von dem Typen bezogen hatte, der die Touristin umgebracht hatte, war er mit der Krücke unterwegs. Warum konnte dieser verdammte Bus nicht fahren? Tom war komplett durchnässt. Er hielt an und schnaufte durch, zog die Anzugjacke aus und quälte sich weiter den Berg hoch. Der Straßenlärm und das Getöse des Hafens wurde durch das Brummen der startenden und landenden Maschinen vom nahen Flughafen begleitet. Toms setzte sich erneut in Bewegung, doch schon im nächsten Moment verlangsamten sich seine Schritte wieder. Im Augenblick hatte er nicht die geringste Kraft oder Motivation weiterzugehen. Aus einem Ratgeber, den er kurz nach dem Tod seiner Frau aus lauter Verzweiflung gelesen hatte, erinnerte Tom, dass Menschen, die an einer Depression litten, Angst und Antriebslosigkeit oft mit einer Nebelbank verglichen. Sie verschluckte plötzlich alles um die Betroffenen herum, und ließ sie einsam und hoffnungslos zurückließ. Jederzeit konnte der Nebel aufziehen – und lange bleiben. War er depressiv? Vor lauter Glück losschreien wollte Tom bestimmt nicht. Aber irgendwelche Chemie würde Tom auf keinen Fall in sich reinstopfen. Erstens müsste er dafür zum Arzt. Zweitens würde seine oberste Direktive womöglich aus dem Fokus geraten. Und drittens hatte er Bedenken wegen der Wechselwirkungen. Was würde passieren, wenn Medikamente und Alkohol in seinem Hirn Bekanntschaft machten? Tom wollte in Barcelona nicht in die Klapse, er wollte hier sterben. Und wenn das gelänge, wo würde er beerdigt werden? Wahrscheinlich müssten seine Überreste nach Deutschland überführt werden und Tom im Grab seiner Eltern beerdigt werden. Doch wer sollte sich darum kümmern. Sein Sohn? Falk verachtete ihn immer noch. Wie sollte er Tom jemals verzeihen, dass er ihm seine Mutter genommen hatte?

Das sind wohl ganz normale Gedanken, die einen auf einem Friedhof überfallen, sinnierte Tom, als er hinter sich ein Klatschen vernahm. Er drehte sich um und erblickte eine Kutsche, die von zwei schwarzen Pferden gezogen wurde. Gefolgt von einem Trauerzug von vielleicht fünfzig Menschen. Tom trat ein paar Schritte zur Seite und stellte sich in den Schatten der Grabnischen. Langsam rollte die schwarze Kutsche vorbei. Sie schien nicht aus dieser Zeit. Unter den großen Speichenrädern knirschte der Sand, die Pferde trugen schwarze Federbüsche auf dem Kopf. Auf dem Kutschbock thronte ein Mann mit schwarzem Anzug und Zylinder. Vor der Scheibe, die den Blick auf den Sarg freigab, wippten goldfarbene Quasten. Kränze und Blumen schmückten den Sarg. Tom schluckte, als die Kutsche an ihm vorbeifuhr, obwohl er wusste, dass dies ein anderer Trauerzug sein musste. In ein paar Minuten würde Tom am Sarg von Lidia sein, eine Frau, die vor zwei Tagen noch lebte. Er hatte sie gesehen. Gefesselt und mit einer Plastiktüte erstickt. In der Gerichtsmedizin war der Körper sicherlich obduziert worden. Bei Gewaltverbrechen kamen die Leichen in den Obduktionssaal. Für Tom als Polizist war das immer ein selbstverständlicher Vorgang gewesen, und nur selten war es ihm nahegegangen. Doch wenn er es sich genauer vorstellte: was für ein Horror musste es für die Angehörigen sein. Nicht nur, dass eine geliebte Person für immer gegangen war. Ihr war der Brustkorb geöffnet, Organe entnommen worden, in vielen Fällen wurde auch das Gehirn untersucht. So wird es auch bei Lidia gewesen sein, dachte Tom. Vor nicht mal einer Stunde hatte Lidias Körper aufgebahrt im offenen Sarg in der Leichenhalle des Friedhofs gelegen, zugenäht, schön zurecht gemacht, hoffte Tom, friedlich ruhend. Er dachte daran, dass er als Kind auf den Beerdigungen seiner Großeltern in Spanien gewesen war. Tom hielt den Blick gesenkt und ließ den Zug passieren. Er schaute auf den Plan, in zwei Minuten sollte Tom die richtige Stelle erreicht haben.

Vor einer bestimmt acht Meter hohen Wand aus Grabnischen war das erste, was Tom sah, die Hebebühne, auf der sich zwei Friedhofangestellte mit dem Sarg langsam nach oben bewegten. Der Pfarrer sprach den letzten Segen, neben der Hebebühne lagen Kränze und Blumen. Die Blicke der Trauergemeinde folgten dem Sarg, mindestens hundert Menschen. Lange nicht alle in Schwarz, so wie Tom es von spanischen Beerdigungen erinnerte. Noch mehr dunkle Wolken waren aufgezogen, es donnerte. Der Wind pfiff an den Gräbern vorbei und brachte die Pinien in Bewegung. Es kam Tom vor wie in einem schlechten Film, zu Beerdigungen musste es regnen. Schon prasselten große Tropfen auf den trockenen Friedhofsboden. Die Trauergemeinde spannte kollektiv Schirme auf, Tom presste sich unter den Türsturz eines nahen Mausoleums. Die Luft roch wie ein frisch aufgegossener Kräutertee. Tom hielt nach Toni Ausschau. Das war natürlich Nonsens. Bei allen Frauen, von denen Tom annahm, sie könnten in Tonis Alter sein, war es mit seiner Krankheit fast unmöglich, Unterschiede auszumachen. Noch dazu trugen die meisten der Frauen trotz des Regens Sonnenbrillen. Ein Mann stach aus der Gruppe heraus. Er überragte alle Anwesenden deutlich und hatte keinen Schirm aufgespannt. Der Mann kam Tom bekannt vor, und er wusste auch woher. Tom zückte sein

Handy und wischte durch die Galerie. Das war der Polizist von der improvisierten Pressekonferenz. Tom war sicher, schon alleine wegen der stattlichen Größe. Die TV Einblendung auf dem Foto verriet sogar den Namen: Xavier Almirall – Tom erinnerte sich. Was machte der auf der Beerdigung? Dienstlich schien er nicht unterwegs zu sein. Oder doch? Während alle anderen Anwesenden weiter die Hebebühne und den Sarg im Auge behielten, die an einer geöffneten Nische angelangt waren, fixierte der Polizist etwas anders. Tom folgte seinem Blick und entdeckte hinter einer Pinie einen Mann mit Fotoapparat. Der Polizist löste sich aus der Trauergemeinde und schoss auf den Fotografen zu, den er nach ein paar Sekunden erreichte. Der Polizist umfasste das lange Objektiv und drückte es nach unten. Natürlich waren Paparazzi auf dem Friedhof, dachte Tom. Hier wurde ein mögliches Opfer des Raval-Killers beerdigt, Foto- oder Filmaufnahmen der Hinterbliebenen würden sich gut verkaufen lassen. Die energische Stimme des Polizisten drang bis zu Tom, es hatte den Anschein, als ob der Polizist den Fotografen seine Aufnahmen löschen ließ. Einige Meter weiter entdeckte Tom einen weiteren Fotografen, der sich seine Tasche schnappte und die Flucht antrat, da der Polizist auch ihn ins Visier gekommen hatte. Tom blickte wieder zu den Trauernden, aus deren Mitte eine Frau im schwarzen Hosenanzug sich schnell auf ihn zubewegte. Toms erster Impuls war zu fliehen. Doch er war nicht zur Flucht gemacht. Schon war die Frau bei ihm, schwere Tropfen prasselten auf ihren Regenschirm, auch sie trug eine Sonnenbrille.

„Hast du keinen Funken Anstand im Leib?“, fauchte ihn die Frau an, deren Zeigefinger dicht vor Toms Nase tanzte. „Es ist das Allerletzte, hier Fotos zu machen oder zu filmen. Für wen sind die Aufnahmen?“

„Ich habe keine Fotos gemacht“, antwortete Tom eingeschüchtert. „Wirklich nicht.“

„Und aus welchem Grund versteckst du dich?“, fragte die Frau aufgebracht, deren Gesicht im Schatten des Regenschirms lag. „Mit dem Handy im Anschlag.“

„Ich bin wegen Lidia hier. Ich kannte sie.“

Die Frau musterte Tom. „Ich kenne dich nicht.“

Über die Schulter der Frau sah Tom den Polizisten näherkommen. „Ist alles klar bei dir, Toni?“, rief er und fuhr sich durchs nasse Haar.

Die Frau streckte dem Polizisten einen Daumen entgegen. „Alles unter Kontrolle, Xavi.“

Tom sah, dass die Frau weiter mit ihm sprach, denn ihre Lippen bewegten sich, aber in seinem Hirn kamen keine verwertbaren Informationen an. Es rauschte, und dass war nicht nur der Sturm. Toms Knie wurden weich und er schwitzte, bekam er einen weiteren Schlaganfall? Eine Hand umklammerte den Griff der Krücke, die andere presste gegen den rauen Stein des Türbogens. Der Polizist hatte die Frau Toni genannt. Der Ton kehrte zurück.

„Woher kanntest du Lidia? Wie heißt du?“

Tom fixierte den Mund und die Zähne der Frau, sein Blick wanderte zu den angewachsenen Ohrläppchen und zur schmalen Nase. Tom konnte keine Gesichter erkennen, aber er erinnerte sich an Details, addierte die Stimme und reiste fast drei Jahrzehnte durch die Zeit zurück. Tom nahm seine Baseballkappe ab und strich die graublonden Haare nach hinten. Die Sonnenbrille zog er ab und schaute die Frau an. „Ich bin Tomás Greiff Hernández.“ Tom betrachtete die kleine Spiegelung seiner selbst in der Sonnenbrille der Frau. Für einen Moment sah er den jungen Tom, ein glattes, optimistisches Gesicht, dann kehrte die schiefe Realität zurück.

„Tom", sagte die Frau verblüfft und schien wie versteinert, „wie ist das möglich?“

Er hatte Toni gesucht, und sie hatte ihn gefunden. Toni nahm die Sonnenbrille ab und ließ den Regenschirm sinken.

„Tomás Greiff Hernández! Wie ist das nur möglich? Was machst du hier?“

Tonis Stimme verschmolz mit der aus Toms Erinnerungen, sie war immer noch dunkel und sinnlich. Eine Weile betrachteten sich beide schweigend.

„Meine Frau ist gestorben. Ich bin nach Barcelona gekommen, um nachzudenken.“

Tom spürte bei der Umarmung Tonis Körper, ihr Haar berührte seine Wange, der Duft ihres Parfums umhüllte ihn sanft. Er hatte Toni gefunden. Oder hatte sie ihn gefunden? Der Regen hatte fast aufgehört. Über Tonis Schultern sah Tom, wie sich der Polizist den beiden näherte.

„Toni, wir gehen wieder nach unten. Du kommst zurecht?“

„Ja", antwortete Toni gereizt. Der Polizist verschwand in der Gruppe der Trauergäste.

„Wer war das“?, wollte Tom wissen.

„Das war mein Mann. Mein Ex-Mann. Es ist kompliziert.“

Tom nickte.

„Er ist Polizist.“

Toni blickte Tom fragend an.

„Ich war früher auch Polizist.“

„Mordkommission, oder?“

Tom nickte und fragte sich, woher sie das wusste. Hatte auch sie ihn gegoogelt, oder hatte sie geraten?

Auf der Hebebühne kniete ein Mann in Arbeitskleidung an der Grabnische und strich mit einer Kelle den frischen Mörtel glatt, starker Wind schüttelte die Pinien durch. Toni hatte sich auf Toms lahmer Seite untergehakt. Während sie schweigend bergab gingen, setzte Tom seine Krücke bei jedem Schritt behutsam auf. Was musste das für ein Bild abgeben? An einer engen Stelle, wo zu beiden Seiten Wände mit Grabnischen emporragten, kam ihnen der Bus entgegen. Tom erzählte Toni, dass Isi der kleine Bruder einer Freundin von Lidia war und dass sie Lidia eigentlich hatten besuchen wollen, um Toni ausfindig zu machen. Tom merkte, dass Toni zu zittern begann. Er überlegte kurz, ob er Toni davon erzählen sollte, dass er in der Wohnung war, und was er dort gesehen hatte. Irgendwann würde Toni es bestimmt wissen wollen, aber das musste noch warten. Was hatte die Polizei in Lidias Wohnung für Spuren gesichert, fragte Tom sich, und war die Anwesenheit von ihm und Isi bemerkt worden?

Toni schaute ihn lange an, und Tom sah in ihr Gesicht. Er wusste, dass Toni noch immer eine Schönheit war. Aber Nase, Mund, Kinn, Ohren und die Fältchen um die Augen blieben für Tom einzelne Elemente und hinterließen nichts Ganzes, an was er sich lange erinnern würde.

„Mein Ex-Mann hat mir im Vertrauen gesagt, dass die Ermittlungen bisher nichts, aber auch gar nichts ergeben haben."

Weitergabe von Dienstgeheimnissen, das war keine Kleinigkeit, ging es Tom durch den Kopf. Sogar die Weitergabe von Nichts an Unbefugte war nicht erlaubt. Tom ertappte sich dabei, dass er sich still und heimlich darüber freute, dass sich die Polizei bei der Aufklärung schwertat. Der Grund war einfach: für die Polizei in Barcelona stand Tonis Ex-Mann, und wie sollte Tom jemand ihm sympathisch sein, der mit Toni verheiratet gewesen war.

„Wurden auf den Spritzen aus der Wohnung keine verwertbaren Spuren gefunden?", fragte er und versuchte seine kruden Phantasien beiseite zu schieben.

Toni schüttelte den Kopf und wischte sich mit dem Handrücken Tränen von der Wange. „Ich möchte dich um einen Gefallen bitten", sagte sie schließlich.

Jeden, dachte Tom.

„Hilf mir, Lidias Mörder zu finden."

Während Tom versuchte, möglichst zuversichtlich zu nicken, belagerte ihn ein Heer von Fragen und Befürchtungen. Wie kam Toni nur auf diese Idee? Den Mörder zu finden, war eine Sache für die einheimische Polizei. Was sollte er ohne Dienstmarkte herausfinden?

„Ich habe die Befürchtung, dass die Polizei überfordert ist. In den vergangenen Tagen gab es noch drei weitere Morde, das hast du wahrscheinlich mitbekommen. Ich habe Angst, dass die anderen Fälle wichtiger sind. Bitte hilf mir.“

Tom hatte so viele Mängel, wie sollte er das schaffen? Er war ein körperliches Wrack und vermutete, Stress jeglicher Form nicht besonders gut gewachsen zu sein. Bisher war er mit dem E-Bike durch Barcelona gegurkt und hatte der obdachlosen Frau ein paar Fragen gestellt. In der Rolle des Privatdetektivs sah Tom sich nicht. Doch es war Toni, die ihn gebeten hatte, und wie könnte er ihr eine Bitte abschlagen. Wie verzweifelt muss Toni sein, sie sah Tom doch vor sich stehen. Doch Toni blickte ihn aus großen dunklen Augen an, und er würde alles, was noch in ihm steckte, in die Waagschale werfen.

20

„Entweder gab es diesen Kasten damals noch nicht, oder du hast ihn mir nicht gezeigt“, sagte Tom und betrachtete das klotzige, weiße Gebäude, dessen Glasfassade den Blick auf die Rampen im Inneren freigab.

„Soweit ich weiß, war das MACBA 1992 noch im Bau“, antwortete Toni.

„Ein Museum?“

„Ja, für zeitgenössische Kunst.“

Toni war kurz angebunden. Das ging ja gut los, dachte Tom und wünschte sich eine Glasfassade mit Blick in Tonis Hirn. Ihre Gedanken schienen von meterdickem Stahlbeton verborgen und ihr süßer Duft war verflogen. Lidia war tot, und Tom war wie vom Himmel gefallen wieder in ihr Leben getreten. Das musste erst verdaut werden – Tom wusste das und wünschte sich dennoch, dass Toni mitteilsamer und offener ihm gegenüber wäre.

*

Toni hatte ihn am Tag zuvor vom Friedhof im Auto mitgenommen und an der Metrostation Paral.lel abgesetzt. Von dort brauchte Tom nur ein paar Minuten zu Fuß bis zu seiner Wohnung. Beide hatten im Auto geschwiegen. Tom hatte wortlos neben der Frau gesessen, der er stundenlang aus seinem Leben hätte erzählen können und wurde stattdessen von absurden Gedankenkaskaden gepeinigt.

So hatte Tom an die Zeit gedacht, als er fünfzehn Jahre alt war, und seine Eltern monatelang angebettelt hatte – er wollte unbedingt eine braune Fliegerjacke aus Leder mit Fellkragen haben. Zu teuer, hatten die Eltern argumentiert. 400 DM war damals eine Stange Geld. Vollkommen überraschend bekam er die Jacke zu Weihnachten, getragen hatte er sie danach nur ein paar Mal. Die Vorstellung, die Jacke zu besitzen, war durch das lange Begehren schöner, als die Jacke später tatsächlich zu tragen. So hatte es sich Tom damals erklärt und sich selber nicht verstanden.

Vielleicht war es im Auto am Tag zuvor mit Toni ganz ähnlich gewesen. Tom hatte den Moment, in dem er Toni wiedersehen würde, derart mit Erwartungen überfrachtet, dass bei aller aufrichtigen Freude auch Ernüchterung folgen musste. Hätte er die Erinnerung allein bewahren sollen? Seinem sinkenden geistigen Niveau entsprechend ließ es sich wohl am ehesten auf ‚die schönste Freude ist die Vorfreude' runterbrechen. Natürlich war auch dieser Vergleich reichlich windschief, aber fortgesetzter Verlust von grauen Zellen sorgte nicht gerade für gesteigerte Feingeistigkeit.

Anstatt im Auto Toni irgendetwas zu sagen, hatte Tom kein Wort rausbekommen. Wie mochte das Wiedersehen erst für Toni gewesen sein? Kaum vorstellbar, dass sie so sehr an früher gedacht hatte wie Tom. Oder doch?

*

Tom war alleine zum MACBA gekommen, um Toni zu treffen. Um elf Uhr am Keith Haring Graffiti, hinter dem Museum. Als Tom sich tags zuvor im langen Schweigen endlich erste Sätze zurechtgelegt hatte, musste Toni weiter. Sie wollte noch Lidias Eltern besuchen. Tom nickte verständnisvoll und meinte es auch so. Zur Verabschiedung umarmte Toni Tom erneut lange und gab ihm ein Küsschen auf die spanische Art links und rechts. Ihre Lippen landeten nicht mal ansatzweise in der Nähe von Toms Mund.

Toni hatte Jeansshorts an und trug ein blaues Top, das an den Schulterblättern ausgeschnitten war. Die Jahre waren freundlich mit ihr umgegangen. Vielleicht war Toni freundlich mit sich umgegangen. Tom versuchte, sich jedes Detail ihres Körpers, jede Bewegung und so gut es ging, auch jede Regung ihres Gesichts einzuprägen, von dem er wusste, das es schön war.

Vor dem Museum war schon eine Menge los. Auf einer

kleinen Bühne bereitete eine Frau mit großem Sonnenhut ihre Rede vor und testete das Mikrofon, über ihr ein Banner von #Pro-Raval, den Organisatoren der Protestveranstaltung, vermutete Tom. In der Nähe groovte sich eine Samba Band ein. Viele Menschen hatten Schilder und Plakate mit griffigen Slogans mitgebracht, einige waren Tom in den vergangenen Tagen bereits im Viertel aufgefallen: ‚Wir bleiben – raus mit den Spekulanten', oder ‚wir wollen ein würdiges Viertel'. Hinter dem Museum hing ein riesiges Exemplar an einer Hauswand, was die Summe der Sorgen und Nöte der Menschen aus dem Viertel wahrscheinlich perfekt zusammenfasste: Immobilien-Spekulation, Lärm, Dreck, Drogen, Gewalt, unerschwingliche Mieten, Touristenapartments, Hotels und Drogenwohnungen. Die unschönen Nebenwirkungen der Gentrifizierung, die noch mehr Investoren, reiche Schnösel und Touristen ins Viertel lockten. Sah man im Raval-Killer, ob er nun real oder fiktiv war, einen Rächer für die gute Sache, waren ein paar Punkte bereits abgehakt, jedoch noch viele offen. Tom schaute über den Platz, er schätzte, dass sich über dreihundert Menschen versammelt hatten.

Tom wendete sich an Toni: „Wo wohnst du?" Er merkte, dass er endlos viele Fragen hatte. Aber er wollte sie nicht gleich verschrecken. Das würde früher oder später sowieso geschehen, befürchtete Tom. Also lieber später und zunächst nur ein wenig Smalltalk.

„Im Eixample, in der Enric Granados, nicht weit weg von der Diagonal."

„Feine Adresse?"

„In Barcelona geht es noch viel, viel feiner. Aber ich fühle mich wohl. Du musst mich mal besuchen kommen."

Tom nickte und merkte, wie seine Knie für einen Augenblick weich wurden. „Das nehme ich gerne an." Seine Gedanken schweiften ab: Was würde er dafür geben, wenn es für Toni und ihn eine Zukunft gäbe.

Der kurze Tagtraum war jäh beendet, als ein Skateboarder direkt an Tom und Toni vorbeiraste. Der Geräuschpegel auf dem Platz war so hoch, dass die beiden weder den ersten, noch den zweiten Skater bemerkt hatten, der seinem Kumpel folgte und ihn mit einer Kamera filmte.

„Normalerweise sind hier viel mehr Skater unterwegs", sagte Toni und deutete auf ein paar Jungs mit freiem Oberkörper, die halsbrecherische Tricks an einer langen Steinkante vor dem Museum übten. Sein ganzes Leben konnte er sich nie auf einem Skateboard vorstellen. Aber er beneidete die Jungs darum, dass sie sich bei dem, was sie liebten, filmten – und das für die Ewigkeit festhielten. Vielleicht würden sie in ein paar Jahren vom Ernst des Lebens in langweilige Bürojobs gedrängt, irgendwann würden auch sie nicht mehr so durchtrainiert sein. Jetzt war da kein Gramm Fett, die Bewegungen der Muskeln unter der von Schweiß glänzenden Haut – ein Schauspiel, was Tom faszinierte und zugleich schmerzlich an seine eigene Unvollkommenheit erinnerte. Wenn diese Skater eines Tages mit dünnen Haaren und Bierbauch auf ihr Leben zurückblickten, würden diese Momente, wie sie in Barcelona Tricks vor dem MACBA geübt haben, überdauern. Oder war es gar kein Geschenk der technologischen Entwicklung, wenn alles Bestand haben würde? Tom sah den Skatern eine Weile zu, und seine schwermütigen Gedanken verflüchtigten sich so schnell wie sie gekommen waren. Er merkte, wie Toni mit ihren Lippen bis auf wenige Zentimeter an sein Ohr herankam.

„Ich möchte alles von dir wissen. Jedes letzte Detail, ob aus glücklichen oder traurigen Tagen", flüsterte Toni und nahm Toms lahme Hand. Augenblicklich beschleunigte sich sein Herzschlag beträchtlich. Tom ging davon aus, dass sie alleine von seinem Äußeren viele traurige Tage ableiten konnte. Trotzdem fühlte er ein vages Gefühl von Glück in sich aufsteigen – es erschreckte ihn.

„Aber bitte lass uns zuerst über Lidia sprechen. Sie ist immer meine engste Freundin geblieben.“ Toni liefen Tränen über die Wangen, die sie mit dem Handrücken wegwischte.

Mitten in Toms hilflose Überlegungen hinein, was am besten zu tun oder zu lassen war, begann die Samba Band zu spielen. An eine Unterhaltung in normaler Lautstärke war nicht mehr zu denken. Toni nahm erneut Toms lahme Hand und zog ihn in eine kleine Bar in der Nähe, wo es ruhiger war.

Toni hatte ein Chai Latte mit Ingwer bestellt, Tom ebenso. Gar nicht so schlecht, fand Tom, Detox Day. Ob er wollte oder nicht, Tom musste Toni jetzt erzählen, was er wusste.

„Zwei Dinge muss ich vorausschicken“, sagte Tom, „das Allermeiste von dem, was ich dir zu berichten habe, werden die Kollegen von deinem Ex-Mann ganz genauso ermittelt haben.“

Toni nickte. „Das ist okay. Lass uns schauen, wohin die Reise geht. Und was ist die zweite Sache?“

„Was ich dir jetzt erzähle, darfst du unter keinen Umständen deinem Ex erzählen.“

Toni sah ihn aus dunklen Augen aufmerksam an, verschloss sich imaginär mit Zeigefinger und Daumen die Lippen und warf den Schlüssel weg. Jetzt konnte Tom ihr berichten.

„Die Wohnungstür war unbeschädigt und stand offen. Im Schlafzimmer waren die Schränke und Kommoden durchwühlt. Wusstet du, dass Lidia einen Papagei hatte?“

„Einbrecher“, krächzte Toni und lachte kurz auf. „Klar wusste ich das. Coco.“ Im nächsten Augenblick war Toni wieder ernst. „Xavi, also mein Ex wollte mir nicht sagen, wie Lidia aussah. „Hast du sie gesehen?“

Tom war zu keiner Antwort fähig und musste schlucken.

„Wurde sie erwürgt? Hat sie gelitten?“

Bitte frag nicht weiter, flehte Tom innerlich und sein Blick klebte auf der Tischplatte zwischen ihnen. Durfte er ihr die Wahrheit einfach so ungeschönt erzählen?

„Schon mich nicht." Toni schien seine Gedanken zu lesen.

„Sie wurde mit einer Plastiktüte erstickt."

„Hat sie gelitten?", fragte Toni nochmal.

Tom atmete tief durch. „Vielleicht war sie schon vorher bewusstlos. Ich kann dir nicht mehr sagen. Die Gerichtmedizin wird die Antworten finden." Von der Urinlache unter Lidias Körper erzählte er lieber nichts. Tom hatte keine Ahnung, was unter der Plastiktüte verborgen geblieben war, und mit Spekulationen wollte er Toni nicht belasten.

„Schrecklich", schluchzte Toni. „Wer tut so etwas?"

„Ich glaube nicht, dass es Junkies waren", sagte Tom und spürte die Wärme des Chai Latte Glases an seinen Fingern.

„Aber es wurden Spritzen in der Wohnung gefunden?"

Tom nahm sein Handy und öffnete die Fotogalerie. Er zögerte.

„Du hast Bilder gemacht? Ich muss die sehen, Tom, und ich muss was tun. Das bin ich Lidia schuldig."

Tom legte sein Handy auf dem Tisch.

„Doch, Tom. Bitte."

Tränen liefen Tonis Wangen hinunter, als Tom ihr das Video aus der Wohnung zeigte. Die Aufnahmen wirkten wie in emotionsloser Ermittlermanier aufgenommen: die durchwühlten Schränke, Lidias lebloser Körper am Boden, das Sofa mit den Spritzen. Alles in dem kurzen Film musste sich für Toni zu einem schockierenden Gesamtbild fügen, und Tom spürte, dass etwas nicht stimmte.

„Ich versuche mir es vorzustellen", begann Tom. „Ich bin ein Junkie und auf Heroin oder ähnlichem Zeug und brauche jede Menge Geld. Jeden Tag. Betteln alleine reicht nicht. Ab und zu ein kleiner Bruch und dann die Sachen verkaufen ist eine Möglichkeit, um an Geld zu kommen. Aber das Schloss war unversehrt, Lidia muss dem Täter oder den Tätern also geöffnet haben. Typisch Junkie ist das nicht, aber auch nicht auszuschließen. Ich bedrohe das Opfer und schüchtere es ein. Mit oder ohne Lidias Hilfe durchsuche ich die Wohnung nach Wertvollem. Ich nehme das Handy, Geld, Schmuck und Kreditkarten – alles, was ich später zu Geld machen kann. Davor oder danach fessele und ersticke ich die Frau und setze mir einen Schuss auf dem Sofa, keine zwei Meter von der Leiche entfernt. Alles möglich, aber …“, Tom zögerte. „Die Spritzen und der Gummiriemen sehen für mich so aus, als ob sie dort jemand hingelegt hat, damit sie dort gefunden werden. Alles *soll* so aussehen, als ob ein Junkie in der Wohnung war. Oder mehrere.“

„Oder wer auch immer sich dort einen Schuss gesetzt hat, hat sie dort vergessen“, warf Toni ein.

Toms Gefühl sagte ihm nach wie vor, dass es so, wie es schien, nicht sein konnte. Aber das war nur ein Gefühl.

„Die Spurensicherung wird die Wohnung auf den Kopf gestellt haben, vielleicht finden sie noch weitere Hinweise für die Junkie-Hypothese.“ Tom startete das Video erneut. „Hast du Lidia oft besucht?“

Toni nickte und schaute auf das Display.

„Fällt dir irgendetwas auf? Was könnte noch fehlen? Oder ist außer den Spritzen noch etwas da, was dort nicht hingehört?“ Tom tat das, was er jahrelang getan hatte – er stellte Fragen und ermittelte.

„Die Bilder fehlen“, rief Toni aus, als sie das Video zum dritten Mal anschaute. „Die beiden Gemälde über der Couch sind nicht mehr da“, sagte sie aufgeregt.

„Wann warst du das letzte Mal bei Lidia in der Wohnung?“

„Drei Tage vor ihrem Tod. Und da hingen die Bilder noch da. Wir saßen auf der Couch und haben Kaffee getrunken.“

„Und Lidia hat nichts davon erzählt, dass sie die Bilder verkaufen wollte?“

„Nein“, antwortete Toni vehement. „Lidia hing an den

Bildern. Das waren Erbstücke von ihrem Großvater. Sie hatte sie erst vor ein paar Monaten restaurieren lassen."

„Dann sind die Bilder wertvoll?"

„Der Maler war eher ein Unbekannter aus der Zeit des katalanischen Jugendstils. Segelmotive. Die Gemälde hatten für Lidia eher einem emotionalen Wert."

„Woher weißt du das?"

„Lidia war meine beste Freundin. Außerdem habe ich Kunstgeschichte studiert und arbeite in einer Galerie."

Zwei von Toms unzähligen Fragen hatten sich soeben im Vorbeigehen beantwortet.

„Was sind die Bilder wert?"

„Ein paar hundert Euro."

"Für einen Junkie eine Menge Geld. Aber er müsste sie erst verkaufen", überlegte Tom. „Sind die Bilder in einem Katalog gelistet?"

Toni schüttelte den Kopf. „Das kann ich mir nicht vorstellen." Plötzlich griff sie in ihre Handtasche und zog ihr Handy raus. „Lidia hat mir letzte Woche noch eine Videonachricht geschickt, die sie in ihrer Wohnung aufgenommen hat. Vielleicht sind die Bilder zu sehen."

Tonis Augen glänzten beim Anblick ihrer besten Freundin auf dem Display. „Toni, Liebes. Wir sind nachher verabredet, nicht vergessen. Um acht Uhr am Café Zurich." Lidia hatte sich im Selfie-Modus gefilmt, strich ihre langen dunklen Haare aus dem Gesicht und ging durch ihr Wohnzimmer. „Schau, ich habe mir die Nägel gemacht", sagte Lidia und hielt die linke Hand lächelnd in die Kamera. „Vielleicht fällt es jemandem auf."

„Lidia war so hübsch", sagte Toni mit zitternder Stimme.

Lidia setzte sich auf das Sofa. „Also, meine Liebe, lass mich nicht warten." Lidia schmatzte ein paar Küsse, im Hintergrund waren deutlich die zwei Gemälde zu erkennen.

„Schick das Video unbedingt deinem Ex. Das könnte ein

ganz wichtiger Ermittlungsansatz sein."

Toni nickte und tippte eine Nachricht ins Handy.

„Die Wohnung machte nicht den Eindruck, als ob Lidia mit jemandem zusammengelebt hätte."

Toni hob den Kopf. „Sie hatte immer Pech mit Männern. Irgendwie war nie der richtige dabei. Deswegen hatte sie auch keine Kinder."

„Hat sie sich mit Männern getroffen, hat sie sich über Dating Apps verabredet?"

Toni zögerte kurz. „Über eine Dating App? Lidia? Niemals. Und sie hatte seit Monaten kein Date mehr. Das hätte sie mir erzählt."

„Ich denke jetzt laut nach", sagte Tom. „Vielleicht hatte sie doch jemanden. Die Tür war nicht aufgebrochen. Entweder hatte der Täter einen Schlüssel oder Lidia hat ihm die Tür geöffnet."

Toni schüttelte energisch den Kopf.

„Wenn die Kollegen von deinem Ex-Mann richtig ermitteln, werden die auch das private Umfeld überprüfen. So sie über genügend Manpower verfügen."

*

Als Tom und Toni aus der Bar kamen, war es merklich kühler geworden. Über der weißen Fassade des MACBA türmten sich dunkle Wolken, bald würde es regnen. Die Veranstaltung von #Pro-Raval dauerte an, vor der Bühne wurde für einen Redner mit langer Lockenmähne applaudiert.

„Was für eine Überraschung", hörte Tom es neben sich und er fuhr herum.

„Ich wusste gar nicht, dass du dich so für die Belange des Viertels interessierst", sprach die männliche Stimme weiter.

Das war Toms Horror, deswegen mied er Menschen. Wer war das? Tom sah nur die groteske Vermengung einzelner Gesichtsmerkmale und konnte wegen des Redners und dem Hintergrundrauschen auf dem Platz nicht mal die Stimme des

Mannes richtig verstehen.

„Ich bin's, Pedro. Aus dem Rincón Andaluz."

Tom war erleichtert und schlug Pedro mit der flachen Hand auf die Schulter, so wie man es in Spanien und nur unter Männern machte. Dazu lachte er sein schiefes Lachen. „Pedro! Jetzt weißt du genau, was ich gemeint habe: Wundere dich nicht, wenn ich dich auf der Straße nicht erkenne."

Auch Pedro lachte und schlug Tom auf die Schulter.

„Das ist Toni, eine alte Freundin", sagte Tom und fühlte sich gegenüber Pedro nicht verpflichtet, weitere Informationen preiszugeben.

‚Angenehm' sagten beide und begrüßten sich mit Küsschen links und Küsschen rechts. Wenn man die Unterschiede zwischen Spanien und Deutschland verstehen will, dachte Tom, hilft in jedem Fall das Begrüßungsritual, das unterschiedlicher kaum sein konnte. Menschen, die sich soeben erst vorgestellt worden waren, begrüßten sich mit Küsschen. Wie viel distanzierter und kühler war man doch in Deutschland.

„Pedro gehört eine Bar bei mir in der Nähe, wo ich ab und an hingehe." Das ist nicht mal gelogen, dachte Tom.

„Ein gerngesehener Gast", sagte Pedro und ließ so einen gewissen Deutungsspielraum, mit dem Tom leben konnte.

Toni sollte nicht, und schon gar nicht von Pedro, erfahren, wie er sich immer wieder aufs Neue brutal zuschüttete. Tom hatte Toni auf der Beerdigung getroffen, als er gerade wieder von den Toten auferstanden war. Er wollte nicht, dass sie ihn so sah. Das war kein Zufall, denn natürlich machte sich Tom Gedanken, wie es jetzt, da Toni wieder in sein Leben getreten war, mit ihm weitergehen sollte. Würde er weiter seiner obersten Direktive Richtung Abgrund folgen? Oder hatte sein Leben jetzt wieder einen Sinn, und Tom würde dem Teufel Alkohol abschwören? Er wusste es nicht. Einen Schritt nach dem anderen.

„Bist du auch hierher gekommen, um für ein würdiges

Viertel zu demonstrieren, Pedro?", fragte Toni.

„So wie bisher kann es jedenfalls nicht weitergehen. Mit der Gewalt und den Drogen und den Touristenapartments. Gute Aktion von #Pro-Raval", sagte Pedro und deutete zur Bühne, wo immer noch der Lockenkopf sprach. „Warum muss heutzutage eigentlich immer ein Hashtag dabei sein?"

Alle drei lachten.

„Wohnst du auch im Raval?", fragte Pedro.

„Früher ja, gleich hinter der Boqueria", gab Toni zurück.

„Bist du in letzter Zeit mal wieder dort gewesen?

Toni nickte.

„Und?"

„Der Markt hat sich ganz schön verändert", antwortete Toni. „Gerade wenn du von den Ramblas kommst. Vorne kannst du abgepackten Schinken kaufen und Käsewürfel. Kleine Obstportionen und Smoothies. Alles für die *guiris*."

„Ist das nicht schlimm? Dauernd verschwinden Stände, die schon immer da waren", rief Pedro erregt aus. „Aber bitte wer von den Touristen, die die Gänge verstopfen, kauft Fisch oder Fleisch?"

„Die, die in Touristenapartments wohnen." Tonis Ton war ernst.

Für ein paar Augenblicke entstand eine unangenehme Stille. Jedenfalls fühlte es sich für Tom so an. Er konnte weder Tonis Gesichtsausdruck noch die Züge von Pedro enträtseln. Kurz darauf prustete Toni los, und auch Pedro fing an zu lachen.

„Der war gut", sagte Pedro grinsend. „Na, da haben wir die Probleme des Viertels ja gut auf den Punkt gebracht."

Feiner Nieselregen setzte ein. Toni schaute zum Himmel. „Das ist echt selten in Barcelona. Entweder es regnet wie aus Eimern oder monatelang gar nicht."

„Stimmt", sagte Pedro und blickte nach oben.

Tom war ihm immer noch dankbar, dass er in Anwesenheit

von Toni nicht aus dem Nähkästchen geplaudert und über seine allabendliche Sauferei aus dem Rincón Andaluz berichtet hatte. Plötzlich raste eine Gruppe von zehn bis zwölf Personen an Tom, Toni und Pedro vorbei und durchpflügte die Menschenmenge. Alle trugen schwarze Hosen und T-Shirts und vor allen Dingen hatten sie alle die gleichen Guy-Fawkes-Masken auf. Wie auf ein gemeinsames Kommando hin, stoppte die uniforme Truppe ab, alle reckten Druckluft-Fanfahren in den dunklen Himmel und hielten davor Megafone. Das kollektive Tuten übertönte alles auf dem Platz. Jetzt hatten sie die volle Aufmerksamkeit aller Anwesenden. Als die Fanfare nach ein paar Sekunden abrupt endete, brüllten alle synchron ‚Raval-Killer' in die Megafone. Die Gruppe mit den grinsenden Masken setzte sich wieder in Bewegung und hatte nach ein paar Sekunden die Bühne geentert. Der Lockenkopf stand mit verschränkten Armen am Rand, als sich das Tuten wiederholte, gefolgt von dem dreifachen Ausruf ‚Raval-Killer – die Lösung'. Alle sprangen von der Bühne, und schon nach wenigen Sekunden waren sie in der Menge verschwunden. Zurück blieb ein stummer Platz, erst nach einigen Sekunden schwoll das Gemurmel wieder an. Tom überlegte: war das ein Auftritt von ernstzunehmenden Sympathisanten eines mehrfachen Mörders, die dem Raval-Killer nacheifern würden, oder nur die Guerilla-Attacke einer Spaßarmee?

21

In der grellen Oberbeleuchtung des Rincón Andaluz saß Tom am Tresen und dachte über seine Situation nach. Aus dem Fernseher dröhnte das Gekreische einer Talkshow, niemand im Laden schien Notiz davon zu nehmen. In nicht mal einer Woche hatte sich alles dramatisch verändert. Toms Gedanken rotierten um die Zufälle und die Was-wäre-wenns, wie Toni nicht zurück in sein Leben getreten wäre. Erstens: was wäre, wenn er sich nicht Barcelona als Exil ausgesucht hätte. Zweitens: was wäre, wenn er in ein anderes x-beliebigen Apartment gezogen wäre und Isi nicht kennengelernt hätte. Drittens: was wäre, wenn Isi das Foto von Toni und Lidia nicht gesehen hätte. Wenn die Punkte zwei und drei anders gelaufen wären, hätte Tom Toni möglicherweise trotzdem selber finden können. Vielleicht hätte er sich zu einer ernsthaften Suche aufraffen können, aber wie wahrscheinlich wäre das in seiner momentanen Verfassung gewesen?

Doch Toni war wieder da, und plötzlich folgte sein Leben keinen Konjunktiven mehr. Was wollte ein Kerl mit einem so gründlich verkorksten Leben von einer Frau wie Toni? Die er, wenn Tom ehrlich zu sich war, überhaupt nicht kannte. Er hatte keine Ahnung, was er von Toni wollte. Wirklich nicht? Wenn Tom ehrlich zu sich war, wollte er lieber heute als morgen ein neues Kapitel ihrer vor Jahren gestoppten Lovestory schreiben. Die Frage war nur, ob Toni das genauso sah? Wenn Tom Lidias Mörder finden würde, hätte er bestimmt bessere Chancen auf eine Fortsetzung. Doch in Toms Leben hatten sich einige Störvariablen geschlichen: Isi wollte ihn vom Alkohol wegbringen, und Pedro schenkte neuerdings Kindermischungen ein. Dabei konnte er beides, trinken und vernünftig ermitteln. Nein, das ging beides nicht so gut zusammen. Tom nannte sich Idiot – der Einfluss von außen waren keine störenden Variablen, es war Hilfe von Menschen, denen Tom nicht egal war.

Er musste dringend Toni anrufen. Kurz nach der Aktion mit den Guy-Fawkes-Masken war sie gegangen. Sie hatte ihn auf dem Platz vor dem MACBA stehenlassen, und wieder waren die Abschiedsküsschen im neutralen Territorium gelandet. Tom hatte gesagt: ‚Ich muss mich in den Fall einarbeiten.' Toni hatte gelächelt, jedenfalls kam es Tom so vor, und hatte erwidert: ‚Ruf mich an.'

Toni meldete sich nach dem dritten Klingeln. „Das ging ja schnell."

„Mit ist was eingefallen. Es ist super wichtig." Tom klang aufgeregter als er wollte. „Du darfst deinen Ex-Mann auf keinem Fall erzählen, dass ich mit Isi in Lidias Wohnung war." Wie konnte er das nur vergessen? „Das wäre eine Steilvorlage, wir würden in Teufels Küche kommen." Meine Güte, dachte Tom, ging es noch phrasenhafter.

„Beruhig dich", erwiderte Toni. „Das hast du mir erstens schon gesagt, und zweitens hätte ich das sowieso nicht getan."

„Sehr gut", antwortete Tom erleichtert. Er war aber auch schockiert: wie konnte er das nur vergessen? Tom tat einiges, um seine Gedächtnisleistung zu schmälern. „Was hat dein Ex-Mann zu Lidias Videobotschaft gesagt?"

„Die beiden fehlenden Bilder über dem Sofa sind den Ermittlern auch so aufgefallen. Es waren ja leichte Schatten an der Wand. Aber jetzt wissen sie auch, wie sie aussehen. Vielleicht tauchen sie in irgendeiner Pfandleihe oder einem Antiquitätenmarkt wieder auf."

Tom war fast noch fahrtauglich, ihm ging zu viel im Kopf herum, und so beendete er seine Tresenschicht vorzeitig. Im chinesischen Basar um die Ecke, den jeder nur *chino* nannte, gab es alles, was Tom benötigte. Eine Schere, ein großes Garnknäuel, breites Klebeband und eine Packung Pinnnadeln. Dazu Textmarker, Kugelschreiber, Tesafilm und Klebestifte.

Nur Papier hörte bei DIN A3 auf. Stattdessen nahm Tom eine Tapetenrolle in Weiß mit. Die sollte für sein Vorhaben geeignet sein. Bei Pedro hatte er die Zeitungen der vergangenen Tage mitgehen lassen. Am Nachmittag war die Hitze langsam zurückgekehrt, Tom war auf dem Weg in seine Wohnung, niemand war zu Hause. Draußen war es immer noch nicht ganz dunkel. Wie lange so ein Tag dauerte, wenn man ihn früh und nüchtern begann.

*

Tom schaute zufrieden an die Wand hinter seiner Matratze, wo anderthalb mal zwei Meter Tapete klebten und die Geschehnisse der vergangenen Woche abgebildet waren. So hatte er es über Jahre in der Mordkommission mit Erfolg praktiziert. Zuerst auf einer Stellwand, später auf Glas. So gelang der Blick auf das große Ganze, alle wichtigen Fakten waren im Blickfeld. Für Außenstehende wirkte das oft wie undurchdringbares Dickicht, wenn die Mordkommission, Soko oder Ermittlungsgruppe ihre Kenntnisse so zusammenfasste. Tom hatte es dabei zu einer wahren Meisterschaft gebracht, seine Wände wurden von Kollegen ehrfurchtsvoll *Crazy Walls* genannt. Das passte, schließlich war er der Rockstar unter den Ermittlern. Damals, als Polizeihauptkommissar, Besoldungsgruppe A11.

Tom hatte ausgeschnitten und geklebt, farbig hervorgehoben, mit Schnüren verbunden und unterstrichen, mit Fragezeichen und eigenen Einschätzungen versehen oder eliminiert. Vor ihm befand sich seine persönliche Bestandsaufnahme zu den Raval-Morden. Das war alles in allem noch nicht besonders tiefgreifend, aber ein Anfang. Toni hatte ihn gebeten, den Tod ihrer besten Freundin aufzuklären, falls die Polizei scheitern sollte. Tom als Ein-Mann-Ermittlungsmaschine – da wurde der Bock zum Gärtner gemacht. Kurz dachte er daran, wie Isi diesen Satz wohl verdreht hätte. Was ein Erfolg für Toms Verhältnis zu Toni bedeuten würde, blendete er aus. Aber schaden konnte es nicht. Genauso wenig wie die Tatsache, dass Toni meist genervt über ihren Ex-Mann sprach.

Am linken Rand klebte ein Zeitungsartikel über den Raubmord, dessen Zeuge Tom selbst wurde. Er war immer noch sicher, dass man diesen Fall gesondert betrachten musste. Aber er wollte ihn auf dem Schirm behalten. Der Typ war natürlich brandgefährlich. Auf dem Stadtplan des Ravals, den Tom auf der Tapete unten in der Mitte angeklebt hatte, zeigte eine grüne Pinnnadel den Tatort im Carrer Sant Pau an.

Am nächsten Tag wurde der Drogendealer auf der Plaça del Pedró mit zwei Schüssen niedergestreckt. Dort war die zweite Nadel. Obwohl der Platz zur Tatzeit belebt war, gab es nur wenige Zeugenaussagen. Eine kam unglücklicherweise von Lidia, und die wurde zum Interview vor die Kamera gezogen. Tom regte sich immer noch darüber auf. Über diese Tat hatte Tom durch die Aussage der obdachlosen Frau vielleicht mehr Informationen als die Polizei. Anhand der Projektile aus dem Körper des Opfers und der Hülsen, die sichergestellt worden sein sollten, wusste die Polizei vielleicht schon einiges über den Täter. Mit etwas Glück überführten ihn Fingerabdrücke auf den Projektilen. Dazu hinterließ jedes Waffenmodell ein eigenes Spurenbild auf Hülsen und Projektilen, was den Waffentyp verriet. Die Analysen im Labor dauerten meist ein paar Tage, für einen ungeduldigen Ermittler jedoch stets zu lange – das würde in Spanien nicht anders sein als zu Toms Zeit bei der Hamburger Kripo. Wenn also nicht bald Ergebnisse präsentiert würden, so glaubte Tom, dürfte die Polizei noch im Dunkeln tappen.

Zwei Tage danach war der Vergewaltiger beim Herrenfriseur im Carrer Joaquín Costa erstochen worden. Nadel Nummer drei. Wiederum gab es vage Beschreibungen, die denen der Obdachlosen mit der Narbe vom Mord davor ähnelten. Der Täter hatte mit einer Schere aus dem Salon zugestochen.

Das Opfer war zur Tatzeit einziger Kunde, der Friseur hatte sich gewohnheitsmäßig einen Kaffee beim Bäcker gegenüber geholt. Einen Menschen durch mehrere Stiche in Hals und Brust zu töten, forderte dem Täter einiges ab. Er hatte mit Sicherheit Handschuhe ertragen, Fingerabdrücke wurden nicht gefunden. Andere Spuren, die zu Verdächtigen aus der Polizeidatenbank passten, schien es nicht zu geben. Zwischen dem Drogendealer und dem Vergewaltiger gab es keine Verbindung. Beides waren schlechte Menschen, die viel Leid verursacht hatten. Die im Viertel und bei vielen Medien populäre Version des rächenden Raval-Killers könnte Sinn machen.

Und so könnte auch der Mord an Lidia ins Bild passen, die vierte Pinnnadel. Lidia, die Besitzerin zweier Touristenapartments. Wohnungen, die die früheren Besitzer an die Bank verloren hatten, und Lidia hatte sie günstig erworben. Lidia Puig Massó, die kapitalistische Krisengewinnlerin. Tom hatte es gestern auf der Demo selbst mitbekommen. Menschen wie Lidia passten ins Feindbild. Doch wieso verschleierte der Täter die Geschehnisse und hinterließ Spritzen, die auf Junkies hindeuteten, am Tatort. Oder war der Raval-Killer ein Junkie? Das schien Tom zu abwegig. Würde ein Junkie ein so kontrolliertes Nachtatverhalten zeigen? Am wahrscheinlichsten fand Tom zwei verschiedene Mörder. Auf der einen Seite der Typ, der die Touristin auf dem Gewissen hatte. Und auf der anderen Seite der Raval-Killer, ein großes Fragezeichen in der Mitte von Toms *Crazy Wall.*

Yaku Mendoza, Ramón Rodríguez und Lidia. Der Täter hatte sich das Prädikat Serienmörder verdient, und sein Verhaltensmuster, sein Modus Operandi, war nicht untypisch für das eines Serienmörders. Es gab ein grobes Opferschema. Bei anderen Serientätern war es junge Männer oder Prostituierte. Beim Raval-Killer waren es Menschen, die dem Viertel nicht guttaten, die das friedliche Miteinander der Allgemeinheit störten. Schienen die ersten beiden Morde noch von einem impulsiv agierenden Täter begangen worden zu sein, sah man dem Mord an Lidia die verfeinerte Planung an. Serienmörder wie der Raval-Killer perfektionierten oft ihr Handeln, sie beobachteten lange das Umfeld und die Gewohnheiten des Opfers. Auch der Raval-Killer hatte seine Opfer gezielt ausgesucht. Auf den ersten Blick mochte die Ein-Täter-Theorie für Außenstehende nicht plausibel wirken, da die drei Opfer auf verschiedene Art und Weise umgebracht wurden. Erschossen, erstochen, erstickt. Aus Erfahrung wusste Tom, dass Serienmörder die Tatwaffen wechselten, um es so den Ermittlern zu erschweren, einen Zusammenhang herzustellen. Aber der Zug war abgefahren, und die große Frage war: wann und wie würde der Raval-Killer wieder zuschlagen? Das konnte Tage dauern. Oder Jahre.

Toms Blick geriet in Bewegung, er sprang von einem Zeitungsartikel zum nächsten. Wann waren die Morde geschehen? Tom riss den Bericht über den ersten Mord von der Wand und faltete die geknickte Seite auseinander. Auf dieselbe Weise fuhr er bei den anderen Morden fort, schließlich schnappte er sich einen Textmarker und kringelte das jeweilige Datum ein. Yaku Mendozas Tod war der Ausgangspunkt der Mordserie, der erste Tag. Zwei Tage später starb Ramón Rodríguez und Lidia folgte vier Tage danach. Würde Tom die simpelste aller Zahlenreihen nehmen, welche Zahl müsste folgen? Die Sechs. Wandte Tom diese Logik an, würde es sechs Tage nach dem Mord an Lidia die nächste Tat geben – immer vorausgesetzt es handelte sich um einen einzelnen Täter. Bis zum nächsten Mord wären es noch drei Tage. Soweit die Theorie. Natürlich wusste Tom, dass nur ein gestörter Zahlenfetischist seine Taten so planen würde. Es war komplett unseriös, aus diesem spärlichen Material konkret eine kommende Tat vorherzusagen. Wenn aber der Abstand zwischen den Taten sich verlängerte, vielleicht könnte daraus etwas anderes abgeleitet werden: das Erregungspotential beim

Täter nahm ab, vielleicht würde sich das Intervall zwischen den Taten verlängern. Hatte der letzte Mord des Raval-Killers sogar bereits stattgefunden?

22

Tom lehnte in T-Shirt und Shorts gekleidet in der Nähe des Mosaiks von Joan Miró an einer Laterne und rauchte nicht die erste Zigarette des neuen Tags. Für einige Augenblicke verlor sich sein Blick in den aufgelösten Formen des Kunstwerks auf dem Boden vor ihm. Es war noch nicht mal neun Uhr. Zwei junge Frauen joggten schnaufend die Ramblas hoch, drei Nachtschwärmer trabten einige Meter mit. Die Jungs sahen aus wie Models, groß und schlank, mit engen Hosen und akkurat getrimmten Bärten. Sie bedachten die Läuferinnen mit Komplimenten, die charmant klingen sollten, aber reichlich abgedroschen rüberkamen – fand Tom. Die Jungs ließen von den Frauen ab, lachten und unterhielten sich so ambitioniert, dass es auch der letzte Frühaufstehertourist auf den Ramblas mitbekommen musste, wie sehr sie von sich selbst berauscht waren. Ihr Leben war ein Fest, der so genannte Ernst hatte bei ihnen garantiert noch nicht geklingelt. Sie waren kaum zwanzig Jahre alt, schätzte Tom, und der Rausch war nach einer langen Partynacht noch nicht in einen Kater umgeschlagen. Einer aus der Gruppe fummelte eine Zigarette aus der Packung und steuerte auf Tom zu.

„Haste Feuer, Alter?“

Tom gab ihm sein Feuerzeug und fühlte sich ohne Mütze und Brille gegenüber der straffen Vitalität des Modelgesichts augenblicklich nackt und minderwertig.

„Cool, Alter“, sagte der Typ, nickte Tom zu und federte zurück zu seinen Kumpels. Instinktiv kramte Tom seine neue Schirmmütze aus der Umhängetasche und zog sie tief ins Gesicht. Das Modelgesicht drehte sich noch einmal kurz zu Tom um und blies unbeschwerten Qualm in die Morgenluft.

Seit dem Schlaganfall hatte Tom jegliche Selbstsicherheit verlassen. Vorher hatte er seinen Körper gut in Schuss gehalten; auf dem Torso saß ein ein passables Gesicht. Tom meinte zu wissen, was andere Menschen jetzt über ihn dachten: arme Sau, Quasimodo, Mongo. Vielleicht war es auch der Selbsthass, der ihn so denken ließ. Was mag in Tonis Kopf vorgehen, überlegte Tom, was sah sie in ihm? Natürlich hatte Toni verstanden, dass Tom auch ihretwegen in Barcelona war, und sie schwieg, weil sie die neue Situation erst realisieren musste. Er hoffte, dass sie über ihn und sich nachdenken würde, so wie es bei Tom der Fall war. Doch wahrscheinlich hatte sie momentan andere Prioritäten, schließlich war ihre beste Freundin ermordet worden. Tom sollte ihr genügend Zeit geben und helfen den Mord aufzuklären – der Rest würde sich ergeben. Doch dazu musste er jetzt abliefern, endlich in die Zweikämpfe kommen, um Toni zu beeindrucken. Lange genug war das Spiel an ihm vorbeigelaufen. Auf einen passiven Helfer konnte Toni leicht verzichten, und Tom wollte einen Stammplatz.

Er dachte an Isi, der sich gleich mit seiner Schwester Rafaela, die er drei Jahre nicht gesehen hatte, in Badalona treffen würde. Es war *die* Rafaela, die früher mit Lidia befreundet gewesen war. Aus Scham, weil er auf der Straße gelebt hatte, hatte Isi den Kontakt zu seiner Schwester weitgehend vermieden. Seit Isi bei ihm wohnte, ließ sein Mitbewohner es auch sonst nicht an Reinlichkeit fehlen, aber am Morgen hatte er das Bad eine gefühlte Ewigkeit blockiert. Wäre Tom im Tran wie sonst sooft gewesen, er hätte in ein großes Glas oder ins Waschbecken gepinkelt. So aber hatte Tom gewartet, bis Isi geschniegelt und gebügelt aus dem Badezimmer gekommen war.

Isi hatte ihm der Tipp mit der Plaça Reial gegeben. Tom war der Hypothese gefolgt, dass ein oder mehrere Junkies die Bilder aus Lidias Wohnung mitgenommen hatten, um sie zu versilbern. Vielleicht war ein professioneller Hehler beteiligt, der die Bilder in seinem Netzwerk anbieten würde – das konnte die Chancen, sie zu finden, minimieren. Aber

Drogenabhängige brauchten meistens schnell Geld und planten nicht besonders strategisch, außerdem war ihr Radius meist gering. In der Regel wurde solches Diebesgut in unmittelbarer Nähe des Tatorts verscherbelt, und das zeitnah. Isi hielt die Plaça Reial für einen wahrscheinlichen Ort, wo die Bilder auftauchen könnten. Nur ein paar Meter von den Ramblas entfernt fand dort jeden Sonntagmorgen ein Flohmarkt statt. Mit einem offiziellen Teil und einem, wie Isi meinte, weniger legalen. Tom war gespannt, was das bedeutete. Mit etwas Glück würden er und Toni Hinweise zu den gestohlenen Bildern aus Lidias Wohnung erhalten. Für seine Verhältnisse hatte Tom am Abend zuvor so gut wie nichts getrunken. Isi hatte keinen weiteren Versuch unternommen, um Tom vom Trinken abzuhalten. Es musste Tonis Anwesenheit sein, die ihn umdenken ließ. Auch Tom hatte an diesem Morgen deutlich länger als normal im Badezimmer benötigt und dreimal überlegt, was er anziehen sollte, sich aber schließlich entschieden, seiner Kleidung nicht mehr Bedeutung beizumessen als sonst.

Er wartete auf Toni, die jeden Augenblick die Metrotreppe hinaufkommen musste. Nachdem Tom am Vortag vor seiner *Crazy Wall* sitzend Überlegungen zu Zahlenreihen und dem möglichen Zeitpunkt einer weiteren Tat angestellt hatte, war ihm noch eine Idee gekommen. Er hatte auf dem Stadtplan an jedem Tatort ein Kreuz gezeichnet und sie mit einer Linie verbunden. Das Resultat war ein zackiger Strich gewesen, aus dem sich beim besten Willen nichts vorhersagen ließ.

Toms Blick schweifte über die Fassade des Opernhauses und blieb kurz an den Namen Rossini und Mozart über den Fenstern des ersten Stocks hängen, ehe er eine Gruppe von Asiaten beobachtete, die den Ausführungen eines Stadtführers lauschte. Vermutlich Japaner, aber sicher war er sich nicht. Tom konnte kaum Menschen erkennen, die er kannte. Wie sollte er da Japaner und Chinesen auseinander halten? Der

Tourguide flüstere ins Mikrofon, die Gruppe trug Kopfhörer, sehr diskret, fand Tom. Im Gegensatz zu vielen seiner Kollegen, die in Kasernenhoflautstärke ihre Umgebung beschallten und die Gruppen im Stechschritt an den Sehenswürdigkeiten der Stadt vorbeihasten ließ. Derart schrecklichen Stadtführungen hatte Tom auch schon im Raval beobachtet. Unter Tom vibrierte der Boden, die Metro fuhr ein. Ein paar Augenblicke später spuckte die Treppe an die hundert Menschen aus, Toni war nicht dabei.

Tom steckte sich eine weitere Zigarette in den Mundwinkel und holte das Handy aus der Hosentasche. Schon ein paar Tage hatte er nicht mehr nachgeschaut, was im Netz unter #ravalkiller los war. Einiges, wie Tom schnell sah.

Ichlebeimraval *Bravo! Der Raval-Killer ist zurück. Bitte mehr davon.*

martaRodFer *Tusch und Applaus! Ich reiche gerne die Namen von anderen Kandidaten weiter.*

fanvomRaKi *Ravalkiller 4 – Polizei 0. Einer geht noch, einer geht noch...*

SaSa15 *Menschen brauchen bezahlbare Wohnungen. Wem gehört die Stadt? Die Stadt gehört uns! Wir holen uns die Stadt zurück. Tourist go home!*

meinravallebt *@an alle durchgeknallten Selbstjustiz-Idioten. Es ist eine Schande, wer hier alles zum Mord aufruft. Schämt euch!*

kuschelbaer88 *Ein bisschen Spaß muss sein. Wann kommt wohl Nummer 5?*

MrDurchblick *@ SaSa15 Wie soll die Stadt ohne Touristen funktionieren, du Träumer? Ich freue mich auf das Gejammer, wenn die Zahlen einbrechen.*

BARNAramon1 *der ravalkiller macht seine Sache super. Und er ist noch lange nicht fertig. Bei uns im Haus nebenan ist ein narcopiso – ravalkiller, bitte übernehmen. #fuck_nacopisos*

Und so ging es seitenlang weiter, es waren hunderte von Einträgen. Tom kam nicht mehr dazu, sich über die Posts zu wundern. Er blickte die Ramblas hoch, und da war sie. Toms waches und erstaunlich klares Hirn bewertete alle Eindrücke blitzschnell. Frisur, Größe, Gang. Toni. In Toms Wahrnehmung hatte es was von Neunzehn-Achtziger-Jahre-Musikvideoclip-Ästhetik. Toni kam wie in Zeitlupe auf ihn zu. Sie strich sich durchs wehende Haar, Männer, die an ihr vorbeigingen, drehten sich um. Tonis Beine steckten in cremefarbenen Cowboystiefeln, sie trug einen kurzen Jeansrock und etwas luftig Gehäkeltes um die Schultern. Sie sah fantastisch aus, fand Tom.

„Ich bin am falschen Ausgang raus", sagte Toni und drückte ihn an sich.

*

Wer Interesse an alten Briefmarken, Münzen oder Champagnerdeckeln hatte, auf der Plaça Reial wurden diverse Sammelleidenschaften befriedigt. Rund um den Brunnen mit den drei Grazien in der Mitte waren Verkaufsstände über den rechteckigen Platz verteilt. Toms Blick wanderte über die vierstöckigen klassizistischen Gebäude und die Palmen zurück zum Brunnen. Ein Sammler alter Münzen saß mit geöffnetem Album auf dem Brunnenrand und bot seine Kostbarkeiten an. Tom und Toni ließen die geordneten Reihen des offiziellen Marktes hinter sich und überblickten dessen zweiten Bereich, der sich vor den Arkaden und den Terrassen der Restaurants erstreckte, wo Kellner bereits die Tische hergerichteten. Das also ist der weniger legale Teil, dachte Tom, Isis Worte im Ohr.

„Haben die nur keine Genehmigung zum Verkaufen", fragte Tom, „oder ist da wohl das ein oder andere Stück vom Laster gefallen?"

„Genau deswegen sind wir hier. Fürs weniger Legale", sagte Toni ernst, und sie hatte recht. Gut dreißig Männer offerierten auf Decken ihr ganz anderes Angebot. Die meisten von ihnen waren keine passionierten Händler, das sah Tom, die blanke Not hatte sie am Sonntagmorgen auf die Plaça Reial geführt, wo schon die ersten Touristen unterwegs waren. Von der Sonnenbrille über den alten Toaster bis zum Schraubenzieher, es gab einzelne Schuhe, Armbanduhren und eine Village People Single. Jeden nur erdenklichen Krimskrams, und es lagen sogar ein paar kleine Gemälde auf den Decken der Verkäufer – doch die beiden aus Lidias Wohnung waren nicht dabei.

„Es ist noch früh, lass und warten", sagte Toni, nahm Toms Hand und steuerte mit ihm auf den Brunnen zu, wo ein Mann in Arbeitskleidung leere Bierdosen aus dem Wasser fischte.

„Hätten wir uns eine Stunde früher getroffen, wäre auf dem Platz noch der Teufel losgewesen und er wäre überzogen von Hunderten von Bierdosen. Es gibt hier einige Clubs, die gerade erst geschlossen haben."

„Aha! Du bist immer noch im Nachtleben im Einsatz?", scherzte Tom.

„Die Info habe ich von meiner Tochter", erwiderte Toni und grinste.

„Wie heißt deine Tochter?"

„Cristina, sie ist gerade 22 geworden und bald mit der Uni fertig."

Hinter den beiden näherte sich mit Getöse ein Fahrzeug der Stadtreinigung, dessen Bürsten über die Betonplatten rotierten.

Tom hatte sich den Satz für Toni zurechtgelegt, mit dem er beginnen wollte, um seine Misere zu erklären. ‚Ich habe Schuld am Tod meiner Frau.' So einem Satz konnte man nicht ausweichen, Toni würde erfahren, warum sich ihre Lebenswege nach einer Ewigkeit wieder gekreuzt hatten. Jetzt war ein guter Augenblick.

„Puh, stinkt das", stieß Toni und deutete auf den Brunnen, in dessen trübem Wasser über ein Dutzend leere Bierdosen schwammen. „Da ist mehr Alkohol als sonst was drin."

Tom setzte innerlich schon zum Gespräch an, blies aber den großen Moment wieder ab. „Stimmt, es riecht wie auf dem Bahnhofsklo", sagte er und verzog demonstrativ das Gesicht. Statt seiner Lebensbeichte weihte Tom mit aller gebotenen Vorsicht Toni in seine Theorie ein, die in zwei Tagen eine weitere Tat für nicht unwahrscheinlich hielt.

Plötzlich packten fast alle von den weniger legalen Händlern hektisch ihren Krempel zusammen und flitzten unter den Arkaden des Platzes hindurch in die engen Seitengassen.

„Da ist wohl gerade Polizei gekommen", tippte Toni und blickte sich um. Tatsächlich schlenderten zwei Polizisten in aller Seelenruhe am Brunnen entlang und schienen sich Zeit zu lassen, bis auch der letzte Verkäufer das Weite gesucht hatte. Doch ein paar Wagemutige blieben und fingen sogleich eine muntere Diskussion mit den Polizisten an.

„Lass uns nachschauen, wo die alle abgeblieben sind", sagte Tom und nahm Tonis Hand. Kaum waren die beiden unter den Arkaden angekommen, sahen sie auch schon die ersten Verkäufer in der schmalen Gasse an der Wand kleben. Sie schienen nur darauf zu warten, bis die Polizei wieder abzog. Obwohl auch hier kurz zuvor der Boden und die Wände von der Stadtreinigung abgespritzt worden waren, roch es überall nach Urin. Es war noch schlimmer als drüben im Raval. Wie hielten das bloß die Anwohner aus? Nur ein paar Meter von den beiden entfernt lag eine Gestalt auf dreckigen Pappen, die Habseligkeiten um sich verteilt. Tom erkannte sofort die wulstige Narbe auf der Stirn. Es war die Obdachlose, die Zeugin beim Mord an Yaku Mendoza gewesen war. Tom war sich der Würdelosigkeit der Situation bewusst, aber was sollte er machen, er konnte schlecht alle Obdachlosen der Stadt zu sich nach Hause einladen. Er dachte an das, was die Frau, deren Namen er nicht kannte, ihm hatte weismachen wollen – ein Zwerg sollte in einem Mülleimer eine Pistole gefunden haben.

Toni stieß Tom mit dem Ellenbogen in die Seite und deutete auf einen Mann mit längeren blonden Haaren und Vollbart, der keine zwanzig Meter entfernt in einem Rollstuhl saß.

„Siehst du die karierte Tüte?“, flüsterte Toni. „Das sind Bilder, oder nicht?“

Tom sah die Bilder. Mindestens drei Stück. Viel mehr als die Rahmen war nicht zu erkennen. Ein Mann im Rollstuhl, zu dieser Uhrzeit in einer nach Pisse stinkenden Gasse, war sicher nicht wegen des tollen Ambientes da, vielleicht wollte er etwas loswerden.

„Wir schauen uns mal an, was der Gute im Angebot hat“, sagte Tom und griff nach Tonis Hand. „Wir machen auf Paar, so schöpft der Typ keinen Verdacht.“ Vielleicht war der Rollstuhl nur Tarnung, der Mann ortskundig und im Sprinten geübt. Früher war Tom keiner Verfolgung zu Fuß aus dem Weg gegangen, jetzt wäre er eine Schnecke, und an Tonis Spurtqualitäten in Cowboystiefeln zweifelte er.

„Guten Morgen“, begrüßte Tom den Mann im Rollstuhl und blickte auf dessen Beine, die in der Jeans zerbrechlich wirkten. Es schien zweifelhaft, ob sie einen Körper überhaupt würden tragen können. „Wir sind auf der Suche nach ein paar schönen Bildern für unser Wohnzimmer, wollen dafür aber kein Vermögen ausgeben. Zeig uns, was du im Angebot hast.“

Der Mann hob den Kopf und musterte Tom und Toni. Wie in Zeitlupe legte er seine Hand auf die Tüte.

„Lass mal sehen, was du da drinnen hast.“ Tom drückte Tonis Hand und hoffte, sie verstand seine Nachricht: was auch immer gleich zum Vorschein kommen sollte – cool bleiben.

Der Rollstuhlfahrer griff nach der Tüte und stellte die Bilder auf seinen Schoß. Tonis Fingernägel krallten sich in Toms Hand. Es gab keinen Zweifel, das waren die Bilder aus Lidias Wohnung. Segelboote auf stürmischer See.

„Die würden perfekt bei uns reinpassen“, sagte Toni und

Tom merkte, wie sie zitterte.

„Happy wife, happy life“, kommentierte Tom, ihm gefielen Tonis Improvisationsfähigkeiten. „Was sollen sie kosten?“

„Pro Bild 200.“

Tom kramte ein paar Geldscheine aus seiner Hosentasche. „Sagen wir 250 für beide.“

„300.“

„Deal.“

„Diese Bilder hingen in der Wohnung meiner besten Freundin“, platzte es mit bebender Stimme aus Toni heraus. „Sie ist ermordet worden. Wie bist du an die Bilder gekommen?“

„Damit habe ich nichts zu tun“, rief der Mann im Rollstuhl hektisch.

„Ich hole die Polizisten von der Plaça Reial“, sagte Toni und drehte sich um.

„Nicht die Polizei“, schrie der Mann panisch, „bitte keine Polizei.“

Augenblicklich machten sich alle anderen Männer in der Nähe mit ihren Decken und Körben aus dem Staub. Nur die Frau auf den Pappen blieb zurück. Der Mann im Rollstuhl sackte in sich zusammen, als ob jemand die Luft aus seinem Oberkörper lassen würde.

„Ich habe damit nichts zu tun. Schau mich doch an.“

Eine Minute später kehrte Toni mit den zwei Polizisten zurück. Sie zeigte ihnen die Videonachricht von Lidia auf ihrem Handy, auf dem deutlich die beiden Bilder zu erkennen waren. Die Polizisten überprüften die Personalien des Rollstuhlfahrers, der immer wieder seine Unschuld beteuerte.

„Ich habe die Bilder gefunden und mir nichts dabei gedacht. Wie soll ich denn in fremde Wohnungen einbrechen? Ich komme kaum ohne Hilfe auf die Toilette.“

Vielleicht schied der Mann als Täter aus, doch er konnte trotzdem damit zu tun haben. Als Auftraggeber oder als derjenige, der die Wohnung beobachtet hatte. Dass er Bilder gefunden hatte, war möglich, aber unwahrscheinlich, dachte Tom bei sich.

„Wo haben Sie die Bilder gefunden?“, fragte der größere der Polizisten.

„Die lehnten an einem Klohäuschen drüben im Raval. Bei Sant Agustí“, stammelte der Mann. „Ich bin dort zufällig vorbeigekommen, und sie schienen niemandem zu gehören.“

„Und jetzt nochmal", sagte der andere Polizist, der ein wenig rund um die Hüften war. „Woher haben Sie die Bilder?“

Der Mann im Rollstuhl ließ den Kopf hängen und schwieg.

Tom und Toni standen ein paar Schritte entfernt. „An einem Klohäuschen gefunden, wer glaubt denn so was“, sagte Toni. „Wenn er es nicht war, dann hatte er einen Komplizen.“

Tom nickte und deutete zum Rollstuhlfahrer. „Der weiß, dass es für ihn nicht gut aussieht. Lange dauert es nicht, dann sagt der einen Namen.“

„Toni, da bist du ja", hörte Tom eine Männerstimme hinter sich. Sie gehörte ohne Zweifel zu Tonis Ex-Mann. Groß, schlank, breiter Kiefer, leicht angegraute Schläfen.

„Xavi“, sagte Toni, „das ging ja schnell.“ Und zu Tom: „Das ist Xavi, er leitet die Ermittlungen zu den Mordfällen im Raval.“

Toni begrüßte ihren Ex-Mann mit Küsschen. Tom gefiel das nicht besonders gut.

„Und das ist Tom", fuhr Toni fort, „ein alter Bekannter. Er war früher auch Polizist.“

„Aha", knurrte Xavi und streckte seine Hand zur Begrüßung aus. „*Der* Tom, der *guiri*, nicht wahr?“

Das durfte nicht wahr sein. „Ganz genau, der soll ich wohl sein.“

„Angenehm“, sagte Tonis Ex-Mann, der eine Uniform trug und klang ganz und gar nicht so, als ob er erfreut wäre.

„Ebenso“, erwiderte Tom und wusste, dass er den Mann

nicht ausstehen konnte.

Der Ex-Mann wendete sich an Toni. „Du bist sicher, dass es die Bilder aus Lidias Wohnung sind?"

„Zu hundert Prozent sicher."

In Tom brodelte es. Ein Sprung ins verbale Abklingbecken wäre angebracht. „Wie kann es eigentlich sein, dass eine Privatperson wie Toni in einem Mordfall eigene Nachforschungen anstellt, damit überhaupt was vorangeht?", stichelte Tom. „Wäre das nicht Sache der Polizei?"

Toni legte Tom die Hand auf dem Arm, doch Tom wollte noch was loswerden und schüttelte ihre Hand gereizt ab. „Toni hatte dir das Video doch geschickt. Wieso ist da nichts passiert? Wieso finden wir die Bilder für die Polizei?"

„Weil die Polizei in mehreren Mordfällen gleichzeitig ermitteln muss. Du warst selbst Polizist und solltest wissen, dass es in solchen besonderen Situationen knapp werden kann. Kollegen waren an der Spur dran."

„Was macht die Polizei in Barcelona, wenn es noch weitere Morde gibt? Ihr seid doch jetzt schon überfordert." Kaum war der Satz draußen, hätte Tom ihn gerne wieder zurückgenommen. „In zwei Tagen könnte es wieder soweit sein." Dieser Satz hätte erst recht in Toms Arsenal bleiben sollen, aber der Typ machte ihn einfach nur aggressiv.

„Wer bist du, Nostradamus, oder was?"

„Mir scheint es, dass ich hier den besseren Überblick habe", blaffte Tom und stand nicht mal einen Meter von Tonis Ex-Mann entfernt.

„Jetzt fällt mir wieder ein, woher ich dich kenne. Du warst auf Lidias Beerdigung", sagte der Ex-Mann, der ein paar Zentimeter größer als Tom war, und auch sein Ton klang alles andere als herzlich. Nicht nur das, Toms Gefühl sagte ihm, dass der Typ irgendetwas verbarg. Es würde ihn nicht verwundern, wenn Tonis Ex aus professionellen und privaten Gründen bei Tom bereits einen Backgroundcheck durchgeführt hätte.

Toni drängte sich zwischen die beiden und war nun ganz Spanierin. „Ist das so ein Männerding zwischen euch, oder was? Wer hat den Größeren, wer ist der Superbulle?“ Ihre Augen waren weit aufgerissen, die Gestik ausladend und die Stimme schneidend. „Es geht hier um den Mord an meiner besten Freundin. Könnt ihr den Machoscheiß bitte auf später vertagen?“

So impulsiv hatte Tom sie noch nie erlebt. Der Tonfall war so, dass eine baldige Versöhnung mit ihm unmöglich schien.

Der rundliche Polizist trat zu Tonis Ex-Mann. „Chef, er hat uns gesagt, wo wir den Mann finden, von dem er die Bilder hat. Bei der Fixerstube Baluard in der Nähe von Santa Madrona. Drüben im Raval.“

23

Der Weg zur Fixerstube war nicht weit, dennoch hielt Toni auf den Ramblas ein Taxi an. Wegen der kurzen Strecke motzte der Fahrer, Tom saß schwer atmend auf dem Rücksitz. Er merkte, wie Toni ihn von der Seite anschaute.

„Was war denn das gerade?“, fragte Toni gereizt.

Tom hatte keine Ahnung, warum er so schnell die Fassung verloren hatte. War es wirklich nötig gewesen, sein Revier gegenüber Xavi zu markieren? Und dann noch in der Form? Alles war perfekt gelaufen. Toni und er Hand in Hand auf Verbrecherjagd. Und das bloße Erscheinen ihres Ex-Mannes warf ihn aus der Bahn. Hätte er nicht einmal tief durchatmen können? Das hatte er eben gründlich vermasselt. Tom spürte weiter Tonis Blick. Er hatte sich in den vergangenen Tagen oft das erklärende Gespräch mit Toni vorstellt, jedoch nicht unter diesen Vorzeichen.

„Da sind wir“, sagte der Taxifahrer.

Als Tom die Tür zuschlug, rasten auf der anderen Fahrbahn zwei Polizeiautos mit Blaulicht vorbei und bogen scharf rechts auf einen kleinen Platz ab. Mehrere Polizisten sprangen aus den Einsatzfahrzeugen und hielten auf eine Gruppe von rund einem Dutzend Personen zu, die die Ankunft der Polizei in Unruhe versetzt hatte.

Auch Tonis Ex-Mann war dabei. Er hatte Tom und Toni gesehen, gestikulierte wild und schrie. „Das ist ein Polizeieinsatz. Du bleibst, wo du bist, Toni. Und der *guiri* auch.“

Tom steckte sich eine Zigarette an, Toni stand mit verschränkten Armen daneben und schwieg ihn an. Einige der Männer, die sich vor dem Gebäude aufhielten und die von den Polizisten befragt wurden, war Tom vermutlich schon im Raval begegnet. Ein paar von ihnen waren geradezu zerlumpt, andere sahen aus, als ob sie nur zufällig dort hingeraten waren.

Das Gebäude war schlicht, und nichts wies darauf hin, dass sich Junkies dort in sauberer Umgebung ihren Schuss mit frischen Spritzen setzen konnten. Drogenkonsumraum, Fixerstube, Druckraum. Diese armen Teufel, dachte Tom und fragte sich, wie weit er von ihnen entfernt war. Viele von den Junkies hatten bestimmt auch mit Alkohol angefangen, und jetzt hingen sie an der Nadel. Mit Alkohol kannte Tom sich bestens aus, auf seine Erfahrungen mit Kokain hätte er nur zu gerne verzichtet. Dieses verdammte Koks!

Aus dem Augenwinkel nahm Tom neben sich zwei junge Männer wahr, die an der nächsten Häuserecke herumlungerten. Auch sie beobachteten, was sich vor der Fixerstube abspielte. Toms Blick schweifte ein paar Mal möglichst unauffällig zu den Typen, bis ihm bewusst wurde, auf was sie warteten. Es waren zwei Dealer, die den Moment herbeisehnten, dass die Polizei wieder abzog. Diese Gestalten würden in ein paar Minuten ihren Stoff unverhohlen vor der Fixerstube verticken. So eine Schande. Tom stellte sich vor, wie der Raval-Killer genau so eine Szenerie beobachtet hatte, dutzende von Malen direkt in seiner Nachbarschaft. Und irgendwann war die Schmerzgrenze überschritten und ein bis dahin unverdächtiger Mitbürger pfiff auf das Gewaltmonopol des Staates.

Die Eingangstür flog auf, und zwei Polizisten führten einen kleinen Mann in Handschellen zum Einsatzwagen. Der Mann hatte strubbelige braune Haare, seiner Kleidung sah man das Leben auf Straße an. Kurz danach verließen die restlichen Polizisten und Tonis Ex-Mann aus dem Gebäude.

„Ist er das?“, schrie Toni über die Straße. „Ist das der Typ, der Lidia ermordet hat?“

„Du kennst die Antwort. Es sind laufende Ermittlungen.“ Tonis Ex-Mann stieg hinten in einen Eisatzwagen ein und fuhr davon.

Tom ließ die Kippe auf den Boden fallen und trat sie aus. „Hast du auch eine für mich“, fragte Toni.

„Du rauchst doch gar nicht!“, antwortete Tom und hielt Toni die Packung hin.

„Genauso wenig wie du.“

*

Zwei Mädchen hüpften ausgelassen über die Bohlen und warfen Brotstückchen zu ein paar Tauben, die gierig danach pickten. Sobald auch Brot ins Hafenbecken rieselte, kamen kleine Fische angeschwommen, über denen bereits ein Schwarm kreischender Möwen mit beachtlicher Spannweite lauerte. Eine große Möwe schoss ins Wasser hinab und flog mit einem zuckenden Fisch im Schnabel zu einem nahegelegenen Poller. Die Kinder schauten sich kurz an, ohne etwas zu sagen und warfen weiter vergnügt Brot zu den Tauben. Tom und Toni saßen lange schweigend nebeneinander auf einer Holzbank und beobachteten das Treiben der Kinder in der Nähe. Die Mittagssonne brannte heiß, Toms T-Shirt war am Rücken klatschnass.

„Warum bist du hier?“, fragte Toni, ohne Tom anzublicken.

Einen Hafenfähre näherte sich dem Anleger, und einer Möwe lief Blut am Schnabel entlang, als sie eine Taube zerteilte, die kurz zuvor noch Brotkrümel aufgepickt hatte. Die Kinder kreischten. Wo sollte Tom beginnen?

„Fang irgendwo an", sagte Toni, als hätte sie seine Gedanken erraten und strich über Toms Unterarm.

„Die kurze oder die lange Version?“, fragte er und durchschaute seine eigene Unsicherheit sofort. Ein letztes Mal Zeit gewinnen und dem Unvermeidbaren noch ein paar Augenblicke stehlen. Doch der Moment war gekommen, um loszuwerden, was er nicht länger in sich verschließen wollte. Tom versuchte ein möglichst symmetrisches Lächeln. Noch nie hatte er mit irgendjemandem über diese verdammte Nacht gesprochen, in der sich alles für immer geändert hatte. Nicht in seiner neuen Wohngemeinschaft und schon gar nicht mit

Pedro, wenn er sich in dessen Bar volllaufen ließ – Tom hoffte jedenfalls, dass ihm bisher nichts rausgerutscht war. Eigentlich war es nicht nur diese eine Nacht, das wusste Tom. Er atmete tief ein und ließ die Luft langsam wieder entweichen.

„Vielleicht nicht die XXL-Version, sonst bist du nachher krebsrot", sagte Toni und deutete lächelnd auf Toms Beine, die lange keine Sonne mehr gesehen hatten. „Das war ein Spaß, wir haben alle Zeit der Welt."

„Meine Frau und ich haben eigentlich eine gute Ehe geführt ..." Das war Bullshit. Wie sollte eine Ehe, die mit dem Selbstmord seiner Frau endete, eine gute gewesen sein.

„Wie heißt deine Frau?", fragte Toni.

„Melli, Melanie. Über viele Jahre glaubte ich, mit ihr eine glückliche Ehe zu führen. Wir hatten selten Streit, also keinen erheblichen, und waren seit über 20 Jahren verheiratet. Routine war da, auch nervige. Aber im Vergleich zu dem, was Freunde mir erzählten, führten wir eine Musterehe. Abbezahltes Haus am Stadtrand, einen Sohn." Tom rückte seine Sonnenbrille zurecht und blickte in die Ferne. „Das habe ich mir jahrelang eingeredet."

„Aber deine Frau hatte eine andere Sicht auf die Dinge?"

„Damit du alles verstehst, muss es die XXL-Version werden."

„Lass dir Zeit, erzähl mir alles."

„Als unser Sohn Falk aus dem Gröbsten raus war, arbeitete Melli wieder als Lehrerin, und meine berufliche Karriere bei der Polizei nahm Fahrt auf. Das war gleichbedeutend mit vielen verdeckten Ermittlungen, Überstunden und Wochenenddiensten. Melli und Falk verbrachten viel Zeit bei meinen Schwiegereltern. Ihre Eltern waren nicht meine größten Fans, besonders ihre Mutter mochte mich nie besonders. Soweit ist alles ganz normal. Doch Melli hatte als Jugendliche eine harte Zeit, war depressiv, in Therapie und hat sogar einmal versucht sich das Leben zu nehmen. Ich wusste das alles, Melli hat es mir erzählt, als wir erst ein paar Wochen zusammen waren."

Wind kam auf und Tom steckte zwei Zigaretten in den Mund. Es dauerte ein paar Augenblicke, bis er mit seiner schlappen Hand das Feuerzeug aus der Hosentasche gekramt hatte. Er zündete die Zigaretten an und gab eine davon Toni.

„Über Jahre hinweg habe ich unser Familienleben als Idyll wahrgenommen, das es offensichtlich nicht war. Melli hatte immer ein enges Verhältnis zu ihren Eltern, aber vor ein paar Jahren wurde mir klar, dass sie ihr Gefühlsleben fast vollkommen zu ihnen auslagerte. Anstatt unsere Probleme offen anzugehen, habe ich mich umso mehr auf meine Karriere konzentriert – und ich war gut in dem, was ich bei der Kripo gemacht habe. Zuhause habe ich alle Konflikte vermieden, für Falk war ich der Gute-Laune-Daddy. In diesem Status quo haben wir uns lange Zeit eingerichtet, habe ich mich eingerichtet. Anfang des Jahres wurde aus wenig Zeit, die ich mit meiner Familie verbrachte, noch weniger. Ich war als verdeckter Ermittler an einem Mordfall dran, der ins Drogenmilieu führte. Um meine Tarnung nicht zu gefährden, habe ich eine Line Koks mit der Zielperson gezogen." Tom machte eine kurze Pause. „Die Wahrheit ist, dass es nicht bei dem einen Mal geblieben ist."

Ein Ausflugsboot hatte in der Nähe angelegt und spuckte dutzende Touristen aus. Tom drückte die Kippe an den geriffelten Bohlen aus und strich mit seiner Hand über das spröde Holz.

„Auf dem Weg von der Zielperson nachhause wurde mir im Auto schwindelig. Ich hatte einen Schlaganfall und fuhr gegen einen Baum." Tom suchte Tonis Blick. „Im Krankenhaus habe ich erfahren, dass das Schlaganfallrisiko nach Kokainkonsum über fünfmal höher ist als normal. Bei einem Mann Ende vierzig mit ungesunder Lebensweise noch deutlich größer. Und wenn dann noch eine familiäre Vorbelastung wie bei mir ins Spiel kommt, mein Vater ist an einem Schlaganfall gestorben, sollte man von Koks besser die Finger lassen."

Toni sagte nichts, ihre Hand grub sich in Toms Unterarm.

„Und als Krönung hat der Schlaganfall bei mir eine Krankheit ausgelöst, die Prosopagnosie heißt."

„Du kannst keine Gesichter erkennen?", fragte Toni.

Tom nickte verwundert, meistens musste er seine Krankheit erklären.

„Ich habe eine Reportage darüber gelesen." Toni drückte fest seine Hand. Eine Weile saßen die beiden schweigend und rauchend da und blickten über den Alten Hafen von Barcelona.

„Wie unwahrscheinlich es ist, dass ein Schlaganfall Prosopagnosie auslöst, willst du gar nicht wissen." Tom zündete eine neue Zigarette an und blies den Rauch langsam durch den Mund wieder aus. Der schwerste Teil seiner Beichte stand ihm noch bevor. „Ich lag im Krankenhaus, gerade so mit dem Leben davongekommen, du kannst dir vorstellen, wie glücklich ich war, als mein Sohn bei mir am Bett stand. Doch da fing der Albtraum erst richtig an. Falk sagte kein Wort zu mir, öffnete einen Brief, den er auf dem Nachttisch liegen ließ und rannte aus dem Zimmer. Es war der Abschiedsbrief meiner Frau, die sich mit Schlaftabletten das Leben genommen hatte, als sie von meinem Unfall und den Umständen, die dazu geführt hatten, erfahren hatte. Im Abschiedsbrief überzog mich mit Vorwürfen, mein Egoismus und mein mangelndes Einfühlungsvermögen waren der Grund, warum sie nicht mehr leben wollte."

Eine gefühlte Ewigkeit hörte Tom nur das Kreischen der Möwen. Er schnaufte tief durch.

„Mein Sohn hasst mich, meine Schwiegereltern verachten mich, bei der Polizei haben sie mich rausgeschmissen. Und hier bin ich. Mit dir auf einer Bank in Barcelona."

Für eine Weile spürte Tom Tonis feste Umarmung. Als sie

diese schließlich löste, stützte sie sich mit den Ellenbogen auf den Knien ab und sah Tom von der Seite an. „Du bist nicht verantwortlich für den Tod deiner Frau. Sie hat sich das Leben genommen."

„Und wie ich für ihren Tod verantwortlich bin. Ich kannte ihre Vorgeschichte und hätte ihr eine zuverlässige Stütze sein müssen. Stattdessen habe ich mir jahrelang Bestätigung über meinen Job geholt." Tom war zum Heulen zumute, aber er konnte sich nicht daran erinnern, wann er zum letzten Mal geweint hatte.

Lange saßen die beiden schweigend nebeneinander, Tom stierte vor sich hin und hatte keine Ahnung, wie es jetzt weitergehen sollte.

„Warum bist du nach Barcelona gekommen?", fragte Toni unvermittelt.

Tom schluckte. „Um mich jeden Abend bis zur Besinnungslosigkeit abzuschießen. Um mich jeden Abend für meine Fehler zu bestrafen. Um langsam und elendig zu Grunde zu gehen. Das habe ich verdient, deswegen bin ich hier."

„Du hättest dir dafür viele andere Städte aussuchen können. Und doch sitzt du mit mir auf einer Bank in Barcelona."

Tom zögerte lange. „Als ich im Krankenhaus lag, habe ich überlegt, wo ich die schönste Zeit meines Lebens verbracht habe. Das war hier in Barcelona."

„Mit mir?"

„Mit dir."

„Und warum bist du nach Barcelona zurückgekommen? Damit du extra leidest?"

„Ja. Zu melodramatisch?"

„Selbsthass gepaart mit deutscher Gründlichkeit, wow, was für eine Mischung." Toni stand auf und blickte einem Ausflugsboot, das gerade abgelegt hatte, hinterher. Nach einer Weile drehte sie sich wieder zu Tom um. „Du hattest nicht vor, mich zu finden, packst aber trotzdem ein Foto von mir ein?“

Tom wollte kein Mitleid, aber ihm fehlte eine LKW-Ladung Empathie in Tonis Stimme. Und wenn er ehrlich zu sich war, wollte er auch Mitleid. Aus den Tiefen seines Bewusstseins poppte eine Erinnerung an den Sommer 1992 an die Oberfläche. Toni hatte ihn damals gefragt: ‚Wo gehörst du hin, *guiri?‘* Mit nicht mal zwanzig Jahren hatte Tom die Frage überfordert und er hatte geschwiegen. Würde Toni es heute erneut wissen wollen, die Antwort würde ihm leichtfallen.

„Ein Obdachloser, der bei dir einzieht, sieht das Foto und erkennt in Lidia eine alte Freundin seiner Schwester, und du wolltest Lidia sehen, um mich zu finden?“

Tom nickte, und ihn fröstelte bei Tonis nüchterner Bestandsaufnahme.

„Auf die Beerdigung bist du gekommen, um mich zu finden?“

Wieder nickte Tom.

Toni kniete sich vor Tom hin und nahm seine Hände. „Was erhoffst du dir von mir?“

Tom zuckte mit den Schultern und flüsterte: „Ich weiß es nicht.“ Doch er wusste längst, was er sich von Toni erhoffte. Sie sollte ihn lieben, sie sollte ihn heilen. Toni war der einzige Ausweg aus seiner Misere. Ohne Toni an seiner Seite würde er untergehen. Doch Tom traute sich nicht, seine innersten Überzeugungen vor Toni zum Leben zu erwecken. Das würde ihre Zurückweisung, von der Tom wusste, das sie folgen würde, zu einer noch größeren Katastrophe machen.

„Du brauchst Zugang zu deinen Gefühlen, und du brauchst Zugang zu deinem Schmerz. Du musst den Tod deiner Frau verarbeiten. Ich kann dich nicht retten, Tom. Du musst dir selbst verzeihen.“

Tom starrte über Toni hinweg zum Horizont. Klang Tonis Stimme nicht wieder so dunkel und sanft, wie er es sich gewünscht hatte? Doch der Inhalt ihrer Worte war grausam.

„Jeder von uns hat sich fast dreißig Jahre eigenständig entwickelt, wir können nicht wie im Sommer 1992 weitermachen. Wir waren doch fast noch Kinder. Für Barcelona war der Rausch der Olympischen Spiele nach zwei Wochen vorbei, bei uns war es auch so. Lüg dich nicht weiter an."

24

„Ich hab schon alles gesehen“, lallte der Typ, der auf Toms Stammplatz saß.

Zu seinem Missfallen war der Typ nicht alleine, sondern hatte einen Gefährten an seiner Seite, der Tom genauso nervte. Die aufgeschwemmten Körper verrieten beide als emsige Trinker ohne großen Bewegungsdrang.

„Du kannst noch nicht alles gesehen haben“, antwortete der Gefährte, dessen Fistelstimme Toms Hörnerv reizte. Wie angenehm war doch der sonst meist verwaiste Tresen im Rincón Andaluz. Was für Knallköpfe.

Tom hob sein fast leeres Glas und nickte Pedro zu. „Und wir bleiben schön bei den Erwachsenenmischungen, die habe ich mir heute redlich verdient.“

„Doch, ich hab schon alles gesehen“, setzte Toms Nebenmann die groteske Konversation fort, und gar nicht mal so feine Speicheltröpfchen schossen über den Tresen.

Tom machte sich nichts vor. Hatte er bis kurz vor Augenstillstand getankt, wurde er zu einer verbalen Abrisskugel. Davon zeugten alleine schon seine schmerzenden Rippen und das ramponierte Gesicht. Oft genug musste Tom am Morgen, meist am Mittag, im Tran nach dem Vollsuff seine Erinnerungsfragmente der Nacht mühsam rekonstruieren.

Das Gespräch mit Toni erinnerte Tom in absoluter Klarheit, er hatte es sich anders vorstellt. Irgendwie verständnisvoller von ihrer Seite. Warmherziger. Unterm Strich war es eine große Enttäuschung. Wie sollte er sich selbst helfen? Und wie sollte er sich selbst verzeihen? Weil Tom sich diese Fragen unmöglich beantworten konnte und weil sich Toni nach einer flüchtigen Verabschiedung an der Kolumbus-Säule ins Taxi gesetzt hatte, war Tom direkt ins Rincón Andaluz gekommen.

Pedro schob Tom die Mischung rüber und erhöhte beim Fernseher die Lautstärke. Neben einer blonden Moderatorin, die Tom bestimmt schon kannte, deren Gesicht aber nichts in ihm auslöste, stand ‚Raval-Morde – Verdächtiger festgenommen'.

„Die Aufklärung der dem sogenannten Raval-Killer zugeordneten Morde hat heute eine ganz neue Dynamik erhalten", sagte die Moderatorin.

Auf dem Bildschirm erkannte Tom den strubbelhaarigen Mann mit der abgerissenen Kleidung, der er von zwei Polizisten ins Kommissariat begleitet wurde.

„Am Vormittag wurde der 31 Jahre alte Obdachlose Alejandro R. in einem Drogenkonsumraum im Stadtteil Raval in Barcelona festgenommen. Er steht nach Polizeiaussagen im dringenden Tatverdacht, der Mörder von Lidia Puig zu sein. Zwei Gemälde aus der Wohnung von Lidia Puig soll er über einen Mittelsmann auf einem illegalen Markt zum Verkauf angeboten haben."

Das Fernsehbild zeigte Alejandro R. und den Rollstuhlfahrer mit verpixelten Gesichtern und daneben die beiden Bilder.

„Und rate mal, Pedro, mit wessen Hilfe die Bullen die Bilder erst gefunden haben?"

„Wenn du so beginnst, würde ich raten, dass du damit was zu tun hast", sagte Pedro und Tom meinte, ein bisschen Ironie in seiner Stimme auszumachen.

„Ganz genau. Das war ich", sagte Tom und setzte sein Glas an die Lippen.

„Na so was! Das Krebsgesicht ist ein wahrer Meisterdetektiv", nölte der Typ neben Tom. „Wohl ein bisschen viel Sonne abbekommen, was?"

„Du hältst besser deine Fresse", knurrte Tom und fuhr herum.

Der unförmige Typ versuchte aufzuspringen, verlor das Gleichgewicht, kippte dabei sein Bierglas um und riss im Fallen seinen Gefährten mit vom Barhocker.

Pedro war blitzschnell hinter dem Tresen hervorgetreten

und baute seine nicht gerade imposante Statur vor den am Boden liegenden Typen auf. „Für euch beide gibt es zwei Möglichkeiten: entweder ihr setzt euch da vorne friedlich an den freien Tisch, oder ihr geht."

„Aber was habe ich denn gemacht?", maulte der Typ und wischte sich Bier mit einer Serviette aus dem Gesicht.

„Ihr habt fünf Sekunden für die Entscheidung." Pedro hatte die Arme vor der Brust verschränkt.

„Ist ja gut", sagte der Typ und half seinem Gefährten auf.

Tom nickte Pedro dankend zu und fixierte wieder den Bildschirm.

„Bei Alejandro R. wurden außerdem Gegenstände sichergestellt, die eindeutig dem Opfer Lidia Puig gehörten. Das Handy, der Ausweis, die Kreditkarte sowie Schmuck. Zudem über dreihundert Euro in bar, die sehr wahrscheinlich aus dem Besitz von Lidia Puig stammten."

Alles schien so passiert zu sein, wie es der erste Anschein nahegelegt hatte. Ein Raubüberfall, der unter Beschaffungskriminalität fiel.

„Die Polizei schließt die Täterschaft des Verdächtigen Alejandro R. für die anderen Morde der vergangenen Tage aus", sagte die Moderatorin. „Aus Polizeikreisen war zu hören, dass in einem weiteren aktuellen Fall die Ermittlungen weit vorangeschritten sind."

Pedro stellte den Ton leiser, und Tom grübelte mehr denn je. Wenn der Mann wirklich Lidias Mörder war, was würde das für das Verhältnis von Tom und Toni heißen? Toni hatte ihm am Alten Hafen deutlich zu verstehen gegeben, dass Tom seine Probleme alleine lösen musste. Toni brauchte ihn nicht mehr als Möchtegern-Detektiv. Es sah so aus, als ob Tom der obersten Direktive wieder mehr Platz einräumen könnte. Wie gut, dass Tom dabei auf Pedro zählen konnte.

Pedro nahm eine Flasche Kräuterschnaps aus dem Regal und füllte Tom zwei und für sich selbst einen Kurzen ein.

„Auf dich, Tom“, sagte Pedro und hob das Gläschen.

Tom stieß an. „Wie komme ich dazu? Freundschaftsprämie? Treuepunkte?“

„Du hast vorhin erzählt, *dass* du geholfen hast, den Typen zu finden, aber noch nicht *wie*.“

„Das war keine große Sache.“ Tom verspürte keinen gesteigerten Bedarf, darüber noch mehr zu reden. Das Thema war mit Toni verknüpft, und die wollte er zumindest für eine Weile aus seinem Kopf rauskriegen. Tom kippte auch den zweiten *orujo* weg und verzog sein Gesicht. „Moment mal“, sagte Tom und rückte rüber auf seinen Stammplatz. „Jetzt geht's gleich viel besser.“

„Du hast der Allgemeinheit einen großen Dienst erwiesen“, sagte Pedro und schenkte Tom noch zwei Kurze ein.

„Du lässt nicht locker, bis ich's dir erzählt habe, oder?“, fragte Tom und merkte, er hatte wieder ordentlich einen sitzen.

Pedro schüttelte den Kopf und schwenkte die Flasche Kräuterschnaps vor Toms Augen hin und her. „Ich lege noch einen drauf.“

„Okay, okay.“ Tom lächelte sein schiefes Lachen. „Lidia Puig und ich haben eine gemeinsame Freundin.“ Und schon war die Unterhaltung wieder mit Toni verknüpft. „Die hat mich gebeten, den Mörder zu finden.“

„Die Schöne, die du mir bei der Demo am MACBA vorstellt hast?“

„Genau die. Wir haben rausgefunden, dass in Lidias Wohnung zwei Bilder fehlten. Wir haben die Polizei auf die richtige Spur gebracht.“

„Ohne Witz?“

„Wenn ich's dir doch sage.“

„Sieh mal einer an. Und ich dachte, deine Stärken liegen im Bereich einarmiges Reißen.“ Pedro lachte verschmitzt.

„In einem früheren Leben war ich Polizist, liegt vermutlich

daran“, sagte Tom und seufzte. In seinem früheren Leben war er nicht nur Ordnungshüter, sondern auch glücklich verheiratet, jedenfalls eine Zeit lang. Es schien ihm so weit entfernt. Ob Pedro verheiratet war?

„Sag mal, Pedro“, setzte Tom an, „wartet zuhause eigentlich jemand auf dich?“

Pedro schaute Tom schweigend an und deutete auf die ausgestreckten Finger seiner linken Hand. Dort war kein Ehering zu sehen. Das war wohl ein Nein auf Toms Frage.

„Hast du Kinder? Ich habe einen Sohn, der mich hasst.“

Pedros Gesprächsbedarf zu solch privaten Themen schien erschöpft: er schnappte sich die Fernbedienung und stellte den Fernseher lauter.

„Es gibt weitere Neuigkeiten zur Mordserie in Barcelona“, sagte dieselbe Moderatorin, Tom erkannte die Stimme wieder. „Nachdem die Polizei im Mordfall Lidia Puig einen Verdächtigen ermittelt hat, ist dies nun auch im Fall von Yaku Mendoza gelungen, einem vorbestraften Drogendealer, der vor zehn Tagen auf offener Straße erschossen wurde. Auf den am Tatort sichergestellten Patronenhülsen fand die Polizei Fingerabdrücke eines 26-Jährigen mit langer Vorstrafenliste, der jetzt als dringend tatverdächtig eingestuft wird.“

Auf der rechten Bildhälfte wurde das verpixelte Foto eines Mannes gezeigt, darunter der Name Iñaki I.

„Dass es sich bei Iñaki I. um den sogenannten Raval-Killer handelt, sei sehr unwahrscheinlich, kommentierte ein Polizeisprecher.“

„Vor einer Stunde lief hier noch ein Serienmörder im Viertel herum“, sagte Pedro und spülte Gläser, „und jetzt ist die Hälfte der Fälle gelöst. Was ist nur mit der Polizei los?“

Laut Polizei gab es von Anfang keinen Serientäter, resümierte Tom. Seine vage Theorie, dass der Raval-Killer in zwei Tagen wieder zuschlagen würde, konnte er sich in die Haare schmieren. Ihm bereitete es erhebliche Mühe, die neue

Meldung zu verarbeiten. Erstens war er mittlerweile schwer angeschlagen, und zweitens hing er gedanklich noch bei dem Obdachlosen, den die Polizei an der Fixerstube mitgenommen hatte. Wieso sollte Lidia den in die Wohnung gelassen haben? Und war er in der Lage, Lidia so zu fesseln und mit einer Plastiktüte zu ersticken? Tom war sich nicht sicher, ob das seine Gedanken waren oder er es vor sich hinmurmelte. Mit seinem halben Oberkörper lag Tom mittlerweile auf dem Tresen und stützte den Kopf zwischen seinen Fäusten ab. Auf dem Barhocker nebenan saß eine Person in unangenehmer Nähe zu ihm. Tom drehte seinen Kopf und versuchte das Gesicht des Typen scharfzustellen, doch es gelang ihm nicht. Hatte er mit dem Tresennachbarn geredet, ihn sogar in seine Theorien zu den Mordfällen eingeweiht? Dichter Bodennebel umhüllte Toms Wahrnehmung. Der Lautstärkepegel der Gespräche setzte ihm ebenso zu wie der aggressiv blinkende Spielautomat hinter ihm. Tom schlug mit der flachen Hand auf den Tresen. „In mir drin steckt immer noch genügend Bulle, um zu sagen, dass dieser kleine Strubbelmann Lidia nicht ermordet hat. Darauf verwette ich meinen Arsch. Glaubste nicht, was?“, lallte Tom und blickte in das unidentifizierbare Gesicht des Typen neben ihm. „Wahrheit ist nämlich oft das, was man erst nach mühsamer Suche belegen kann. Und diesen Raval-Killer bringe ich höchstpersönlich zur Strecke.“

Tom wachte von lauter Musik auf, sein Gesicht lag auf dem Tresen. Den Song kannte und liebte er, und mit etwas Mühe richtete er sich auf. Das war *Girls, Girls, Girls* vom gleichnamigen Album von Mötley Crüe. Tom dachte an die blonde 80er-Jahre-Dauerwelle von Sänger Vince Neil und daran, dass der unter Drogeneinfluss einen Unfall gebaut hatte, bei dem der Beifahrer gestorben war. Tom erlebte seinen Unfall aufs Neue, ihm wurde schwindelig und kurz flackerte das Gesicht seiner Frau auf. Er hatte sie zwar nicht getötet, aber war verantwortlich für ihren Selbstmord. Seine Finger krallten sich ins Lenkrad, er schlug die Augen auf und fand sich am Tresen im Rincón Andaluz wieder. Diese Bilder waren beängstigend real und würden ihn immer wieder heimsuchen. Tom rutschte vom Barhocker, stürzte auf die Straße und lehnte sich keuchend an eine Hauswand.

25

Noch einmal ums kommunale Kino herum, sagte sich Tom, ein wenig ausnüchtern. Im Vorübergehen glitt sein Blick an dem Betonkasten entlang, schließlich blieb Tom am Spielplatz im Schatten eines Baumes stehen und beobachtete die Damen von der Nachtschicht aus sicherer Entfernung. Sollte er ihnen noch einen Besuch abstatten? Er zündete eine Zigarette an und trat sie im nächsten Augenblick wieder aus. Tom fühlte Tonis Berührungen. Jede einzelne. Die festen, langen Umarmungen und die flüchtigen. Jedes über-die-Haut-Streichen und die Momente Hand in Hand. Er stellte sich vor, wie es sein müsste, wieder mit Toni zu schlafen. Ihre Zurückweisung machte ihn verrückt. Natürlich war er im Suff sentimental geworden. Aber er würde am nächsten Tag noch genauso empfinden. Mittlerweile befand Tom seinen Zustand als ausreichend akzeptabel und steuerte auf seine Haustür zu. Er leuchtete mit der Handylampe, schwer betrunken die Tür aufzuschließen erwies sich nicht zum ersten Mal als tückisch.

Ein gewaltiger Schlag auf den Rücken ließ Tom durch den dunklen Flur taumeln, bis er in die Wand neben den Briefkästen krachte. Nicht schon wieder dieser Typ, war sein erster Gedanke, dann kam der Schmerz im Hirn an und Tom stöhnte auf. Instinktiv rollte er sich zusammen und schützte seinen Kopf. Tom spürte den Luftzug eines weiteren Schlages und antizipierte noch mehr Schmerzen. Doch der Hieb streifte nur seinen Arm und etwas, von dem Tom annahm, dass es ein Baseballschläger war, knallte trocken auf den Steinboden. Für einen Moment war es still. Tom öffnete die Augen und sah neben der Haustür das leuchtende Display seines Handys.

„Was soll das?“, stöhnte Tom in die Dunkelheit, denn er nahm an, dass der Typ, der die Touristin getötet hatte, ihm aufgelauert und niedergeschlagen hatte. „Ich habe dir schon gesagt, dass ich dich nicht bei der Polizei verpfeifen kann. Ich weiß nicht, wie du aussiehst. Das ist eine Krankheit. Ich kann ums Verrecken keine Gesichter unterscheiden.“

Ein Schuh auf seinem Kopf drückte Toms Gesicht auf den kühlen Boden.

„Hände auf den Rücken“, befahl eine metallisch verzerrte Stimme. „Hände zusammen. Und schön stillhalten.“

Grelles Licht blendete Tom, und er kniff die Augen zusammen. Er hörte die Person über sich atmen und merkte, wie ein Kabelbinder ihm die Hände zusammendrückte.

„Du solltest dich aus Sachen, die dich nichts angehen, raushalten“, sagte die verzerrte Stimme.

Tom wollte antworten, atmete Staub ein und fing zu husten an.

„Ganz ruhig, überlass mir das Reden. Ich weiß, wer du bist, und ganz offensichtlich weiß ich auch, wo du wohnst. Denk darüber nach und frag dich, ob du weiter herumschnüffeln willst.“

Während Tom überlegte, was er von diesen Ansagen halten sollte, hörte er ein Rascheln direkt am Ohr und ihm wurde eine Plastiktüte über den Kopf gestreift. Tom hustete und sein ganzer Körper verkrampfte sich. Etwas legte sich um seinen Hals wie eine Schlinge. Es nahm ihm die Luft, Tom keuchte panisch und nach wenigen Momenten war die Luft aufgebraucht.

26

Es war an der Zeit, wieder ein Zeichen zu setzen. Seine Passivität gefährdete alles Erreichte. Die ersten Befreiungen waren nicht ausreichend, nicht mehr als ein Weckruf. Wieso sollte es nicht möglich sein, sämtlichen Abschaum im Viertel zu eliminieren? Er spürte geradezu die Unterstützung seiner Umgebung. Die Menschen waren erleichtert, endlich kümmerte sich jemand um ihre Sorgen. Wer wollte schon Tür an Tür mit Kriminellen leben? Mit Drogendealern, Vergewaltigern und dem restlichen Bodensatz der Gesellschaft. Wenn die Menschen wüssten, wer der Raval-Killer war! Ein besorgter Nachbar aus ihrer Mitte. Es würde Ihnen Mut machen. Die Graffiti und Plakate, sowie die positiven Reaktionen im Internet bestärkten ihn in seiner Mission, in seinem Kreuzzug – denn das war es geworden. Der Kampf gegen das Böse. Die Polizei tappte völlig im Dunkeln. Wie einfach hatte er es ihr gemacht, und trotzdem wurde er nicht gefasst. Der Mann war ungeschoren davongekommen. Sein Handeln lag außerhalb gesellschaftlicher Normen, das war ihm bewusst. Aber das der wirklichen Kriminellen auch. Der gute Zweck heiligte jedes seiner Mittel. Das Ergebnis seines umsichtigen Handelns bestärkte ihn für die Zukunft, er hatte die Zeugin einfach aus dem Weg räumen müssen. Sie hätte seiner Mission gefährlich werden können. Vielleicht war es Zufall, vielleicht Intuition oder eine höhere Macht lenkte sein Handeln. Der Mann wusste zuvor nichts von ihren Verfehlungen. Die Frau hatte die Menschen im Viertel verraten, Touristenapartments vergifteten die Nachbarschaft und schufen eine gentrifizierte Hölle. Nur eins warf sich der Mann vor: die Ablenkungsmanöver hätten nicht sein müssen. Die zerwühlte Wohnung, die Spritzen und die entwendeten Bilder – einen Unbeteiligten zum Schuldigen zu machen. Er hätte die Aktion stolz wie ein Gemälde signieren sollen. So hätte er sich auch das Ablenkungsmanöver schenken können. Es war nicht ohne Risiko, dem drogenabhängigen Obdachlosen die Bilder und das restliche Zeug aus der Wohnung der Frau unterzujubeln. Doch es zeigte dem Mann, wie er in der Lage war zu planen und alle Fäden in den Händen zu halten.

Der Todestag seiner Tochter würde sich am nächsten Tag jähren. Zeit für ein Statement gegen die schlimmste Seuche im Viertel: Drogen. Da die Ermittlungen der Polizei ihm den Mord an Yaku Mendoza, dem Drogendealer, abspenstig machten, und auch bei Lidia Puig ein anderer Verdächtiger präsentiert worden war, würde ein Ausrufezeichen der besonderen Art folgen müssen. Schließlich orchestrierte der Mann den Feldzug gegen das Böse im Viertel. Und wenn die Polizei zu unfähig war, um die Toten einem einzigen Täter, ihm, dem Raval-Killer, zuzuordnen, würde es ein wahres Fanal geben.

Es war ein *narcopiso* von den Dominikanern. In seiner Straße, keine hundert Meter von seinem Zuhause entfernt. Und es gab viel zu viele andere Drogenwohnungen. Meistens betrieben von der Drogenmafia der Marokkaner, der Pakistani oder eben der Dominikaner. Die Nationalität war ihm dabei einerlei, auch viele seiner Landsleute in dem Viertel dealten mit Drogen und richteten immensen Schaden an. Es war wie eine Seuche.

Die üblichen Verdächtigen lungerten in der Nähe herum. Vollkommen abgeschossen mit Heroin, Kokain, Crack oder welchem Mist auch immer. Die Junkies lagen wie tot auf der Straße oder irrten im Drogenrausch umher, oft pöbelnd und um sich schlagend. Ausgemergelte Gestalten, Zombies. So wie Scheiße Fliegen anzog, blühte um *narcopisos* herum die Trostlosigkeit. Die armen Nachbarn. Aber war es ein Wunder? Sogar oder gerade auf den Ramblas raunten die Anreißer ihr ‚Coffee Shop, Marihuana, Kokain'. Und das war Kundenfang für halbwegs legale Etablissements. Den harten Stoff gab es in *narcopisos*. Viele dieser Wohnungen gehörten der Bank, die Vorbesitzer waren zwangsgeräumt worden, und die jeweilige Drogen-Mafia-Fraktion besetzte sie – eine Schande!

Die Haustür war irgendwann aufgebrochen und nicht wieder repariert worden. Der Mann stieg die enge Treppe hoch. An den Wänden war die Farbe abgeplatzt, es roch muffig. Die Wohnung im Hochparterre schien unbewohnt, aber wahrscheinlich wünschte der Mann nur niemandem, dort hausen zu müssen. Als er im dritten Stock ankam, schloss sich gerade die Wohnungstür. Das gab ihm Zeit, nochmals seinen Auftritt im Kopf durchzuspielen. Er klopfte, ein muskulöser Kerl mit dunkler Haut öffnete, offenbar war das der Türsteher. Am Morgen hatte sich der Mann gefragt, wie er aussehen musste, wenn er in einem *narcopiso* Heroin kaufen wollte. Er blieb unrasiert und versuchte vor dem Spiegel ein verzweifeltes Gesicht.

„Hab dich hier noch nie gesehen“, sagte der Kerl und musterte ihn.

„Ich brauche einen Druck.“

„Was soll's Schönes sein, Väterchen?“, fragte der Türsteher hörbar belustigt.

„H", entgegnete der Mann. „Ein Gramm Heroin.“

Der Kerl zog die Tür weiter auf und grinste vor sich hin. So sieht also ein *narcopiso* aus, dachte der Mann. Alles war dreckig und kaputt oder beides. Die Wohnung hatte keinen Flur, das große Zimmer ging direkt in die Küche über. Am Eingang stand ein Karton mit verpackten Spritzen. Die Schränke waren demoliert, der Kunststoffbelag des Fußbodens zum Teil abgerissen. An den Wänden waren Blutspritzer, überall lagen Alupapierschnipsel herum und gebrauchte Spritzen. Eine verwahrloste Gestalt kauerte auf einer Matratze und biss mit den wenigen Zähnen, die sie noch hatte, auf einen Gummiriemen und zog ihn über dem Ellenbogen fest.

Auf einem zerfledderten Zweisitzer suchte ein tätowierter Mann nach einer geeigneten Einstichstelle am Fuß. Vor dem, was früher der Wohnzimmertisch war, saß ein drahtiger Typ mit Schnurrbart und zurückgegelten Haaren und hantierte an einer Digitalwaage herum.

„Fünfzig Euro."

Der Mann griff in seine Hosentasche fühlte die Geldscheine.

„Pablo. Mach mal ein Gramm H fertig", rief der Türsteher zu seinem Kollegen.

„Brauchst du ne Spritze?", fragte der Türsteher.

Der Mann schüttelte den Kopf. „Ich nehme das Zeug mit."

„Okay. Trotzdem fünfzig Euro."

Der Mann hörte eine Toilettenspülung und einen Augenblick später öffnete sich die Tür zu seiner Rechten. Ein langhaariger Kerl stolperte heraus und hielt seine Hose fest, die ihm unter den Knien hing. Der Langhaarige trudelte und knallte gegen den Tätowierten, der auf dem Zweisitzer immer noch seinen Fuß nach einer brauchbaren Vene abgesucht hatte.

„Scheiße", schrie der Tätowierte, die Nadel steckte in seiner Wade und rammte dem Langhaarigen seine Faust auf die Nase. Augenblicklich schoss Blut heraus, und die beiden verbissen sich auf dem Zweisitzer ineinander.

„Hört auf, ihr verdammten Idioten", brüllte der Türsteher und versuchte, die Streithähne zu trennen. „Scheiße, Scheiße, der blutet mich voll. Pablo, hau dem Typen in die Fresse."

Währenddessen hatte der Typ auf der Matratze sich den Schuss gesetzt und sank nach hinten.

Der Mann war an der Tür stehengeblieben und betrachtete das Szenario angewidert. Er blickte sich um. Neben ihm an der Wand hing ein kleiner hölzerner Kasten. Neugierig schaute er hinein und nahm unbemerkt einen einzelnen Schlüssel raus, an dessen Kopf ein roter Sticker mit dem Wort Dach klebte.

Der Mann mit der Waage hatte inzwischen weiter auf den Tätowierten eingedroschen, dessen Nase zur Seite abgeknickt stand, überall war Blut. Der Langhaarige biss den Türsteher, der Verwahrloste war in seiner ganz eigenen Welt.

Vorsichtig schlich der Mann aus der Wohnung und stieg zwei Stockwerke nach oben. Der Schlüssel passte zum Vorhängeschloss und schon stand er auf der Dachterrasse. Der Mann kniff im grellen Licht seine Augen zusammen. Sobald er sich an die Helligkeit gewöhnt hatte, ließ er seinen Blick über die Dächer seines Viertels schweifen. Das Meer aus Antennen, Satellitenschüsseln und Klimaanlagen war ihm so vertraut. Sogar die Dachterrasse seines Hauses konnte er ausmachen. Kaum zu glauben, was sich nur ein paar Meter unter ihm für ein Abschaum befand. Doch morgen, das schwor der Mann beim Gedenken an seine Tochter, würde es deutlich weniger davon geben.

27

Was für ein Albtraum, dachte Tom. Er musste im Schlaf geschrien haben, und Isi hatte ihn morgens solange geschüttelt, bis er aufgewacht war. Es hatte sich alles so real angefühlt, doch es war sein eigenes Bett, in dem er aufwachte. Er tastete seinen Hals ab, und die Bilder kamen zurück. Die Plastiktüte, das Klebeband, der Kabelbinder, die metallisch verzerrte Stimme. Aber es gab keine Spuren am Hals und auch keine an den Handgelenken, keine gequetschte Haut, keine Blutergüsse. Tom spürte jetzt noch, wie ihm das Klebeband einmal, zweimal um den Hals gewickelt wurde, wie er schrie und ihm die Luft wegblieb, wie er würgen musste und sich übergab. Das Einatmen des Erbrochenen, die Panik, das Zucken. Und dann war er tot.

Aber er lebte. Tom hatte das alles nur geträumt. Er wohnte in einer Gegend, wo ein Serienmörder unterwegs war, den er zur Strecke bringen wollte. Nicht auszuschließen, dass Tom dabei selber in Gefahr geriet. Vielleicht hatte sein Verhalten am Vorabend bereits genau dazu geführt. Die Rekapitulation der Geschehnisse blieb wie immer bruchstückhaft, aber Tom erinnerte sich, am Tresen rumgegrölt zu haben. Wer wusste jetzt alles, dass er früher ein Bulle gewesen war? Da war so ein Typ am Tresen. Was, wenn der es im Viertel herumposaunen würde? „Ich tauge zu nichts", flüsterte er. Ständig besoffen und mit Filmrissen, dazu die Unfähigkeit, Gesichter zu erkennen und sich zu merken. Außerdem hatte er weder den Status noch den Schutz eines offiziell ermittelnden Polizisten. Wenn der Raval-Killer, oder wer auch immer, Tom als Gefahr sehen würde und eliminieren wollte, könnte das genauso schnell geschehen wie in seinem Traum.

Als die schlimmsten Zweifel sich verflüchtigt hatten und der Schreck auch mithilfe eines heißen Kaffees, den Isi ihm zubereitet hatte, gewichen war, hatte Tom eine Nachricht von

Toni bekommen: sie wollte ihn sehen. Es war, als ob er auf ein Date ginge. Tom hatte lange in den Spiegel gestarrt. Was wollte Toni noch von ihm? Sie hatte Tom doch klargemacht, dass sie ihm nicht helfen wollte oder konnte. Schließlich hatte Tom sich rasiert, geduscht und besonders ausgiebig die Zähne geputzt. Was auch immer Toni von ihm wollte, eine Fahne machte niemanden sympathischer. Schließlich war er in die Anzughose geschlüpft und hatte das weiße Hemd übergezogen.

Tom blieb stehen und schaute in die Schaufensterscheibe eines Handyladens. Für einen Augenblick gefiel er sich. Ohne schiefes Lächeln und mit einem symmetrischen Körper. Als er sich weiterschleppte, wünschte Tom sich, diesen Moment auf ewig auszudehnen zu können.

*

Umringt von mehreren Kamerateams und ein gutes Dutzend Handys und Fotoapparate auf sich gerichtet, stand eine Frau im cremefarbenen Kostüm wie der buchstäbliche Fels in der Brandung. Ein paar Obdachlose stritten an der Rampe zum Speisesaal der Schwestern von Mutter Teresa, unbeeindruckt vom Pressegetöse. Tom war interessiert am Rande des Geschehens stehengeblieben und fragte sich, warum die Frau neben einem vollen Mülleimer stand. Im Zentrum der Aufmerksamkeit löste die Frau ihre verschränkten Arme und strich ihr rotes Halstuch glatt. Zwei Ordensschwestern schauten neugierig, der Schwall von Fragen ebbte ab.

Eine Reporterin streckte der Frau ihr Mikrofon entgegen. „Señora Etxeberria, Sie sind die Anwältin von Iñaki Ibarra, der im Verdacht steht, vor elf Tagen den Drogendealer Yaku Mendoza mit zwei Schüssen getötet zu haben. Auf den am Tatort gefundenen Patronenhülsen befinden sich die Fingerabdrücke Ihres Mandanten. Trotzdem gehen Sie von seiner Unschuld aus. Wieso?“

Etxeberria und Iñaki Ibarra, das sind baskische Namen wie

aus dem Telefonbuch von San Sebastián, dachte Tom.

„Zunächst einmal möchte ich mich bedanken, dass Sie meiner Einladung gefolgt sind", begann die Anwältin mit dunkler Stimme, in deren Timbre sich die vielen Kämpfe ihrer Laufbahn eingebrannt hatten. Sie setzte ein Lächeln auf. „Es dürfte Sie nicht überraschen, was ich Ihnen zu sagen habe: mein Mandant ist unschuldig." Vereinzelte Lacher.

„Es gibt zwei Seiten der Geschichte. Gibt es nicht immer zwei Seiten? Mein Mandant mag kein Unschuldslamm sein, aber …"

„Ihr Mandant", unterbrach sie die Reporterin, „ist mehrfach vorbestraft wegen verschiedener Drogendelikte und Körperverletzung. Zudem kannte Ihr Mandant Yaku Mendoza."

„Wie gesagt", setzte die Anwältin ungerührt fort. „Iñaki Ibarra ist kein Unschuldslamm. Aber schon die von der Polizei konstruierte Behauptung, mein Mandant und Yaku Mendoza hätten sich gekannt, ist absurd. Die beiden sind Mitglieder im selben Fitnessstudio, das über fünfhundert Mitglieder hat. Die beiden haben im Leben nie miteinander gesprochen."

„Aber Sie geben zu, dass Ihr Mandant eine Waffe besitzt, eine Pistole vom Typ Glock 43", fragte ein anderer Reporter.

Die Anwältin fuhr mit einer kontrollierten Bewegung über ihr Halstuch. „Um etwas zu besitzen, muss es verfügbar sein. Und besagte Waffe war für meinen Mandanten am Tag, als Yaku Mendoza erschossen wurde, nicht verfügbar. Somit ist die Frage, ob mein Mandant die Waffe besitzt, in der falschen Zeit gestellt. Er *besaß* eine Waffe dieses Typs. So muss es korrekt lauten. Dass er sie besessen hat, mag ein Fehler gewesen sein. Und es soll keine Rechtfertigung sein, sondern ein Erklärungsansatz: bei der katastrophalen Sicherheitslage in diesem Stadtteil, wusste mein Mandant sich nicht anders zu beruhigen, als sich eine Waffe zu besorgen. Ein Fehler. Und nur für den Erwerb der Waffe wird sich Iñaki Ibarra verantworten."

Was für eine clevere Frau, dachte Tom im allgemeinen Gemurmel des Pressepulks. Typen wie dieser Iñaki Ibarra sorgten doch erst für die schlimme Situation. Die dann als Vorwand zu nutzen, um sich zu bewaffnen, war absurd.

„Sie werden sich gefragt haben, ob es für mein Statement keinen schöneren Ort gegeben hätte", sagte die Anwältin, deren Gesicht einem Panzer aus Makeup glich. „Doch dieser Ort ist der *einzige* Ort, um die Unschuld meines Mandanten anschaulich zu schildern." Die Anwältin deutete auf den bis oben gefüllten Mülleimer neben sich. „Sie erinnern sich an den großangelegten Schlag gegen die dominikanische Drogenmafia. Mit fast 1000 Polizisten im Einsatz, hier im Raval."

„Worauf wollen Sie hinaus?", fragte die Reporterin.

„Mein Mandant war gegen 12 Uhr auf dem Weg zum Markt, er wollte Fisch kaufen in der *Boqueria*. Zum Mittagessen für sich und seine Mutter. Und auf einmal bemerkt er Polizeiwagen hinter sich. Iñaki Ibarra konnte nicht wissen, dass nicht er das Ziel war. Also nahm er die Pistole und steckte sie in diesen Mülleimer, um sie nach der Polizeiaktion wieder an sich zu nehmen. Aber als mein Mandant eine Stunde später hierher zurückkehrte, war die Waffe verschwunden. Mein Mandant hat nichts mit dem Mord an Yaku Mendoza zu tun. Und erst recht ist er nicht der Raval-Killer, wie Sie oder Kollegen von Ihnen es in den Raum gestellt haben. Die Person, die die Pistole an sich gekommen hat, kommt dafür deutlich besser infrage, finden Sie nicht?"

Tom schien dies wohlformuliertes Anwaltsgeschwafel zu sein, aber gleichzeitig dämmerte ihm, dass Señora Etxeberria recht haben könnte, nur so hatte Iñaki Ibarra überhaupt eine Chance. Die Polizei verbreitete ihr Narrativ, und wenn der Verdächtigte nicht untergehen wollte, musste eine eigene Sicht auf die Dinge her. Von einer eloquenten Anwältin medienwirksam lanciert. Tom wusste aus eigener Erfahrung, dass schon die Ermittlungen der Polizei nicht immer ausgewogen allen vorhandenen Ermittlungsansätzen folgten. Wenn die Polizei sich schon nicht darum kümmerte, der Staatsanwalt würde es erst recht nicht tun. Also musste eine in sich plausible Gegengeschichte her. Voilà – und diese war nicht schlecht.

Während die Reporter die Anwältin mit Fragen bestürmten, hatte Tom das Gefühl, gerade ein Déjà-vu erlebt zu haben. Irgendetwas an dem, was er gerade gehört hatte, kam ihm bekannt vor. Wäre es dann nicht ein Déja-écouté, überlegte Tom und machte sich auf den Weg, um Toni zu treffen. Als er über den Kirchvorplatz hinkte, warf er einen flüchtigen Blick zum Klohäuschen, an dem ein Mann offensichtlich im Drogenrausch auf dem Boden lag, alle viere von sich gestreckt. Tom dachte an die obdachlose Frau mit der Narbe auf der Stirn, und da fiel es ihm wieder ein. Sie war es, die ihm gesagt hatte, dass ein Zwerg in einem Mülleimer eine Pistole gefunden haben soll. Tom hatte trotz weiterer Biere, die er der Frau gekauft hatte, keine brauchbaren Informationen mehr aus ihr rausbekommen, jetzt erinnerte er sich wieder. Aber ihre Grundaussage könnte durchaus wahr sein. Es würde zum Statement der Anwältin passen. Das Wo war eindeutig – der Mülleimer neben der Kirche Sant Agustí. Aber wer war dieser Zwerg, der die Pistole an sich genommen haben sollte? Ein Kind? Ein sehr kleiner Mensch? Oder tatsächlich ein Zwerg?

*

Tom betrat das Hotel an der Rambla de Raval durch eine rosarote Tür. Ein paar Schritte entfernt war der Straßenstrich, und Drogenabhängige, die ihre Großmutter für weniger als den nächsten Schuss verkaufen würden, lungerten herum. Die wohltemperierte Loungeästhetik besserverdienender Metropolenreisender umarmte ihn verheißungsvoll, ein größerer Kontrast zum Viertel als das Hotel war kaum möglich. Dieser filigrane Klotz mit seinem ellipsenförmigen

Grundriss war ein städtebauliches Manifest der Gentrifizierung. Im gedämpften Licht des Aufzugs merkte Tom Nervosität in sich aufsteigen. Warum wollte Toni sich mit ihm treffen? Tom trat auf der Dachterrasse ins Licht. Wenn die rosarote Tür im Erdgeschoss die Schleuse zu einer Upgrade-Parallelwelt darstellte, fühlte sich Tom im elften Stock in deren VIP-Bereich angekommen. Die Barkeeperin sah aus wie eine Miss Universe, der Cocktail, den sie mixte, war so verlockend, wie die beiden Bikinischönheiten im Pool. Aus den Lautsprechern tropfte Jazzmusik, der Blick wie aus einer Werbebroschüre – über den Dächern von Barcelona. Der tiefblaue Himmel wurde durch keine einzige Wolke getrübt, und eine leichte Brise vom Meer ließ Tom die Hitze vergessen, die er in seiner Wohnung noch verflucht hatte.

„Tomás Greiff Hernández", hörte Tom hinter sich Tonis Stimme, als ob sie den *Sexiest Man Alive* ankündigen würde. „Schau dich an." Toni musterte ihn. „Kaum zu glauben, es sind keine neuen Beulen und Schrammen in deinem Gesicht dazugekommen."

Tom versuchte die Worte zu deuten, als er Tonis weiche Haut bei den Begrüßungsküsschen spürte.

„Trinken wir was?", fragte Toni.

Tom wollte unter keinen Umständen den bemitleidenswerten Säufer, der er war, durchscheinen lassen, und hatte sich eine Cola bestellt. Er stand mit den Armen am Geländer abgestürzt neben Toni und blickte zum Meer.

„Der Mord an Lidia scheint aufgeklärt", sagte Toni. „Es war der Obdachlose, der an der Fixerstube festgenommen wurde. Ohne deine Hilfe wäre das nicht möglich gewesen. Vielen Dank." Toni legte ihre Hand auf Toms Arm. „Das bedeutet mir sehr viel."

Tom dachte für einen Moment an die Anwältin im cremefarbenen Kostüm, die am Mülleimer der Version der Polizei eine eigene für ihren Mandanten entgegensetzt hatte.

„Hat der Typ gestanden?“, fragte Tom und hatte die Erscheinung dieses kleinen verstrubbelten Mannes vor Augen. Ob dessen Anwalt auch eine plausible Story für die Unschuld seines Mandanten präsentieren würde?

Toni schüttelte den Kopf. „Im Gegenteil. Mein Ex-Mann hat mir zwar nicht viel gesagt. Aber dieser Alejandro R. schwört, dass es der große Unbekannte war, der ihm die Bilder neben sein Lager gestellt haben soll. Und der war es auch, der ihm Lidias Geld, Handy, Kreditkarte und Schmuck in seine Tasche untergejubelt haben soll. Es gibt sogar ein Phantombild. Glaubst du das alles?“

Der große Unbekannte, das ließ viel Spielraum für den Raval-Killer, dachte Tom. Nun hatte auch Alejandro R. sein eigenes Narrativ. Ob es aus der Fantasie des Verdächtigen oder seines Anwalt stammte, wusste Tom nicht. Aber irgendeine Story musste der Version der Polizei gegenübergestellt werden. Denn es gab nicht nur dürre Indizien, die den Verdächtigen belasteten, das waren handfeste Beweise. Dennoch blieb Tom bei seiner Meinung: irgendwie war das Bild in sich nicht stimmig, und er spürte, dass an der Version von Alejandro R. was dran war.

„Xavi hat mir unter der Hand erzählt“, fuhr Toni fort, „dass dieser Alejandro R. schon ein paar mehr Einbrüche auf seinem Konto hatte.“ Das änderte noch nichts an Toms Meinung. „Ist dabei jemals eine Person zu Schaden gekommen?“, fragte Tom und fand diesen bürokratisch-nüchternen Polizei-Sprech, der noch in ihm steckte –
schrecklich.

Toni nickte eifrig. „Bei einer Tat hat er die Frau, die überraschend früher nach Hause kam, mit einer Buddha-Statue bewusstlos geschlagen.“

„Hat dein Ex-Mann dir auch gesagt, ob früher seine Fingerabdrücke auch an den Tatorten gefunden wurden?“

„Ja, er ist wirklich kein unbeschriebenes Blatt.“

Tom schüttelte den Kopf. „Das passt alles nicht zusammen.“

„Es ist nicht ungewöhnlich, sagt Xavi, wenn Kriminelle frühere Fehler vermeiden.“

„Waren auf den Spritzen, die in der Wohnung lagen, seine Fingerabdrücke drauf?“

„Nein. Aber wer weiß, was im Hirn von Drogenanhängigen vorgeht.“

Das wusste Tom auch nicht, aber Sätze, die den Namen von Tonis Ex-Mann beinhalteten, gefielen ihm ganz und gar nicht. Tom starrte von der Dachterrasse in die Ferne. Er hätte sich freuen sollen, Toni war ihm für seine Hilfe dankbar. Aber ihm blieb ein merkwürdiger Beigeschmack, irgendetwas fühlte sich nicht richtig an. Toni hatte ihn gebeten, den Mörder ihrer besten Freundin zu finden. Alejandro R. saß trotz der Darstellung seiner Sicht der Dinge mit schlechten Karten in U-Haft – und das war auch Toms Verdienst. Er fuhr mit der Cola-Flasche über seine glühenden Wangen und beschloss, seinen Erfolg zu genießen. Toni stand nur ein paar Zentimeter von ihm entfernt, und trotz der Hitze, meinte Tom, die Wärme ihres Körpers zu spüren. Er beugte seinen Oberkörper in Tonis Richtung und hätte mit seinem Arm eigentlich ihren berühren müssen. Sie weicht zurück, dachte Tom, und sein Mut sank. Er fühlte sich wie bei einem Klassenfest in der Siebten im Partykeller von Claus' Eltern, als Tom mit wild schlagendem Herzen seinem Schwarm Claudia Brandt unauffällig den Arm um die Schultern legen wollte. Auch sie war damals zurückgewichen. Tom war ein erwachsener Mann und fühlte wie ein zwölf Jahre alter Schuljunge. Selbstbstvertrauen sah anders aus.

Ab und zu wehte der Wind Fetzen vom Großstadtgetriebe zu ihnen hinauf. Ein Klangteppich aus dem Presslufthammerlärm einer entfernten Baustelle, Kirchturmglocken und dem Brummen vorbeifahrender Autos. Tom hatte einen Kloß im Hals, und da er nicht wusste, was er sagen sollte, schweifte sein Blick über die Dächer des Viertels, ein Meer aus Antennen, Satellitenschüsseln, Wassertanks und Wäscheleinen. Dreißig Meter unter ihnen, auf der Rambla de Raval, bewegten sich die Menschen, so klein wie im Miniaturwunderland. Tom schaute einer Gruppe Jungs auf Fahrrädern hinterher, bis sie aus seinem Blickfeld verschwand. Seine Augen folgten einem Gasverkäufer, der mit seiner Sackkarre im Schatten einer Palme verweilte. Egal, an wen Tom seinen Blick heftete, jeder, so schien es ihm, hatte ein Ziel vor Augen. Nur Tom selbst fühlte sich seltsam orientierungslos.

„Da vorne liegt die Bar Marsella“, sagte Toni plötzlich in die Stille hinein, nachdem sie beide eine Weile zusammen geschwiegen hatten und zeigte auf einen nahen Punkt im Häusermeer des Ravals. „Dort haben wir uns kennengelernt.“

Jedes Mal, wenn Tom dort tagsüber an den geschlossenen Rollläden vorbeikam, musste er daran denken. Als er sich vor ein paar Wochen in der Bar nachts einen angesoffen hatte, lag es nicht nur an den vielen Touristen, dass er sich unwohl fühlte, sondern es waren auch die Erinnerungen an Toni.

„Und am Strand, in der Nähe des Olympiahafens, hast du für mich Klimmzüge gemacht. Weißt du das noch?“

Tom musste schmunzeln. „Wie viele waren das? Dreißig, oder?“

„Ja, ganz bestimmt“, antwortete Toni mit einer Prise Skepsis und lachte, wie Tom sie in den vergangenen Tagen nicht hatte lachen hören.

„Da hinten liegt die Kirche Sant Pau del Camp.“

„Ich weiß“, sagte Tom, „an einer Wand befindet sich eine Hochwassermarke.“

Toni schien überrascht. „Das weißt du noch?“

Tom nickte und versuchte ein Lächeln.

„Und schau, am Montjuïc kann man die Tribünen vom Stadion für Kunst- und Turmspringen sehen. Waren wir auch zusammen da?"

Tom überlegte, doch daran hatte er keine Erinnerung mehr. Vielleicht im Suff verlorengegangen, vielleicht früher von der Festplatte gelöscht.

Toni drehte sich zur Seite und folgte dem Geländer der Rooftop Bar. Sie zeigte auf das Olympiastadion, den Tibidabo, den Park Güell, die Bunker von Carmel und die Sagrada Família. Tom konnte sich keinen Reim darauf machen, was das sollte. Nicht nach Tonis Ansage am Tag zuvor. ‚Ich kann dich nicht retten, Tom. Du musst dir selbst verzeihen.' Warum zählte Toni ihm all die Orte auf? Den Parc de la Ciutadella, die Kathedrale und die Kolumbus-Säule. Als Tom und Toni die Dachterrasse fast vollständig umrundet hatten, deutete Toni auf einen nahen Ort im Raval. „Weißt du, was gleich hier vorne liegt?", fragte Toni.

Tom schluckte. Es war das Hotel Peninsular. Dort hatten die beiden fast zwei Wochen lang Liebesnächte verbracht.

Toni schob ihre Sonnenbrille in die Haare und nahm Toms Hände. „Ich kann mir nicht mal ansatzweise vorstellen, was du in den vergangenen Monaten durchlebt hast, und ich weiß nicht, was du in Barcelona zu finden glaubst. Aber es hat, auf welche Art und Weise auch immer, mit mir zu tun."

Toni strich Tom über die Wangen und schob seine Sonnenbrille nach oben. Tom blinzelte in der grellen Sonne.

„Du suchst etwas, was weitergehen soll", fuhr Toni fort, „was jedoch schon lange vorbei ist."

Nachdem Toni gegangen war, stand Tom noch lange am Geländer und starrte ins Nichts. Toni hatte ihm nichts versprochen, es gab kein wenn-dann. Und jetzt war Toni Geschichte. Das hieß wohl später wieder Tresendienst im Rincón Andaluz. Mal sehen, was Pedro noch im Arsenal hatte. Vielleicht ist heute ein guter Tag zum Sterben, dachte Tom.

28

Als Tom schließlich die Dachterrasse verlassen und die rosarote Tür des Hotels passiert hatte, setzte ihm nach kurzer Zeit die Nachmittagshitze zu. Trotzdem schleppte er sich in der prallen Sonne über die Rambla de Raval. In der Hosentasche vibrierte sein Handy. An die Skulptur einer riesigen, dicken Katze gelehnt las er die Nachricht. Sie war von Toni. ‚Lad mich doch zum Essen in deine WG ein. Ich habe heute Abend noch nichts vor.' Plus Smiley. Aus dieser Frau sollte einer schlau werden.

*

Tom schaute Toni von der Seite an, und so recht hatte er immer noch keine Ahnung, was gerade passierte. Ihre Worte klangen noch in seinen Ohren. Sie hatte Tom unmissverständlich von sich fortgestoßen. Warum saß Toni also jetzt in seiner Wohnung und schien sich im Gespräch mit Macky blendend zu amüsieren? Das war doch ein gutes Zeichen, oder nicht? Tom war verwirrt.

Als Tom die Nachricht von Toni erhalten hatte, war er euphorisiert nach Hause gestürmt und erklärte Isi und Macky die Lage. Ein paar Stunden später sah die Wohnung deutlich mehr nach einem Zuhause aus, und Macky hatte eines seiner senegalesischen Gerichte zubereitet. Es standen sogar Kerzen auf dem Tisch, und über die Boombox, die Tom in chinesischen Basar besorgt hatte, lief eine Bar Jazz Playlist, wie Tom sie auch in seinem ersten Leben oft zusammen mit seiner Frau gehört hatte.

„Als ich Kind war …", sagte Macky.

„Wann und wo warst du Kind?", unterbrach ihn Toni und lächelte.

„Die ganz elegante Art um mein Alter zu erfahren", fuhr Macky fort und lachte. „In den neunziger Jahren in Dakar. Und wisst ihr, was der Traumberuf war? Außer als Fußballprofi in Europa Unmengen von Geld zu verdienen." Macky schaute fragend in die Runde. „Ein Staatsfunktionär zu werden."

„Genau wie bei uns in Spanien. Viele aus der Generation meiner Tochter wollen Beamter werden, einen sicheren Job haben. Kein Wunder, nach all den Krisen."

„Aber Beamter klingt auch ein bisschen langweilig, oder?", fragte Macky und lachte sein kehliges, ansteckendes Lachen.

Isi und Toni stimmten mit ein, und auch Tom, der selber über zwanzig Jahre für den Staat gearbeitet hatte, musste schmunzeln, denn so aufregend der Beruf in der Mordkommission von außen erscheinen mochte, so oft hatte Tom sich über die Bürokratie im Verwaltungsapparat aufgeregt.

„Die neue Traumkarriere war die des erfolgreichen Migranten. Jeder kannte jemanden, der aus Europa viel Geld in die Heimat überwies. Und in den Charts gab es Hits, die das Leben der Migranten abfeierten. In Europa konnte man in Saus und Braus leben, das war die Message."

„Paradies Europa", fügte Toni ernst hinzu.

Macky nickte und wurde auf einmal nachdenklich. „Ich kann nur sagen: Meine Jobs auf den Feldern, als fliegender Händler und als Metall- und Elektroschrottsammler sind wirklich nicht glamourös." Mit seinen wachen Augen blickte Macky in die Runde. „Ganz schlimm war meine Zeit im *cama caliente*."

Isi nickte wissend, und auch Toni schien zu verstehen, was das bedeutete. Tom hingegen hatte keine Ahnung – was meinte Macky mit *cama caliente*, einem warmen Bett?

„Ich wohnte damals nur ein paar Minuten von hier entfernt mit sieben anderen Männern in einer winzigen Wohnung", fuhr Macky ruhig fort. „Das Problem: es waren nur zwei Doppelbetten da. Wenn ich von meiner Arbeit von den Feldern kam, musste ich meinen marokkanischen Mitbewohner wecken, erst dann war mein Schlafplatz frei – und die durchgelegene Matratze war noch warm."

Tom musste schlucken, Mackys Worte hallten in seinem Kopf nach. Menschen zusammengepfercht wie auf einer Sklavengaleere, mitten in Barcelona – es war beschämend.

„Und im Supermarkt sind die Erdbeeren noch ein paar Cent billiger. Das ist so falsch", sagte Toni zerknirscht.

Macky nickte. „Ich habe ein Leben ohne Würde gelebt. Und wenn ich mit meiner Mutter in Dakar telefonierte, habe ich sie immer angelogen. Das konnte ich ihr nicht antun." Macky setzte ein strahlendes Lächeln auf. „Aber zum Glück schlafe ich jetzt nicht mehr in einem *cama caliente* und auch nicht mehr auf der Straße." Macky trommelte auf den Tisch. „Vielen Dank, Tom. Lasst uns auf Tom anstoßen."

„Auf Tom", rief die Runde und prostete Tom mit Wassergläsern zu.

Tom stieß mit Cola an und freute sich über Mackys Worte, aber wenn er Toni ansah, musste er sich eingestehen, dass er immer noch nicht rausbekommen hatte, wieso sie da war. Aber er wusste, sich in ihrer Gegenwart bis zu betrinken, war keine Option.

„Du bist also Rafaela Rosells kleiner Bruder?" Toni trank einen Schluck Wein und schaute Isi an.

„Gar nicht mehr so klein, oder?", entgegnete Isi und lachte. „Erinnerst du dich noch an mich?"

„Doch, doch, ich erinnere mich an einen kleinen, frechen Jungen, der seine große Schwester bei allem begleiten und überall dabei sein wollte. Auch wenn kleine Jungs dort überhaupt nichts verloren hatten." Toni lachte unbeschwert. „Und ganz besonders, wenn Rafaela mit ihren Freundinnen alleine sein wollte."

„Ich kann dir versichern, dass sich das mittlerweile geändert hat."

Toni schaute Isi ein paar Sekunden aufmerksam an. „Eine Weile war ich ganz schön eifersüchtig auf Rafaela, ich hatte

Angst, dass Lidia nicht mehr meine beste Freundin sein würde."

Der rosa Elefant namens Lidia war nur für alle im Zimmer sichtbar geworden, und es entstand ein langer Augenblick des Schweigens am Tisch. Bisher hatten sie sich alle um das Thema herumgedrückt.

„Ich möchte auf Tom anstoßen", sagte Toni schließlich, „weil er mir geholfen hat, den Mord an meiner besten Freundin aufzuklären. Auf Tom. Und auf Lidia."

„Auf Tom und Lidia", wiederholten alle.

Dass Tom den Mord an Lidia trotz der Beweise, die auf dem Tisch lagen, für eher nicht aufgeklärt hielt, erwähnte er in diesem Moment lieber nicht.

„*Das* musst du mir noch genauer erklären", sagte Isi während er ein Stück Melone zum Nachtisch aß und deutete auf das scheinbare Chaos von Fotos, Zeitungsartikeln und Schnüren an der Wand hinter Toms Matratze.

„Besonders die Presse und die sozialen Medien favorisieren den Raval-Killer, der für die Morde an Yaku Mendoza, Ramón Rodríguez und Lidia verantwortlich ist." Tom ging zur Wand und löste zwei von den drei Schnüren, die auf die dunkle Silhouette mit dem Fragezeichen im Zentrum zuliefen. „Aber seit neuestem scheinen es nicht mehr die Taten eines Serienkillers zu sein, sondern Morde, die nicht miteinander im Zusammenhang stehen. Das jedenfalls ist die offizielle Version der Polizei."

„Du sagst das so, als ob du anderer Meinung bist", hakte Isi nach.

Tom berichtete, wie die baskische Anwältin ein paar Stunden zuvor für ihren Mandanten eine plausible Alternativstory medienwirksam präsentiert hatte. „Ich will dir nicht deine Hoffnungen nehmen", fuhr Tom fort und schaute ernst zu Toni, „aber ich glaube auch nicht, dass der festgenommene

Drogenabhängige Lidias Mörder ist. Ich glaube, es gibt den Raval-Killer.“ Tom nahm die beiden losen Schnüre und befestigte diese wieder an der Pinnnadel im Zentrum. Er schaute zu Toni und hatte keine Ahnung, was durch ihren Kopf gehen mochte. „Und ich denke, der Raval-Killer wird wieder zuschlagen. Wenn nicht morgen oder nächste Woche, dann später. Die Motivation fürs Morden verschwindet meist nicht.“

„Wieso nicht?“, wollte Isi wissen.

„Weil es so aussieht, als ob er im Viertel für Ordnung sorgen, als ob er aufräumen will. Wenn das sein Ziel ist, wenn er das Raval zu einem sicheren, lebenswerten Viertel machen will, hat er noch viel zu tun.“

Ein paar Augenblicke schwiegen alle. Jeder schien sich auszumalen, was das bedeuten würde.

„Stimmt es“, fragte Isi, „dass es bei dem Mord beim Herrenfrisör keine neuen Spuren und erst recht keine Verdächtigen gibt? Jedenfalls habe ich davon nichts mitbekommen.“

„Was ich euch jetzt sage, dürft ihr in keinem Fall weitererzählen“, sagte Toni und schaute die drei Männer eindringlich an. „Ich habe meinen Ex-Mann gestern zufällig mit einem Kollegen am Handy reden hören. Xavi meinte, dass er so etwas noch nie erlebt hat. Ein Mord, der am helllichten Tag stattfindet, mit einem Dutzend potentieller Zeugen direkt vor dem Geschäft, aber ohne Spuren oder brauchbaren Ermittlungsansatz.“

„Was macht die Polizei in so einem Fall? Möchte man da nicht manchmal den Kopf in den Sand stecken?“, fragte Isi und schaute Tom an.

Tom lauschte eine paar Augenblicke in die Stille hinein und wollte schon ein Grinsen aufsetzen, bis ihm auffiel, dass Isi diesmal eine Redewendung unfallfrei verwendet hatte. „Wenn keine Fingerabdrücke oder andere verwertbare Spuren gefunden werden, die DNA enthalten, die sich schon bekannten

Straftätern zuordnen lassen und keine Zeugenaussagen Hinweise geben …" Tom machte eine kurze Pause. „Dann sieht es ziemlich schlecht aus."

Alle schwiegen. „Man setzt sich mit der Ermittlungsgruppe zusammen und stellt Fragen. Wem würde der Tod des Opfers nützen? Wer könnte dessen Tod wollen? Im Fall von Ramón Rodríguez scheint die Motivation einfach zu sein. Der Kerl soll seine Frau getötet haben, wurde vor Gericht aber freigesprochen. In den meisten Fällen stehen Opfer und Täter in einer Beziehung zueinander, das lehrt die Statistik. Also in diesem Fall vielleicht der Vater oder der Bruder der Frau." Tom zuckte mit den Schultern. „Aber das ist Routine, und die Polizei hat die Alibis von Vater und Bruder mit Sicherheit schnell überprüft."

„Und dann kommen Profiler zum Einsatz, oder?", fragte Isi.

„Da kennt sich aber einer aus." Tom ärgerte sich sofort über den spöttischen Unterton in seiner Stimme.

„Frag mich nicht, warum", sagte Isi und schob die Antwort gleich hinterher. „Als ich arbeitslos geworden bin, hatte ich viel zu viel Zeit. Ich habe mir eine Krimiserie nach der anderen reingezogen. Deswegen weiß ich, was ein Profiler ist."

„In Polizeikreisen besser als operativer Fallanalytiker bekannt." Die Erklärung hätte Tom sich sparen können, er hasste Besserwisser, aber Polizeiarbeit war keine Fernsehserie. „Da die Polizei bei den ungelösten Mordfällen im Raval unter großem Druck steht, bin ich sicher, dass ein Profiler hinzugezogen worden ist." Tom dachte daran, dass er in Deutschland, kurz bevor das ganze Schlamassel losgegangen war, mit dem Gedanken gespielt hatte, sich als operativer Fallanalytiker ausbilden zu lassen.

„Was macht ein Profiler anders als ein normaler Ermittler?", hakte Isi nach.

„Der Profiler will vorab möglichst wenig vom Tatort wissen. Er schaut sich am Ort des Verbrechens um, sieht das große Ganze, wenn man so will. Auch sind für ihn die Verletzungen des Opfers wichtig: wie ist getötet worden. Er stellt viele Fragen. Vielleicht lassen sich die meisten nicht beantworten, andere schon. So wird aus scheinbar nichts langsam ein Bild. Was für Entscheidungen hat der Täter am Tatort getroffen? Lässt das Rückschlüsse auf ein Motiv zu? Außerdem hilft oft die Statistik: die allermeisten Serienmörder sind Männer."

Bisher hatte Tom auf den Tisch gestarrt, jetzt hob er den Blick und sah, dass alle ihn anschauten.

„Zu den Opfern, die von einem Serienmörder ausgesucht werden, besteht nur selten ein persönlicher Kontakt", fuhr Tom fort und wusste, dass Toni jetzt an Lidia dachte. „Das macht es so schwer, sie zu finden. Serienmörder sind meistens Einzelgänger, haben keine Familie. Und wenn doch, verstehen sie es in der Regel sehr gut, die Taten vor ihrer Familie oder den Freunden zu verbergen." Tom legte eine kurze Pause ein. „In der Theorie ist es einfach: man muss aus einer großen Gruppe so viele Personen wie möglich wegfiltern, um eine kleiner werdende Anzahl an Verdächtigen zu haben, die man schließlich gezielt überprüfen kann."

„Wie stehen die Chancen im Raval für einen operativen Fallanalytiker?", fragte Isi.

„Schwer zu sagen. Wenn der Täter vorher noch gar nicht in Erscheinung getreten ist, wird es noch schwerer. Aber mit jedem Mord gibt er mehr von sich preis, ob er will oder nicht", antwortete Tom, ging zum Tisch und trank einen großen Schluck Cola. „So eine Ermittlung hat immer etwas von dem Spiel *wer-bin-ich*? Kennt ihr das noch? Ein Spieler denkt sich eine x-beliebige Person aus, die anderen müssen ja-nein-Fragen stellen. Mein Sohn hat das früher geliebt. Ich habe immer das gute alte Frage-und-Antwort-Spiel bevorzugt, aber mein Sohn hat es lieber über die App auf dem Tablet gespielt. Die App stellt Fragen und bekommt fast jede Person raus."

„Genauso war es bei meiner Tochter auch. Sie hatte so eine richtige Phase und konnte gar nicht genug von dem Spiel bekommen", sagte Toni und kramte ein Tablet aus ihrer Handtasche. „Ich habe es noch installiert. Kommt, wir spielen es jetzt."

Tom hatte Tonis Tablet vor sich auf dem Tisch liegen und las die Frage der App vor. „Lebt die Figur, die ich suche, noch?"

„Ja."

„Suche ich eine Frau?"

„Nein", antwortete Toni.

„Gibt es die Person wirklich?"

„Ja."

„Suche ich einen bekannten Schauspieler?"

„Ja."

„Ist der bekannte Schauspieler älter als 40 Jahre?"

„Ja."

„Und kommt er aus den USA?"

„Ja."

„Tom Cruise", rief Macky euphorisch, „oder Johnny Depp."

„Die sind es nicht", antwortete Toni und lachte.

„Ist dieser Schauspieler mit einer Serie berühmt geworden?", fuhr Tom fort.

„Nein."

„Trägt dieser Schauspieler normalerweise eine Brille?"

„Ich glaube nicht."

„Ja oder Nein", hakte Tom nach.

„Dann ein klares Nein", sagte Toni und soweit es Tom erkennen konnte, strahlte sie glücklich vor sich hin.

„Matt Damon oder Ben Affleck vielleicht?", tippte Isi.

Toni schüttelte den Kopf.

„Ist der Schauspieler bereits über 60 Jahre alt?“ Tom hatte mitgezählt, das war die neunte Frage.

„Nein. Aber auch nicht mehr so weit davon entfernt.“

„Hat der Schauspieler, den ich suche, Supermann, Batman oder einen anderen Superhelden auf der Leinwand verkörpert?“

„Nein, aber ich hätte ihn sehr gerne mal im hautengen Superheldenkostüm gesehen. Das kann er bestimmt richtig gut tragen.“

„Hat der Schauspieler schon einen Oscar gewonnen?“

„Nein, oder doch? Stopp, ich glaube, er hat einen Oscar für die beste Nebenrolle gewonnen.

„Also ja oder nein?“

„Ja.“

„Hat jemand jetzt eine Idee, wen ich mir ausgedacht habe?“, fragte Toni und blickte erwartungsfroh in die Männerrunde.

„Vielleicht Tom Hanks“, sagte Isi, „aber der ist, glaube ich, schon über 60, oder? Ich bin nicht der riesen Filmexperte. Und schon gar nicht, was amerikanische Filme angeht.“

„Stimmt, Tom Hanks ist schon über 60. Aber immerhin hat er für *Philadelphia* und *Forrest Gump* schon zwei Oscars als bester Hauptdarsteller gewonnen“, ergänzte Toni, das Spiel schien ihr sichtlich Freude zu bereiten. „Noch so ein toller Tom.“

So ein Satz streichelte Toms Ego. „Jetzt wird’s interessant“, fuhr er fort. „Mit der nächsten oder übernächsten Frage hat dich die App: Hatte deine Figur schon einmal blondgefärbte Haare?“

„Ja", quiekte Toni ausgelassen.

„Hatte der Schauspieler, den ich suche, schon mal eine romantische Beziehung zu Angelina Jolie?“, fragte Tom und lachte.

„Allerdings!“

„Ist die Figur, die du dir ausgedacht hast, Brad Pitt", las Tom vor.

„Ja", sagte Toni und lachte. „Das war wirklich lustig."

War ja klar, dachte Tom. Brad Pitt! Hätte Toni sich nicht jemand anders aussuchen können. Irgendeinen hässlichen Vogel. Es musste ausgerechnet dieser Schönling sein. Sofort fühlte er sich in Tonis Anwesenheit wieder etwas unsicherer. Früher war er schon kein Brad Pitt gewesen, und nach dem Schlaganfall erst recht nicht.

„Der Algorithmus der App hat vierzehn Fragen gebraucht und mit jeder Frage wurden Kandidaten weggefiltert. Mann-Frau, alt-jung usw. Nichts anderes ist Ermittlungsarbeit. Die Suche nach guten Fragen, die sich eindeutig beantworten lassen, um den Kreis der potenziellen Täter zu minimieren."

Tom merkte, wie alle ihn anstarrten, aber die Gesichter gaben für ihn abermals keine Informationen preis, warum. Aber eins wusste Tom: wenn er den Raval-Killer zur Strecke bringen müsste, um Tonis Herz zu gewinnen, dann würde er verdammt noch mal gute Fragen finden, die sich eindeutig beantworten lassen würden.

29

Der Mann erinnerte sich genau. Auch vor diesem Haus hatte die Bürgerinitiative PAH lautstark demonstriert, die Plattform für die von der Hypothek Betroffenen, die Haus und Hof verloren hatten oder kurz davor standen. Barcelonas Bürgermeisterin hatte früher bei der PAH als Anwältin gearbeitet, und jetzt ließ sie es zu, dass so viele Menschen ihr Zuhause verloren. Fast jeder, der eine Wohnung besaß und noch die Hypothek zu zahlen hatte, ging nach ein paar Monaten Arbeitslosigkeit in die Knie. Und kam erst der Termin der Zwangsräumung ins Haus geflattert, brach bei den meisten Bewohnern der Widerstand. Der Mann hatte sich als Sympathisant bei der PAH eingereiht, es konnte jeden treffen. Zum Glück war er verschont geblieben. In ganz Spanien hatten im Zuge der Banken- und Finanzkrise mehr als eine halbe Million Familien ihre Häuser und Wohnungen verloren. Die Solidarität unter den Menschen des Viertels war rührend. Er erinnerte sich noch gut an die Familie aus dem dritten Stock, ein Bauarbeiter, für den es nichts mehr zu bauen gab und eine Verkäuferin, die früh den verschärften Maßnahmen der betriebsbedingten Kündigung zum Opfer fiel. Sehr nette Leute. In engen Reihen hatten sie sich vor dem Haus gegen die Polizei und die drohende Zwangsräumung gestemmt, in die Trillerpfeifen geblasen und geschrien, bis der Hals schmerzte. Doch was woanders gelang, scheiterte in diesem Haus. Und so nahm nach kurzer Zeit der Absetzcontainer gefräßig die Reste eines geplatzten Eigenheimtraums auf. Die Wohnung gehörte der Bank, und die Drogenmafia hatte sich dort eingenistet. Besorgte Nachbarn hatten sofort die Polizei alarmiert, aber zur abermaligen Räumung kam es nicht. Die sauberen Herren der Drogenmafia hatten bestimmt Einschüchterungsversuche unternommen. Es war immer dieselbe miese Masche. Hausbewohner, die noch in der Immobilie verblieben waren, wurden mit Nachdruck von den neuen „Mietern" gebeten, den Tag des „Einzugs" zwei Tage vorzudatieren, falls die Polizei nachfragen sollte. Oft tauchte sie aber überhaupt nicht auf. Und befand sich die Drogenmafia mitsamt ihres neuen *narcopisos* für drei Tage in der Wohnung, sank die Möglichkeit einer zügigen Räumung gegen null. Dem Mann ging das gegen den Strich: sobald ehrliche Menschen mit der Miete oder der Hypothek im Rückstand waren, drohte die Zwangsräumung. Wenn sich Kriminelle aber dort breitmachten, gab es keine Handhabe. Das war skandalös. Diese Geier von der Bank hatten überhaupt kein Interesse daran, die Wohnung wieder im alten Zustand auf den Markt zu bringen. Im Gegenteil, die Umfunktionierung der Wohnung zum *narcopiso* kam der Bank sogar gelegen. Andere Bewohner verließen freiwillig das Haus. Einer Kern- oder Luxussanierung der gesamten Immobilie war so der Weg geebnet. Wieder ein Investment für betuchte Menschen aus aller Welt, die solche Wohnungen manchmal als Feriendomizil nutzten. Ein weiterer Sargnagel für das Viertel und noch ein Sieg für die Gentrifizierung. Von diesen Prozessen hatten die beiden Drogendealer im dritten Stock mit Sicherheit keinen Schimmer. Und wenn doch, war es ihnen egal.

Der Mann betastete seine Jacke, er spürte das Gewicht der Pistole in der Innentasche. Im Fernsehen hatte er den Auftrifft der baskischen Anwältin gesehen. Die Geschichte hörte sich wirklich unglaublich an, entsprach aber den Tatsachen, so wie der Mann es beurteilen konnte – denn *er* hatte die Pistole aus dem Mülleimer gefischt. In einer Plastiktüte führte er zwei Flaschen Brennspiritus, mehrere Kabelbinder, Feuerzeuge und Gasherdanzünder mit. Wahrscheinlich würde wieder kaum jemand Notiz von ihm nehmen, dennoch verdeckte eine Schirmmütze einen Teil seines Dutzendgesichts, einer Mischung aus Juan López und Pepito Pérez – so wie der Durchschnittsspanier genannt wurde. Bedächtig nahm er die

Stufen, eine Wohnung im zweiten Stock schien noch bewohnt. Jemand bereitete wohl das Mittagessen vor, denn die Muffigkeit im Treppenhaus wurde durch intensiven Knoblauchgeruch überdeckt. Bevor der Mann die letzten Stufen zur Wohnungstür im dritten Stock hochschritt, hielt er kurz inne und lauschte. Er bemerkte nichts Verdächtiges, zog die Pistole und war der festen Überzeugung, das Richtige zu tun.

Kaum hatte sich die Tür geöffnet, drückte der Mann dem muskulösen Türsteher die Pistole unters Kinn. Ob er sich noch an mich erinnert, überlegte der Mann, schließlich war er bereits am Vortag in der Wohnung gewesen. Doch das spielte keine Rolle. Würde er jetzt schießen, das Gehirn dieses Typen würde sich über die Zimmerdecke verteilen.

„Geh rüber zu deinem Kollegen", befahl der Mann. „Schön langsam. Und die Hände oben lassen."

Der Türsteher schaute den Mann aus verängstigten Augen an.

„Jetzt zieh ganz langsam dein Shirt hoch und dreh dich." Nirgendwo entdeckte der Mann eine Waffe.

Der Türsteher trug Shorts und Flip Flops und ging langsam seitwärts über den dreckigen Boden. Von der Stirn lief ihm Schweiß über die Wangen. „Ganz easy, ja", war alles, was er rausbrachte.

Der Mann mit dem Schnurrbart an der Waage hieß Pablo, erinnerte sich der Mann. „Du auch, langsam aufstehen und drehen." Pablo trug ebenfalls keine Waffe. Auf der Matratze und dem Zweisitzer lagen zwei Typen, die sich gerade einen Schuss gesetzt haben mussten und vollkommen weggetreten waren. Der Mann merkte, wie er in den Latexhandschuhen schwitzte. Er machte zwei vorsichtige Schritte und schaute, ob das Bad leer war, ohne Pablo und den Türsteher dabei aus den Augen zu lassen. Niemand sonst war noch im *narcopiso*.

Der Mann fasste in die Tüte, zog ein paar Kabelbinder raus und warf sie vor den Männern auf den Boden. „Legt euch die

Dinger gegenseitig an“, sagte er und zielte mit der Pistole weiter auf die beiden Männer.

„Du weißt schon, dass du dir ne Menge Ärger einhandelst“, knurrte Pablo, als er den Kabelbinder an den Handgelenken seines Kollegen befestigte.

Der Mann nickte ruhig. „Das geht noch einiges fester.“

Nach ein paar Momenten standen die beiden Männer ausreichend eng gefesselt nebeneinander. Der Türsteher ließ den Kopf hängen und zitterte. Der schmächtige Pablo schien der Hartgesottenere von beiden zu sein und fixierte den Mann weiter. „Ich schwöre dir, du bekommst Riesenärger.“

Ungerührt schritt der Mann zur Balkontür und öffnete sie. „Ich nehme an, Ihr könnt euch vorstellen, dass ich Menschen wie euch verachte. Ihr seid Abschaum. Menschen wie ihr habt so viele Leben auf dem Gewissen und für so viel Leid gesorgt. Dennoch gebe ich euch eine Chance.“ Der Mann deutete zur offenen Tür. „Entweder ich erschieße euch sofort, oder ihr springt vom Balkon. Eure Wahl.“

„Du bist ja komplett irre“, schrie Pablo und stürmte auf den Mann zu.

Der Schuss war kaum lauter als ein Ei, das zu Boden fiel. Pablo kniete am Boden und schrie vor Schmerzen. Der Mann hatte ihn in die Schulter getroffen. Pablos weißes T-Shirt färbte sich rot, der Türsteher wimmerte. Die beiden Junkies waren immer noch weit weg in ihrer eigenen Welt. Der Mann dirigierte den Türsteher mit seiner Pistole auf den Balkon.

„Soeben haben sich die Regeln geändert“, knurrte der Mann und zog den Brennspiritus aus seiner Tüte, den er nicht ohne Grund mitgenommen hatte. Er wollte ein Fanal setzen, es würde ein wahres Leuchtfeuer geben, eine Warnung an dieses ganze Gesocks. Der Mann hielt die Flasche auf den Türsteher und spritze Spiritus auf ihn. Als der Türsteher versuchte, sich aus dem feinen Strahl herauszuwinden und ihm den Rücken zudrehte, ließ der Mann die Flasche fallen, griff nach dem Gasherdanzünder und setzte den Türsteher in Brand. Für ein paar Augenblicke zuckte der Typ brennend auf dem Balkon, ehe er schreiend in die Tiefe stürzte. Der Mann hätte zu gerne die von Panik erfüllten Augen des Türstehers gesehen. So langsam musste er an seinen Rückzug denken, aber seine Mission war erst halb erfüllt.

„Auf die Beine", knurrte der Mann Pablo an und spritzte auch ihn mit Spiritus voll.

„Ich springe nicht", brüllte Pablo unter Schmerzen.

„Es kann hier oben ganz langsam geschehen oder schnell. Du entscheidest", sagte der Mann ruhig und drückte Pablo die Pistole in den Seite. Nach kurzem Zögern schoss der Mann ein zweites Mal. Pablo jaulte auf und krümmte sich vor Schmerz. Um die Entscheidungsfindung zu beschleunigen, steckte der Mann Pablo kurzerhand in Brand, der sich wie sein Kollege schreiend über das Geländer warf. Aus der Wohnung im dritten Stock war der Aufprall nicht lauter, als eine Packung Milch, die aus dem Kühlschrank herausfiel, wenn man die Tür mit zu viel Schwung öffnete.

Sein Blick blieb an den beiden Junkies hängen. Zwei Kunden, durch deren Nachfrage *narcopisos* wie dieses erst möglich wurden. Hatten sie unter ihrer Sucht nicht schon genug gelitten? Ja, beantwortete sich der Mann die Frage, ihr Tod käme einer Erlösung gleich. Erst spritzte er den Mann auf der Matratze, danach den auf dem Zweisitzer mit Spiritus voll. Er überlegte kurz, ob und wie er seine Tat signieren sollte, aber er war sicher, die Bilder sprächen für sich selbst, und der Raval-Killer würde wieder in aller Munde sein. Zuerst hatte er mit dem Begriff gefremdelt, aber jetzt er konnte damit leben. Raval-Killer war ihm viel zu platt und plakativ vorgekommen. Und es ließ zu viel Spielraum, schließ war ein kein Lustmörder, sondern er tötete für eine gute und gerechte Sache. Doch schneller als er es für möglich gehalten hätte, waren Presse und soziale Medien hinter seine Absichten gekommen.

Heutzutage musste alles einen Slogan bekommen, er musste griffig und leicht verständlich sein. Der Mann tötete im Raval, also war er der Raval-Killer. Die Welt liebte solche Zuspitzungen. Solange er die Regie innehatte, war es ihm egal. Außerdem war er sich der Zustimmung vieler leidgeprüfter Menschen aus dem Viertel gewiss. Der Typ vom Zweisitzer brannte wie eine Fackel, schoss vor Schmerz brüllend zum Balkon und stürzte sich auf die Straße. Die Gestalt von der Matratze rührte sich nicht. Er hatte sich wohl den goldenen Schuss gesetzt, vermutete der Mann. Ob dem Raval-Killer jetzt drei oder vier neue Punkte zuzuschreiben waren, musste nicht der Mann entscheiden. Er schnappte sich die restlichen Kabelbinder und die Spiritusflasche und verließ die Wohnung. Über die Dächer würde er unentdeckt entkommen. Tags zuvor hatte er ein paar Dachterrassen entfernt eine nicht verschlossene Tür zu einem Treppenhaus gefunden. Die Kleidung und alle Utensilien würde er für immer verschwinden lassen, er würde weiter unsichtbar bleiben.

30

Je häufiger Tom das Video anschaute, umso surrealer wurde es. Auf der anderen Seite der breiten Ledercouch saß Tonis Ex-Mann mit eingegipstem Arm und telefonierte lautstark mit einem seiner Ermittler. Nacheinander sprangen drei brennende Menschen von einem Balkon im dritten Stock – unfassbar. Im Fernsehen dominierte die Nachricht alle Programme, und durchs Netz rollte die Lawine #ravalkiller. Toms Theorie mit der Zahlenreihe hatte zu 100% zugetroffen: sechs Tage nach dem Mord an Lidia hatte der Raval-Killer erneut zugeschlagen. Wie die meisten Menschen behielt er gerne recht, aber nur zu gerne hätte Tom dieses Mal darauf verzichtet. Das war eine Explosion der Gewalt. Kopfschüttelnd schaute er wieder auf den Fernseher.

„Ich bin mit meinem Kumpel hier langgegangen und habe ihn gefilmt, wie er mit Bällen jongliert hat. Und von oben habe ich Schreie gehört", sprach ein junger Mann mit Dreadlocks und Zauselbart in einer Mischung aus aufgeregt und überdreht in die Kamera.

Hinter ihm war eine Menschentraube und Polizeiflatterband zu sehen. Während er redete, wurde der Film in Zeitlupe abgespielt. „Ein brennender Mann ist schreiend auf den Balkon gekommen, hat sich über das Geländer gebeugt und ist runterfallen." In Realgeschwindigkeit hörte und sah man das Entsetzen der Menschen auf der Straße. Irgendjemand hielt immer mit dem Handy drauf, dachte Tom. Eine Frau eilte zum brennenden Mann, der leblos auf der Straße lag, und übergoss ihn mit Wasser, eine andere Frau riss sich ein großes Schaltuch vom Hals und versuchte die Flammen zu ersticken. In der Nähe schrie jemand. „Oh mein Gott. Da springt gleich noch einer."

Die Kamera wurde abrupt hochgerissen und zeigte wieder den Balkon, wo ein weiterer brennender Mann vor Schmerzen brüllend aufgetaucht war und Augenblicke später in die Tiefe stürzte. Die beiden helfenden Frauen waren gerade noch rechtzeitig zur Seite gesprungen, der brennende Mensch schlug auf dem anderen bereits am Boden liegenden Körper auf.

Der Dreadlock-Mann war wieder groß im Bild zu sehen. „Andere Leute sind gekommen und haben den Körper gelöscht und irgendwie noch erste Hilfe versucht. Aber es war zu spät, so was von zu spät. Es roch verbrannt, und alles war voller Blut. Überall Horror in den Gesichtern. Und blanke Panik.“

„Aber es war noch nicht vorüber“, hörte man die Stimme einer Reporterin.

„Nein“, sagte der junge Zeuge, senkte den Kopf und atmete tief durch. „Vielleicht eine Minute später ist noch ein dritter brennender Mann vom Balkon gesprungen und haarscharf neben den anderen gelandet.“

Wieder wurden die Worte des Mannes mit Zeitlupenaufnahmen unterlegt. Auch beim dritten Brennenden wurden die Flammen von den herbeigeeilten Menschen gelöscht.

„Haben Sie eine weitere Person in der Wohnung gesehen?“, fragte die Reporterin.

Der Dreadlock-Mann schüttelte den Kopf. „Nein. Von der Straße habe ich niemand gesehen. Aber wer außer dem Raval-Killer soll da oben gewesen sein?“

„Das ist die große Frage, die ganz Barcelona bewegt“, sagte die Reporterin. „Handelt es sich bei diesen schockierend brutalen Taten wieder um die Handschrift vom sogenannten Raval-Killer? Lassen Sie mich zusammenfassen, was bisher bekannt wurde ...“

Weiter kam die Reporterin nicht, denn eine Frau mit grauer Dauerwelle drängte ihren winzigen Körper ins Bild und rief erregt: „Ich bin der Meinung, dass der Raval-Killer sich in unsere Herzen gemordet hat. Das muss mal so klar gesagt werden. Raus mit den Drogenhändlern. Ein Hoch auf den Raval-Killer." Umstehende johlten und klatschten.

„Was für ein Scheiß", stöhnte Tonis Ex-Mann und stellte den Fernseher auf lautlos. „Wäre jetzt gerade Karneval, würden sich alle als Raval-Killer verkleiden, oder was? So ein verdammter Mist. Und ich hocke hier mit einem bescheuerten Gipsarm", grummelte er in sich hinein.

Den Abend hatte sich Tom ganz anders vorgestellt. In jedem Fall ohne Tonis Ex-Mann – wieso musste der auch auf dem Weg ins Polizeipräsidium von einem Auto angefahren werden? Und gab es niemand anders, der ihn bemuttern konnte? Zum Beispiel seine eigene Mutter. Die Berichterstattung im Fernsehen über die jüngsten abscheulichen Taten des Raval-Killers bremste Toms geplantes Romantikprogramm ebenfalls aus. Dabei hatte der Tag mit Tonis Einladung zum Abendessen in ihre Wohnung so verheißungsvoll begonnen. Frisch geduscht und rasiert hatte Tom sich auf den Weg ins Eixample gemacht. Dafür hatte er den Weg über die Ramblas hoch zur Plaça Catalunya genommen, die Menschenmassen brachten Tom erneut ins Grübeln. Außerhalb der Altstadt sah Barcelona komplett anders aus. Das Gassengewirr wurde abgelöst durch das Schachbrettmuster des Eixamples. Je weiter Tom sich von der Plaça Catalunya entfernte, umso weniger Touristen begegneten ihm, und die Gegend wurde sichtbar feiner, so wie es Toni beschrieben hatte. Tom hatte eine Vision dieses Abends: er wollte nicht die Rolle des bemitleidenswerten Säufers spielen, der nicht bei seiner alten Liebe landen konnte. Tom hatte sich vorgenommen, sich mit einem eloquenten und selbstsicheren Auftritt ins gutausgeleuchtete Schaufenster zu stellen. Welche Frauen standen schon auf weinerliche Typen? Aber alles war ganz anders gekommen.

Toni kam mit einem Tablett ins Wohnzimmer und stellte Teller mit aufgeschnittenem Ibérico-Schinken und Manchego-

Käse auf den Tisch vor die Couch. Durch das offene Fenster drang Straßenlärm hoch in ihre Wohnung.

„Xavi, eine Kleinigkeit vorweg, ein bisschen *pica* pica? Nachher gibt noch *Fideuà*, das ist doch dein Lieblingsessen."

Tom musste innerlich würgen. Der Gedanke daran, dass Toni für ihren Ex-Mann dessen Lieblingsessen auftischte, das ursprünglich für Tom gedacht war, machte ihn wütend.

„Hast du schon mal *Fideuà* gegessen?", fragte Toni.

Tom schüttelte den Kopf.

„Das sind feine, kurze Nudeln im Tintenfischsud mit Meeresfrüchten, ganz typisch katalanisch", klärte Toni auf.

„Selbst gekocht?", fragte Xavi.

„Na hör mal", regte sich Toni auf. „Meinst du, ich stelle mich jetzt noch in die Küche? Die Fideuà ist vom Delikatessengeschäft an der Ecke. Früher hat es dir immer sehr gut geschmeckt."

„Tut mir leid", murmelte Xavi, „du hast ja recht."

Jegliche Erwähnung der gemeinsamen, womöglich glücklichen Vergangenheit von Toni und ihrem Ex-Mann setzte Tom zu. Aber immerhin reichte das Glück nicht bis in die Gegenwart, und Tom freute sich über die verbale Breitseite, die Xavi getroffen hatte.

„Warum ist der Typ hier?", fragte Xavi und deutete auf Tom. „Hätte ich gewusst, dass der auch hier ist, wäre ich nicht gekommen."

Kann bei dem Typen bitte jemand die Kommentarspur ausstellen, grollte Tom in sich hinein.

Toni stellte sich mit verschränkten Armen vor die Couch. „Jetzt halt mal die Luft an", herrschte Toni ihren Ex-Mann an.

Und da war wieder die impulsive Toni, die Tom fremd war. Schon bei seinen Verwandtschaftsbesuchen in Spanien war Tom früh aufgefallen, dass viele Mädchen und Frauen in Spanien eine solche zweite Seite hatten, die manchmal wie aus dem Nichts aus ihnen herausbrach.

„Erstens hattest du gestern einen Radunfall, schau ruhig an dir runter, dein rechter Arm ist in Gips, du bist krankgeschrieben“, wetterte Toni. „Und ich habe kein gutes Gefühl, wenn du alleine in deiner Junggesellenbude bist.“ Toni strich eine Haarsträhne aus ihrem Gesicht und setzte ruhig fort. „Und zweitens: Tom und du, ihr solltet euch über die Mordfälle der letzten Wochen unterhalten. Wie sagst du immer? Ein frischer Blick und eine neue Perspektive wirken manchmal Wunder.“

„Ich werde sicher nicht mit einem unbekannten Ausländer laufende Ermittlungen besprechen“, polterte Xavi. „Und schon gar nicht mit ihm.“

Was für ein Arsch, dachte Tom.

Toni funkelte ihren Ex-Mann an und setzte sich dann ruhig auf die Couchlehne. Ihre Hand ruhte oberhalb des Gipses auf seinem Arm. „Tom war früher in Deutschland auch Polizist bei der Mordkommission in Hamburg. Wie du dich erinnern solltest, war er es, der euch auf die Spur zu Lidias Mörder gebracht hat.“

Toms Vortrag an der *Crazy Wall* hatte Toni offensichtlich nicht von ihrem Glauben an die Täterschaft des Obdachlosen abgebracht.

„Nenn es weibliche Intuition“, fuhr Toni fort, „aber ihr solltet euch austauschen. Und zwar ganz ruhig und sachlich. Vergiss nicht, dass er es war, der für heute eine weitere Tat vorausgesehen hat.“

Wenn ihr Ex-Mann jetzt noch widerspricht, überlegte Tom, reißt ihm Toni den Kopf ab. Xavi sagte eine Weile nichts, er schien sich zu sammeln und aß ein paar Scheiben Schinken. „Dann dürfte es den Herrn Superbullen nicht überraschen, wenn ich einige Fragen an ihn habe.“

„Ruhig und sachlich“, ermahnte ihn Toni, und Tom konnte ein Grinsen nur schwer unterdrücken.

„Du tauchst aus dem Nichts plötzlich bei der Lidias Beerdigung auf, und seitdem stoßen wir bei unserer Arbeit immer wieder auf dich. Ich habe mich gefragt, ob das nur Zufall war", sagte Xavi und hatte Tom erst bei den letzten Worten angeschaut.

„Du musst schon etwas konkreter werden", gab Tom zurück.

„Da du selbst in der Mordkommission gearbeitet hast, müsstest du wissen, wie groß der öffentliche Druck auf uns im Moment ist. Erst recht bei dem, was heute geschehen ist. Bei keinem der Fälle gab es an den Tatorten verwertbare DNA-Spuren. Die Auswertung des letzten Tatorts dauert noch an. Und nirgendwo gab es überragende Zeugenaussagen. Wir hatten den Fall der Touristin aus Südkorea schnell ausgeklammert, laut Zeugenaussagen war der Täter deutlich jünger als bei den anderen Taten." Xavi machte eine Pause und schien seine Gedanken zu ordnen. „Verdammt, du warst Augenzeuge, als die Touristin attackiert wurde, du wurdest genau beschrieben. Warum hast du keine Aussage gemacht?"

„Wieso ist die Polizei nicht zu mir gekommen, wenn ihr mich auf dem Radar hattet?"

Xavi rollte mit dem Augen und versuchte bestimmt, in der Anwesenheit seiner Ex-Frau nicht schon wieder auszuflippen.

„Hätte ich mich als Zeuge gemeldet, es hätte nichts gebracht."

„Wegen deiner Krankheit?"

Tom schaute zu Toni, die mit den Schultern zuckte. „Ich habe Xavi erzählt, dass du kaum Gesichter unterscheiden kannst. Das war doch okay, oder?"

Tom nickte, fand aber, dass Tonis Ex-Mann das nicht unbedingt wissen musste.

Der Ex-Mann beugte sich vor und nahm sich ein Stück Schinken. „Der ist sehr gut, Toni."

Schleimer, dachte Tom.

„Bei den anderen drei Mordfällen haben wir einen Fokus

auf die Funkzellenauswertung gelegt, um die Zahl der Verdächtigen einzugrenzen. Aber ohne Erfolg: es gab nicht eine gemeinsame Nummer."

„Das kann zwei Dinge bedeuten", folgerte Tom sarkastisch. „Entweder es ist da draußen kein Serienmörder unterwegs, oder jemand ist schlau und ist ohne Handy unterwegs oder hat es ausgeschaltet."

Tonis Ex-Mann nickte zustimmend und fuhr nach einer kurzen Pause fort: „Ist es nicht ein Zufall, dass bei den Funkzellenauswertungen auch eine deutsche Nummer auftaucht? Deine Nummer. Dazu wurde ein Mann von vierzig bis fünfzig Jahren direkt vor Lidias Haus gesehen. Zwei Tage vor ihrem Tod, und auch am Tattag."

Tom nahm sich in demonstrativer Gelassenheit zwei Käsescheiben. „Das mag schon sein", gab Tom zurück und merkte, wie sich sein Puls beschleunigte. „Nur würden wir das Gespräch nicht hier führen, wenn ich als Verdächtiger infrage kommen würde. Von meinem Mitbewohner kannte ich Lidias Adresse. Ich wollte über sie Kontakt zu Toni aufnehmen."

„Du hast also an der Haustür geklingelt?", fragte Xavi.

Wenn sein Anwalt anwesend wäre, dachte Tom, würde der ihm raten, nichts mehr zu sagen.

„Ja", antwortete Tom.

„Aber sie hat nicht geöffnet?"

„Nein."

„Was hast du gemacht? Gewartet?"

„Bei allem, was über mich bekannt ist, wundere ich mich, dass ich nicht zumindest verhört worden bin", erwiderte Tom, ohne auf die Frage einzugehen. „Ich vermute, dass der vom Gerichtsmediziner festgelegte Zeitraum des Todes sich mit meiner Anwesenheit dort nicht deckt und weder in den Zeugenaussagen noch mit der Funkzellenauswertung überschneidet?"

Tonis Ex-Mann seufzte vernehmlich.

„Und so verzweifelt ihr einen Verdächtigen präsentieren wolltet, eine ganz entscheidende Sache hat bei mir gefehlt: ich hatte kein Motiv.“

Wieder nickte Tonis Ex-Mann und legte seine Stirn in Falten.

„Ich glaube nicht, dass ihr den Richtigen schon gefunden habt. Dieser obdachlose Junkie hat Lidia mit Sicherheit nicht getötet", sagte Tom.

„Ach ja? Und was macht dich so sicher?“

Tom hatte A gesagt, jetzt war es an der Zeit für ein B. „Weil ich in Lidias Wohnung gewesen bin. Nachdem sie ermordet worden ist.“

„Ich habe es gewusst“, echauffierte sich Xavi und schüttelte den Kopf.

„Tom!“, rief Toni. „Du wolltest doch nicht, dass Xavi es erfährt.“

„Ich glaube es nicht, du hast davon gewusst, Toni. Wie konnte ich nur so naiv sein?“, grollte Xavi und schlug sich mit der flachen Hand gegen die Stirn. „Aber wie hätte es auch anders sein sollen. Bis zu seinem Schlaganfall und dem ganzen Schlamassel danach war er offensichtlich ein fähiger Polizist.“

Natürlich hatte Tonis Ex ihn überprüft, dachte Tom – er hätte es ebenso gemacht.

Eine Weile saßen die beiden Männer schweigend auf der Couch und fixierten sich gegenseitig. Toni hatte abgeräumt und war mit einem großen Tablett in der Küche verschwunden. In Toms Wahrnehmung setze sich das Gesicht seines Gegenübers wie eine kubistische Fratze von Picasso zusammen.

„Ganz im Ernst“, begann Xavi nach einer Pause, „Ich glaube auch nicht wirklich daran, dass Alejandro R. unser Verdächtiger Nummer eins ist. Wir haben keine einzige Hautschuppe, nicht ein einziges Haar von ihm in der Wohnung gefunden. Der Mann lebt seit Jahren auf der Straße, er ist ein Junkie und dürfte kaum in der Lage sein, so eine Tat zu planen und durchzuführen.

„Vielleicht würden die Beweise und Indizien sogar zu einer Verurteilung reichen", sagte Tom.

„Mag sein", antworte Xavi. „Aber damit verschwindet das Problem nicht. Wir könnten natürlich auch Glück haben, und die Mordserie reißt ab. Doch darauf würde ich mich lieber nicht verlassen. Mein Gefühl sagt mir, dass da noch mehr kommt."

Tom hörte den Ausführungen von Tonis Ex-Mann mit einer gewissen Genugtuung zu. Auf der anderen Seite konnte er sich nur zu gut in seine Lage hineinversetzen. „Also denkst du auch, dass dem Strubbelmann übel mitgespielt worden ist?"

Xavi wischte über sein Handy und hielt es Tom hin. „Das ist das Phantombild des Mannes, der den Verdacht auf Alejandro R. gelenkt haben könnte und ihm die Bilder, Kreditkarten usw. von Lidia untergeschoben haben soll." Xavi wischte ein paar Fotos weiter nach hinten. „Und das sind drei Phantombilder von anderen Zeugen."

Tom schaute auf die Bilder und zuckte mit den Schultern. Für ihn war es wieder nur Gesichtsbrei. Andere Menschen konnten sich so einen Defekt, wie er ihn hatte, nur schwer vorstellen.

„Sorry, ich hatte nicht daran gedacht, dass es für dich alles gleich aussieht. Mit diesen Phantombildern werden wir den Täter nicht überführen. Aber ganz unnütz sind sie auch nicht. Denn vom Typ her gleichen sie sich. So ist das Täterprofil deutlich geschärfter als vorher."

Der Polizist in Tom war absolut derselben Meinung. Aber das musste er Xavi nicht unbedingt mitteilen.

„Auf allen Bildern ist mit hoher Wahrscheinlichkeit ein Spanier zu sehen, 45 bis 55 Jahre alt, dunkle Haare, vermutlich auch dunkle Augen, eher helle Haut. Klein, keine 1,70 Meter."

Schlecht auf der einen Seite, ging es Tom durch den Kopf.

Der durchschnittliche spanische Mann. Andererseits wurde anhand der Phantombilder der Täterpool erheblich eingeschränkt, ganz ohne aufwendige und teure DNA-Reihenuntersuchung oder Herkunftsanalyse. Hätte man Gewebeproben an den Tatorten sichern können, die forensischen Analysemethoden waren heutzutage fantastisch. Geographische Herkunft und Alter ließ sich mit hoher Genauigkeit genauso bestimmen wie Augen-, Haut- oder Haarfarbe. In diesem Fall reichten dafür schnöde Lowtech-Phantombilder. Tom dachte erneut an die Möglichkeiten einer DNA-Reihenuntersuchung. Mit nur ein paar gefundenen Hautschuppen an den Tatorten könnte es soweit sein: bei entsprechender richterlicher Anordnung könnten massenweise Speichelproben von Männern aus der entsprechenden Gruppe im Viertel Raval genommen werden. Denn die Statistik sagte, dass Serientäter mit hoher Wahrscheinlichkeit einen kleinen Aktionsradius haben und in einer ihnen vertrauten Umgebung morden. Der Täter wohnte demnach vermutlich im Raval.

Tom lag mit offenen Augen auf der Wohnzimmercouch. Der Lärm gelegentlich vorüberfahrender Autos hielt ihn ebenso wach, wie das Schnarchen von Tonis Ex-Mann aus dem Nebenzimmer. Es war schon nach halb vier, ohne Schlaf würde der nächste Tag hart werden, und Tom hatte sich einiges vorgenommen. Auf der Couch suchte Tom vergeblich eine bequeme Einschlafposition, ihm fehlte mit Sicherheit auch die gewohnte Bettschwere. Wäre er in seiner Wohnung gewesen, hätte er die nächtliche Munterkeit ausgenutzt und sich vor die *Crazy Wall* gesetzt. Schon in seinem ersten Leben bei der Hamburger Kriminalpolizei hatte er dabei in festgefahrenen Fällen Eingebungen gehabt. Nachts zu arbeiten hatte Tom nie Schwierigkeiten bereitet. Der Raval-Killer tötete nicht nachts sondern tagsüber, in allen Fällen am späten Vormittag. Das war ungewöhnlich, und der Polizei war das natürlich ebenfalls aufgefallen. Oft schlugen Mörder nachts zu, je abgelegener und menschenleerer der Tatort umso besser die Chance unentdeckt zu bleiben. Das Gegenteil davon war das Handlungsmuster des Raval-Killers, und es warf viele Deutungsmöglichkeiten auf. War der Täter arbeitslos, oder passten die Taten in die Mittagpause? Vielleicht war er ein Langschläfer, der nachts arbeitete? Über diese und ähnliche Fragen zerbrach sich mit Sicherheit eine ganze Soko den Kopf. Wie weit lässt sich die Zahl der möglichen Täter einschränken, überlegte Tom. Vorausgesetzt der Serienmörder wohnte im Raval. Tom zückte sein Handy, eine Seite der Stadtverwaltung Barcelonas nannte 48.000 Einwohner für das Viertel. Tom interessierten nur die groben Zahlen. Also 24.000 männliche Bewohner, schlussfolgerte er, doch entgegen der normalen Bevölkerungsverteilung lebten im Raval mehr Männer als Frauen, insgesamt 26.000. Mit dem, was anhand der Zeugenaussagen wahrscheinlich war, wollte Tim schauen, wie weit sich diese Zahl reduzieren ließ, welche Fragen mussten gestellt werden. Es waren 4000 Männer im Alter von 45 bis 55 Jahren. Jeder zweite im Viertel war kein Spanier, also schrumpfte die Zahl auf 2000, denn nach den Zeugenaussagen war der Täter ein Spanier. Und zwar ein kleiner, zwischen 1,60 und 1,70 Meter groß. Männer aus dem Geburtsland seiner Mutter waren deutlich kleiner als Deutsche, wo Tom in Barcelona auch hinkam, er war stets einer der größten. Tom schätzte die Gruppe auf 500. Zog man davon noch die wenigen Blonden und Rothaarigen ab, würden 400 bleiben. Das war eine Zahl, die einen nicht gleich erschlug. Wie viele aus dieser Gruppe würden als möglicher Täter ausscheiden, weil sie zum Beispiel einen Job hatten, der es unmöglich machte, zur Mittagszeit ins Raval zu kommen, um unliebsame Mitmenschen zu töten? Die Antwort darauf würde den Täterpool erheblich einschränken, war aber auch eine harte Nuss. Wenn DNA-Material an den Tatorten gefunden werde würde, wäre der Weg zum Massengentest frei und der Fall vermutlich schnell gelöst. Vielleicht zerbrach sich ein Ermittler der Mordkommission zur selben Zeit den Kopf über diese Fragen. Aber Tom beschäftigten noch andere Fragen. Was würde dieser unfassbare Gewaltausbruch bedeuten, mit dem der Täter sich neben dem Prädikat Serienmörder auch das des Massenmörders gesichert hatte. War es die letzte Tat oder würde eine Pause folgen? Und wenn ja, wie lange würde es bis zum nächsten Mord dauern?

Tom dachte auch an den zurückliegenden Abend, der sich die Bewertung ereignisreich und kurios verdient hatte. Nach der Tintenfischfideuà mit reichlich Aioli wollte Tom eigentlich mit dem Taxi ins Raval zurückkehren. Er sah ein, dass es der Abend nicht den vom ihm gewünschten Verlauf genommen hatte. Doch eine Charmeoffensive Xavis gegenüber Toni konnte Tom nicht unbeantwortet lassen. Also blieb er und trank den ganzen Abend nur Wasser. Wenn er durch die große Wohnung zur Toilette humpelte, haderte Tom im großen Flurspiegel gelegentlich mit seinem Äußeren. Toni genoss Schmeicheleinheiten von beiden Seiten und verabschiedete sich gegen ein Uhr morgens beschwingt und mit Küsschen für beide ins Bett. Nicht aber ohne ihrem Ex-Mann den Schlafplatz im Gästezimmer und Tom den auf der Couch zugewiesen zu haben. Das hätte auch umgekehrt sein können, fand Tom.

So ganz hatte Tom das Verhältnis von Toni zu ihrem Ex-Mann noch nicht verstanden. Aber auch sein eigener Status quo zu Toni war ihm unklarer denn je. Es sprach natürlich für Tonis Charakter, dass sie ihren Ex-Mann in seiner misslichen Lage, mit dem gebrochenen Arm, unterstützte. Schöner wäre der Abend jedoch ohne Xavi gewesen. Tom war definitiv eifersüchtig, so wie Xavi es mit Sicherheit auch auf ihn war. Nur war Tom immer noch komplett verwirrt und ahnungslos, was sein Verhältnis zu Toni anging. In seiner Vorstellung hätte Toni ihn fragen sollen: ‚Wo gehörst du hin, *guirí?*'. Tom hätte mit ‚zu dir' geantwortet, beide wäre sich in die Arme gefallen und hätten sich leidenschaftlich geliebt. Mit solchen Gedanken wie aus einem Groschenroman hielt Tom sich wach. Das Handydisplay zeigte vier Uhr morgens an. Von irgendwo in der Wohnung kam der Signalton einer Handymitteilung. Im Nebenzimmer hörte das Schnarchen auf, und ein paar Sekunden später schlurfte Tonis Ex-Mann leise vor sich hinmurmelnd durchs Wohnzimmer. Xavi öffnete die Balkontür, augenblicklich schwoll der Geräuschpegel an. Von der Couch betrachtete Tom eine Weile Xavis Silhouette, schlafen konnte er sowieso nicht mehr. Also stand er auf und gesellte sich zu Xavi auf dem Balkon, der in Boxershorts und T-Shirt einhändig eine Nachricht in sein Handy tippte. Den in ihm aufkommenden Gedanken, ob Toni ihrem Ex-Mann wegen seines gebrochenen Arms aus dessen Klamotten geholfen hatte, schob Tom ganz schnell wieder zur Seite. Eine Zigarette klebte in Xavis Mundwinkel, der Rauch zog ihm derart in die Augen, dass Tom nicht anders konnte, als ihm die Kippe behutsam aus dem Mund zu nehmen.

„Danke“, sagte Xavi und tippte weiter in sein Handy.

„Arbeit?“, fragte Tom.

Xavi nickte. „Die Ergebnisse aus dem Labor sind gerade gekommen: bei einem der drei Brandopfer von gestern wurden zusätzlich zwei Schussverletzungen festgestellt, die ganz nebenbei noch nicht tödlich waren. Tatsache ist aber, dass die Projektile und Hülsen von gestern Vormittag aus derselben Waffe stammen wie beim ersten Mord an Yaku Mendoza.“

„Oh", machte Tom. „Das heißt, der Baske, dieser Iñaki, deren Anwältin der Öffentlichkeit die Story mit der Waffe im Mülleimer aufgetischt hat, könnte durchaus noch der Täter des ersten Mordes sein. Aber für die vier Toten aus dem *narcopiso* wird ein neuer Verdächtiger gesucht. Denn aus der U-Haft dürfte er zur Mittagszeit nicht mal eben verduftet sein.“

„Und schon kommt der Mann vom Phantombild mehr ins Spiel denn je“, erwiderte Xavi prompt.

Tom stimmte nickend zu. „Wenn du mich fragst, ist die Mülleimerstory des Basken wahr. Jemand hat die Pistole dort rausgenommen, und …“ Tom hielt kurz inne. „Das ist definitiv das Comeback des Raval-Killers.“

Und der hatte jetzt sechs Menschen auf dem Gewissen, vielleicht sogar sieben – die Polizei war komplett ahnungslos. Wenn nicht bald Verdächtige präsentiert werden, überlegte Tom, würde die Presse und das Netz sowieso erbarmungslos über die Polizei herfallen. Einerseits. Auf der anderen Seite würde der Raval-Killer immer mehr Anhänger finden, solange er weiter bei kriminellen und störenden Elementen aufräumen würde.

31

Der Mülleimer war gute zehn Meter entfernt. Dahinter, an der Rampe hoch zum Speisesaal der Schwestern von Mutter Teresa, stand die übliche Klientel an. Tom hatte Isi gebeten, sich im Viertel umzuhören, denn er kannte viele Obdachlose aus seiner Zeit auf der Straße. Doch die Frau mit der Narbe auf der Stirn war unauffindbar geblieben. Ebenso wenig hatte Isi Augenzeugen gefunden, die eine Person gesehen hatten, welche die Pistole aus dem Mülleimer genommen haben könnte. Jedoch kannten alle die Geschichte von dem mysteriösen Zwerg.

Tom saß bereits seit über zwei Stunden im Schatten einer Markise vor einer Bar. Dafür, dass er in der vergangenen Nacht auf der Couch bei Toni so gut wie nicht geschlafen hatte, war Tom erstaunlich munter. Er beobachtete die vorübergehenden Menschen, zeichnete eine wachsende Strichliste auf einen Zettel und machte sich Gedanken. Alle drei Männer, die am Tag zuvor wie Fackeln aus dem dritten Stock gestürzt waren, lebten nicht mehr. Der vierte Tote wurde in der ausgebrannten Wohnung von Feuerwehrleuten gefunden, die zum Löschen angerückt waren. Ob der Mann in den Flammen gestorben war oder durch eine Überdosis, würde die Autopsie zeigen. Wer zündete vier Menschen an? Die Meinung der Presse war nahezu einhellig. Die Morde gingen auf das Konto des Raval-Killers. Direkt neben dem Mülleimer hatte die Anwältin im cremefarbenen Kostüm inmitten der Pressemeute gestanden und verkündet, dass ihr Mandant die Glock 43 panisch dort hineingestopft habe, als es im Viertel nur so von Polizisten gewimmelt hatte. Es hörte sich immer noch unglaubwürdig an. Aber die Ergebnisse der kriminaltechnischen Untersuchung des Massakers vom Tag zuvor stützten diese These. In einem der Toten aus dem *narcopiso* steckten zwei Projektile aus eben dieser Glock 43.

Tom versuchte es sich vorzustellen. Es war genau drei Wochen her, auch die Uhrzeit stimmte. Dieser Iñaki I. glaubte die Polizei im Nacken zu haben. Als er die Pistole zumindest zeitweilig loswerden wollte, hatte er ein bisschen Müll angehoben, die Waffe daruntergelegt und dann schleunigst das Weite gesucht. Laut Angaben der Anwältin war ihr Mandant eine Stunde danach wieder zum Mülleimer zurückgekehrt – und die Pistole war verschwunden. Wo also war die Pistole, wer hatte sie an sich genommen? Jemand, der beobachtet hatte, wie die Waffe dort deponiert worden war, in einer Tüte. Oder jemand, der den Mülleimer durchsucht hatte, ohne Iñaki I. vorher gesehen zu haben – vielleicht ein Obdachloser. Wie passte die Story über den Zwerg dazu? Wenn sie stimmte, dürfte mit Zwerg ein kleinwüchsiger Mensch gemeint sein, da war Tom sicher. Was hatte die Frau mit der Narbe auf der Stirn genau gesagt, überlegte Tom. Er hatte die Unterhaltung mit ihr auf dem Handy aufgenommen, fiel ihm ein. Tom zückte sein Handy und hörte sie sich erneut an. Die Frau hatte die Zwergen-Story ‚von so einem großen Kerl' gehört. Zwei Dinge schossen Tom durch den Kopf: erstens könnte dieser große Kerl ein wichtiger Zeuge sein, und zweitens war Körpergröße auch immer eine Frage der Perspektive. Wenn ein besonders großer Mensch einen kleineren als Zwerg bezeichnete, musste dieser nicht außergewöhnlich klein sein. Früher beim Basketball wurde Tom mit seinen 1,85 Meter von den Centern seiner Mannschaft auch als Zwerg bezeichnet. Er schaute hinüber zu den abgerissenen Seitenkapellen der Kirche, wo immer noch ein gutes Dutzend Männer an der Essensausgabe wartete. Ein auffallend großgewachsener war nicht darunter. Für die meisten der Wartenden gehörte es zur traurigen Routine, Mülleimer zu durchstöbern. Anders als in Deutschland hatten sie es aber nicht auf Pfandflaschen abgesehen, denn in Spanien gab es kein Pfandsystem.

Zwei Polizisten näherten sich der Rampe. So unwahrscheinlich sich die Geschichte mit der Pistole im Mülleimer anhörte, sie bot einen der raren Ermittlungsansätze. Die Polizisten befragten die Männer aus der Schlange. Ein logischer Schritt, dachte Tom, aber zu dieser Zeit warteten bestimmt nicht exakt die Bedürftigen wie vor drei Wochen. Das würde eine Menge Arbeit bedeuten. Dazu würde in den Geschäften und Bars in der Nähe des Mülleimers recherchiert werden müssen. Tom erinnerte sich an die vielen stumpfsinnigen Zeugenbefragungen seiner Polizeikarriere, die ergebnislos geblieben waren.

Sein Blick fiel auf ein kleines Fahrzeug der Stadtreinigung, das sich langsam vom Kirchvorplatz her näherte. Das Fahrzeug hielt und eine Frau in gelbgrüner Arbeitskleidung steuerte mit einer Tüte in der Hand auf einen anderen Mülleimer zu. Tom erhob sich und nach ein paar Sekunden stand er bei der Mitarbeiterin der Stadtreinigung, die gerade den gefüllten Müllsack zusammenknotete.

„Ich habe eine Frage", sprach Tom die Frau mit freundlicher Stimme an.

„Schieß los", sagte die Frau und strich sich mit dem Unterarm über die Stirn.

„Hattest du auch Dienst, als vor drei Wochen im Raval diese riesige Polizeiaktion ablief?"

Die Frau, deren Haar an den Seiten ausrasiert war, steckte die neue Tüte in den Mülleimer. „Das war ein verrückter Tag. Wirklich überall war Polizei."

„Wann hast du in dieser Straße die Müllsäcke gewechselt?"

Mit dem vollen Müllsack ging die Frau zum Müllwagen, Tom folgte ihr. „Das muss gegen 14 Uhr gesehen sein. Wegen der ganzen Hektik an dem Tag ist der Zeitplan komplett verrutscht. Normalerweise bin ich eine Stunde früher dran."

„Danke." Tom zog eine Zigarettenpackung aus der Hosentasche und hielt sie der Frau hin, aus deren Ärmel eine Tätowierung herauslugte. „Willst du eine?"

„Gerne."

Tom gab der Frau die ganze Packung. Iñaki Ibarra will seine Pistole gegen 12 Uhr in den Mülleimer gelegt haben, überlegte Tom, und eine Stunde später war er wieder dort. Da die Frau von der Stadtreinigung erst gegen 14 Uhr den Müllbeutel gewechselt hatte, schien es unmöglich, dass die Pistole in einem Müllsack verschwunden war.

Zurück an seinen Platz unter der Markise bestellte Tom ein Bier. Die Polizisten setzen ihre Befragung an der Rampe tapfer fort, zwei Ordensschwestern mit weißen Hauben waren hinzugetreten. Tom betrachtete die vorübergehenden Menschen. Ein Mann mit Krücke schleppte sich die Rampe hinunter und steuerte auf den Mülleimer zu, in dem die Pistole vermutlich gelegen hatte und begann in ihm zu wühlen. Nach ein paar Momenten zog er das Gerippe eines kleinen Regenschirms hervor und reckte es in die Luft.

„Ich bin der Raval-Killer, ich bin der Raval-Killer", schrie der Mann, stocherte mit dem kaputten Schirm in alle Richtungen und presste Schussgeräusche raus, wie ein Junge, der Cowboy und Indianer spielte. „Ich bin der Raval-Killer, ich bin der Raval-Killer."

Vorübergehende blieben stehen, lachten oder schüttelten den Kopf. Eine junge Frau filmte, wie der Mann auf einem Bein hüpfte und den Kopf wild hin und her schmiss. Die junge Frau setzte das Handy ab und fing an zu tippen. Wahrscheinlich waren dem Mann mit der Krücke unter #ravalkiller seine fünfzehn Sekunden Ruhm sicher.

Tom orderte noch ein Bier und betrachtete den hüpfenden Mann mit Krücke und Regenschirm. Das hört sich an wie der Name eines Gemäldes von Joan Miró, dachte Tom und lächelte sein schiefes Lächeln. Im Kunstunterricht hatte er vor einer Ewigkeit für Mirós „katalanischer Bauer mit Gitarre" eine Interpretation verfassen müssen. Erstaunlich, an was er sich noch erinnern konnte. Offensichtlich benötigte es dafür nur den richtigen Reiz. Die unterhaltsame Skurrilität der Szenerie konnte aber die tragische Note nicht überdecken. Der Mann mit dem Regenschirm hatte irgendwann sicher auch andere Vorstellungen für sein Leben gehabt. Tom durchblätterte den Lokalteil der Zeitung und quittierte die Notiz über die Verhaftung des Typen, der die südkoreanische Touristin umgebracht hatte, mit einem Schulterzucken. Tragische Geschichte, Tom hatte von Anfang an gewusst, dass es keinen Zusammenhang zu den anderen Toten gab.

In den vergangenen beiden Wochen war nie viel Zeit vergangen, ohne dass Tom nicht an Toni dachte. Wie mochte das wohl bei Toni sein? Darüber hatte er sich bisher kaum Gedanken gemacht. Wie er Toni sah, war klar umrissen: eine Halbgöttin aus den Tiefen seiner Vergangenheit. Nur halb so euphorisch würde Tom sich Tonis Urteil wünschen. Aber die Realität hielt für Tom eine andere Rolle bereit. Er war ein Mann mit schiefem Gesicht, der auf die Fünfzig zuging, zu viel trank und das Bein nachzog. Und was hatte Tom an inneren Werten zu bieten? Tonnenweise seelischen Ballast seiner unaufgearbeiteten Vergangenheit. Inhalt problematisch, Verpackung mangelhaft, so fiel Toms Urteil über sich selbst aus. Er sollte schleunigst an sich arbeiten, sonst würde er Toni nicht für sich begeistern können. Vielleicht sollte Tom damit anfangen, Toni Fragen zu stellen. Alles drehte sich um die Morde und um Toms Befindlichkeiten. Frauen Fragen zu stellen, sie zum Erzählen bringen, ohne dass man etwas von sich preisgeben musste – das war damals eine von Claus' Theorien, um Frauenherzen zu erobern. Seiner Meinung nach liebten es Frauen zu erzählen, und sie liebten Männer, die zuhören konnten. Doch auch diese Theorie hatte Claus meist nicht den gewünschten Erfolg gebracht, dachte Tom und fragte sich, wie es Claus wohl heute ging. Ihre Wege hatten sich ein paar Jahre nach dem gemeinsamen Barcelona-Trip getrennt. Claus hatte es zum Studieren nach Freiburg gezogen, Tom war im Norden geblieben und wurde in Hamburg Polizist. Tom zückte sein Handy und gab Claus-Dieter Bulinski ein. Warum hatte er das nicht schon viel früher gemacht? Vielleicht hatte es auch mit seiner Selbstzentriertheit zu tun. Doch bevor Tom auf den Autoaggressiv-Piloten schaltete, brachten ihn die Ergebnisse seiner Anfrage, und besonders die Fotos, zum Schmunzeln. Claus war Prinz einer schwulen Karnevalsgarde und lebte mit seinem Mann irgendwo am Niederrhein. Bilder der Trauung waren auch zu sehen, Claus und sein Mann trugen Lederoutfits – ob das nur ein Spaß war?

Tom nahm sich vor, auch mehr über Tonis Leben in Erfahrung zu bringen, und es konnte zumindest nichts schaden, wenn er seinen Anteil bei der Aufklärung am Mord an Lidia leisten würde. Und wie es aussah, musste dafür der Raval-Killer zur Strecke gebracht werden.

Die Polizisten setzten unermüdlich ihre Befragungen an der Rampe fort. Das war harte, analoge Polizeiarbeit, und eine Suche nach der Nadel im Heuhaufen. Tonis Ex-Mann hatte während der Ermittlungen die richterliche Genehmigung für Funkzellenabfragen erhalten. Das war das ganz große Kaliber. Für solche Verbrechen aus dem obersten Regal war sie hauptsächlich ersonnen worden. Mord, Terrorismus, Kindesmissbrauch. Doch welcher Verbrecher, geschweige denn Serienmörder nahm heute zu seinen Taten noch das Handy mit? War das Handy dabei, ließ sich im Nachhinein der Aufenthaltsort einer Person zu einem bestimmten Zeitpunkt überprüfen. Problematisch war aber schon die Größe der Funkzellen, die in der Stadt meist einen Radius von ein paar hundert Metern hatten. Wer so alles in einer Funkzelle auftauchte. Anwohner, Lieferanten, Touristen, jede Menge Beifang. Aber nur selten der Täter, denn dessen Handy war ausgeschaltet, lag zuhause oder er benutzte ein Prepaid Handy aus Portugal oder Tschechien, wo man sich nicht registrieren lassen musste. Bezogen auf die Mordserie im Raval würde in der besten aller möglichen Welten ein Täter mit eingeschaltetem Handy alle Taten begangen haben, und bei jeder würde seine Nummer in einer Funkzelle geortet werden. Und wenn noch andere Nummern genauso häufig auftauchten? Per Bestandsdatenabfrage ließ sich ganz ohne richterliche Genehmigung Name und Adresse zuordnen, so kannte Tom es aus Deutschland, und ähnlich dürfte es auch in Spanien sein, vermutete er. Die wenigen Namen wären schnell bewältigt, der Täter rasch überführt. Doch derart ideal lief es für die Polizei höchst selten. Ging man davon aus, dass die Pistole bis zu einer Stunde lang im Mülleimer und somit in der Funkzelle gelegen hatte, könnten zigtausende Menschen auf der Liste auftauchen. Die Funkzellenabfrage war also meistens ein stumpfes Schwert, das wusste Tom aus Erfahrung. Und dann kamen ja noch die Einwände von Datenschützern, die nicht immer unberechtigt waren, wie er fand.

Tom malte zwei weitere Striche auf den Zettel. Der Täter hatte zwar bisher keine Spuren hinterlassen, aber es existierte immerhin eine Beschreibung. Ein kleiner spanischer Mann, ungefähr so alt wie Tom, mit dunklen Haaren. In den vergangenen drei Stunden hatte Tom 23 Striche auf dem Zettel gezogen. 23 Männer, die ungefähr der Beschreibung des möglichen Täters entsprachen. Alles sehr vage, aber besser als nichts, fand Tom. Vielleicht war der Raval-Killer an ihm vorbeigekommen, vielleicht auch nicht. Tom bestellte ein weiteres Bier. Er wollte weiter auf seinem Platz bleiben und die vorübergehenden Durchschnittsspanier genau studieren.

Drei Bier später machte es bei Tom Klick, und er erkannte bei vielen der Vorübergehenden ein gemeinsames Merkmal. Fast jeder zweite, der an Tom in Richtung Kirchvorplatz vorüberging, trug einen leeren Einkaufsbeutel bei sich, zog oder schob eine fahrbare Tasche, deren offizieller Name wohl

Shopping Trolley lautete. Da war schon wieder ein Reiz, der Tom in die Vergangenheit zurückwarf. Seine Schwiegermutter hatte ebenfalls ein solches Vehikel zum Einkaufen benutzt und dieses stets Hackenporsche genannt. Diese Erinnerung rang Tom ein kurzes Lächeln ab, obwohl seine Schwiegereltern und besonders Mellis Mutter ihm nie das Gefühl gegeben hatten, in ihrer Familie willkommen zu sein. Im Gegenteil, sie hatte ihn gehasst. Tom schob diese Gedanken beiseite und ihm fielen die oft gut gefüllten Einkaufstaschen in der Gegenrichtung auf, die Geschwindigkeit der Trolleys war meist sichtbar reduziert. Die Bedienung näherte sich mit Biernachschub.

„Wo kommen die Menschen mit den Einkäufen her?", fragte Tom.

„Die meisten sicherlich aus der Boqueria", gab die junge Frau hörbar erstaunt zurück und griff nach dem leeren Bierglas.

„Vom Markt?", wollte Tom vorsichtig wissen, und sein Blick fiel kurz auf den tätowierten Oberschenkel der Bedienung, auf dem das Konterfei von Clint Eastwood die Aufmerksamkeit erregen musste.

„Ja, natürlich vom Markt!"

Gleich würde ihn die Frau als *guiri* bezeichnen.

„Du bist wohl nicht von hier?"

Tom schüttelte den Kopf.

Die Bediendung deutete mit dem Kopf zur Seite. „Die Boqueria liegt keine zwei Minuten zu Fuß von hier."

Tom kam zum x-ten Mal von der Toilette zurück. Er fühlte sich von dem ganzen Bier noch nicht besonders angezählt, nur ziemlich schläfrig. Die Pistole war zur Mittagszeit aus dem Mülleimer verschwunden, vielleicht war der Raval-Killer mit seinen Einkäufen hier entlanggekommen. Ob das auch heute der Fall gewesen ist, fragte sich Tom. Und wenn ja, hatte er den Mörder mit einem Strich auf dem Zettel bedacht? Um den Raval-Killer zu finden brauchte Tom noch einen gescheiten Filter und mindestens eine Stunde Nachmittagsschlaf.

32

Tom döste auf der Matratze. Über ihm rotierte der Ventilator und bewegte die stickige Luft. An der Wand neben Tom stand die schwarze Silhouette des großen Unbekannten im Zentrum seiner *Crazy Wall.* Aber die Erkenntnisse blieben leider zu unbedeutend, das Profil des Täters unscharf. Tom stand vor einem Haus ohne Türen, auf der Suche nach dem verborgenen Zugang. Was er hatte, war nicht wirklich viel, und die Polizei wusste offensichtlich keinen Deut mehr. Die Erkenntnisse der massiven Zeugenbefragungen der Polizei um den Mülleimer herum schätzte Tom als wenig hilfreich ein. Falls es überhaupt brauchbare Aussagen gab, dürften die in erster Linie das Bild des Täters zwar zementiert, aber nicht weiter geschärft haben. Nur wenn ein Zeuge in dem Mann am Mülleimer eine ihm bekannte Person erkannt haben sollte, würde es den Fall voranbringen und der Polizei den ersehnten Verdächtigen präsentieren. Da der große Unbekannte in Toms Augen im Raval wohnte, war dieses Szenario durchaus möglich – aber unwahrscheinlich. Die Polizei von Barcelona war für Tom gleichbedeutend mit Tonis Ex-Mann, und wenn er nur an ihn dachte, verdunkelte sich seine Laune – trotz der Annäherung in Tonis Wohnung. Umso mehr musste er sich ins Zeug legen, um für Toni zu glänzen. Aber er durfte sich nicht verrennen.

Auf der Polizeischule hatte ein Ausbilder kurz vor der Pensionierung den Schwarzweißfilm *Es geschah am hellichten Tag* gezeigt. Heinz Rühmann spielte darin einen Kommissar, der eine Tankstelle mietete, um dort einen Kindermörder zu fassen, welcher in der Nähe mehrere kleine Mädchen umgebracht hatte. Der Plan des Kommissars ging auf. Eines Tages steuerte der Kindermörder die Tankstelle an, und der Polizist überführte ihn. Der Fall wurde auch durch Beharrlichkeit gelöst, eine wichtige Polizistentugend, so predigte es der Ausbilder. Kurz nach dem erfolgreichen Kinofilm erschien der Roman

Das Versprechen, wie das Drehbuch des Films ebenfalls von Friedrich Dürrenmatt, von dem Tom in der Schule *Der Besuch der alten Dame* lesen musste. Im Roman mietete der Kommissar ebenfalls die Tankstelle, nur hielt der Mörder dort nie an, und der Kommissar verlor nach Jahren darüber den Verstand. Beharrlichkeit war wichtig, das hatte der betagte Ausbilder Tom und seinen jungen Kollegen eingebimst. Aber man musste auch einen Schritt zurücktreten und die Fakten realistisch bewerten können, um nicht wie der Kommissar in *Das Versprechen* am Ende abgestumpft und dem Wahnsinn nahe auf der Bank neben der Tankstelle vor sich hinzustieren, von einem einzigen Gedanken durchdrungen: So lange zu warten, bis der Täter eines Tages kommen würde. In einer Schreckensvision sah Tom sich auch noch in Jahren in der Bar mit Blick auf den Mülleimer sitzen. Jeder vorübergehende kleine Spanier mit dunklen Haaren würde gewissenhaft von Tom protokolliert werden, doch neue Erkenntnisse würde er nicht sammeln. Das Observieren würde längst zur Obsession geworden sein. Weder an seine einstige oberste Direktive noch an die Liebe zu Toni würde er sich noch erinnern können. Sollte Tom am nächsten Tag in die Bar an der Kirche zurückkehren? Und am übernächsten Tag? Verdammt, dachte Tom, der Raval-Killer marschiert in aller Seelenruhe durch das Viertel. Die Chancen standen gut, dass er schon direkt an Tom vorbeigekommen war. Er sah ein, dass mindestens ein weiterer Filter notwendig war, um der Lösung näherzukommen. Und ein paar gut eingeschenkte geistige Getränke.

Also tauschte Tom die Matratze gegen den Barhocker im Rincón Andaluz. Der Laden war so voll wie selten, und Pedro hatte alle Hände voll zu tun. Tom kippte seine Mischung mit geschlossenen Augen hinunter, gleich würde er eine neue ordern. Im allgemeinen Gemurmel hörte Tom in der Küche Besteck zu Boden fallen, und ihm entging auch nicht, dass sich am Eingang ein Mann mit spanischem Akzent auf Englisch mit einer Frau unterhielt, die wahrscheinlich aus London kam. Von der Straße zog Zigarettenqualm in die Bar, und wenn Pedro an ihm vorbeihastete, nahm Tom dessen leichten Schweißgeruch wahr. Seit dem Unfall und der Unfähigkeit Gesichter wie gesunde Menschen zu deuten und wiedererkennen zu können, hatte Tom manchmal das Gefühl, seine anderen Sinne würden umso stärker aktiviert. Jedenfalls solange er halbwegs nüchtern war. Das bildete er sich nicht nur ein, dieses Phänomen gab es doch auch bei Blinden, deren Gehör oder Geruchssinn für die nicht verarbeiteten optischen Reize einsprangen. Vielleicht entstand bei Tom eine neue Form der Wahrnehmung, so eine Art sechster Sinn. Tom mutierte zu einem Super-Ex-Bullen, das wäre es. Dann könnte er sich doch in die Bar am Mülleimer setzen, den Polizisten bei ihrer verzweifelten Suche zuschauen, bis schließlich sein Upgrade-Sensorium den Raval-Killer im Alleingang dingfest machen würde. Tom hatte schon lange nicht mehr den ganzen Tag getrunken. Vermutlich würde er weiter Drinks bestellen, bis Pedro zumachte und, vielleicht gemeinsam mit ihm zu Mötley-Crüe-Songs grölen. Doch irgendwie hatte Tom das Gefühl, der Abend würde ihm noch gute Einfälle bringen. Um sich nicht weiter die Sinne zu vernebeln, bestellte er bei Pedro eine Cola. Ohne alles.

„Ernsthaft?“, fragte ihn Pedro.

„Ja, ernsthaft. Und außerdem eine Portion Paella.“ Tom hatte den ganzen Tag noch nichts gegessen.

Pedro nahm die Speisekarte und schob sie zu Tom rüber. „Wenn du da drin Paella findest, mache ich dir eine.“

Tom blättere verwundert durch die Karte. „Ich hätte wetten können, bei dir gibt es Paella. Sachen gibt's!“

„Soll ich dir stattdessen *patatas bravas* bringen?“

„Klasse Idee. Und was von dem leckeren Schinken.“

Tom spukte weiter ein Gedanke durch den Kopf. „Letzte oder vorletzte Woche bin ich auf dem Weg zurück vom Klo auf Reiskörnern ausgerutscht. Ich bin sicher, da stand ein großer Sack Reis im Gang."

„Nimm es nicht persönlich. Aber wenn du zu vorgerückter Stunde von der Toilette kommst, kommt mir hauptsächlich ein Grund in den Sinn, warum du stürzen solltest. "

„Du meinst, weil ich meistens leicht angetrunken bin?"

„Glaub mir"

„Und da war wirklich kein Reissack?"

Pedro schüttelte den Kopf.

„Was mischt du mir in die Drinks?" Tom verdrehte die Augen und lachte.

Auch Pedro lachte. „Wenn ich morgen Vormittag auf den Markt gehe, mache ich mir Gedanken, wie ich meine Karte zu deiner Zufriedenheit erweitern kann", sagte Pedro und verschwand in der Küche.

Während Tom Pedro dabei zuschaute, wie er feine Scheiben von dem im *jamonero* eingespannten Schinken abschnitt, trank Tom einen großen Schluck Cola – das war wie feuchtes Durchwischen in seinem versifften Oberstübchen. Ihm kam eine Idee, als er von der Toilette zurückkehrte und im Flur das Plakat von einem alten spanischen Schwarzweißfilm sah. Sofort dachte Tom wieder an *Es geschah am helllichten Tag*. Er würde keine Tankstelle mieten wie Heinz Rühmann, sondern noch eine Wohnung im Raval und sie wie *narcopiso* herrichten. Der Raval-Killer würde davon erfahren und ihm in die Falle gehen. Tom merkte selbst, dass er an dem Plan noch arbeiten musste. Aber die Grundidee war nicht schlecht. Doch schnell überfielen ihn Bedenken. Was war eigentlich, wenn der Raval-Killer genug gemordet hatte, wenn er in eine andere Stadt ziehen oder bei einem Unfall sterben würde. Oder vielleicht war er in diesem Augenblick bereits tot? Tom sah sich dem Wahnsinn nahe in einer verwahrlosten Wohnung hocken, immer wieder Sätze vor sich hinmurmelnd: ich warte so lange, bis der Täter eines Tages kommen wird.

Und wenn er kommt, werde ich Ihn erkennen.

Neben dem Tresen betrachtete Tom einen Bilderrahmen, der ihm zum ersten Mal auffiel. Es war ein Diplom, das Pedro Sevillano Quesada als zertifizierten Schinkenschneider auswies. Was für ein typisch andalusischer Name. Dazu noch die Fahne von Betis Sevilla und die Liebe zu Mötley Crüe. Und Pedro war nicht verheiratet. Das war aber auch schon alles, was Tom über den Barmann seiner Stammkneipe wusste. Was Tom wohl im Suff alles von sich bereits preisgegeben hatte?

Ehe Tom sich versah, hatte sich die Bar geleert, die Stühle waren hochgestellt, und Pedro fegte die zusammengeknüllten Papierservietten und den restlichen Dreck auf dem Boden zusammen. Tom rutschte vom Barhocker und befand, dass für einen gelungenen Abend noch ein Song von Mötley Crüe fehlte. Wenig später schmetterten beide *Looks That Kill* – ziemlich schräg, aber dafür textsicher.

*

Die Nachtluft war herrlich mild, und Tom schwankte summend seiner Wohnung entgegen. Er zückte sein Handy und steckte es gleich wieder ein. Wie gerne würde er Toni anrufen. Aber wenn es etwas gab, das überhaupt nicht zur Debatte stand, dann ein Anruf mitten in der Nacht von einem … was war Tom eigentlich für Toni? Ein Verehrer, ein Ex-Freund, eine Sommerliebe, ein Ärgernis? Tom holte sein Handy erneut hervor, und nach ein paar Versuchen fand er das alte Foto von 1992 in der Galerie. War es nicht natürlich, dass er aus dieser Vergangenheit so viel wie möglich in seine trostlose Gegenwart überführen wollte? Tom stellte sich in den Hauseingang, ein Müllwagen näherte sich langsam, verschluckte gierig Säcke und verschwand sanft brummend um die Häuserecke. Es war erstaunlich, wie oft in dieser Stadt Müllabfuhr und Stadtreinigung unterwegs waren. Aus seiner Hosentasche kramte Tom seine Schlüssel. Er hob den Kopf und bemerkte, dass es nicht die richtige Haustür war. Zwar zog sich das gleiche Kabelwirrwarr über die Hauswand, aber Tom war falsch. Er schaute sich um. In seinen Gedanken an Toni musste er zu spät abgebogen sein. Vor Tom erhob sich bedrohlich die mächtige Fassade von Sant Agustí. Ohne es zu merken, war Tom an dem Mülleimer vorbeigekommen, in dem die Pistole gelegen haben soll. Tom ging weiter und umkurvte eine Baustelle, an der Straßenplatten gestapelt neben einer mobilen Absperrung lagen. Für ein paar Momente spielte Tom mit dem Gedanken, in das aufgerissene Erdreich zu pinkeln. Er blickte in die Baugrube, in der kaputte Plastikröhren und abgerissene Kabel von einer Laterne erhellt wurden. Dunkle, zähe Flüssigkeit am Boden der Grube reflektierte das schwache Licht, es roch nicht gut. Toms Gedanken schweiften ab, und er sah durchtrennte Arterien und zerfetzte Organe, ihm war, als blickte er in ein ausgeweidetes Tier. Was soll das bedeuten, sinnierte Tom. War das eine Metapher? Sah so der Zustand des Viertels aus? Nicht nur ernst, sondern hoffnungslos? Oder gar sein eigener? Solche Bedeutungsübertagungen waren natürlich Stuss, auch wenn weder das Viertel noch Tom sich momentan in Topform präsentierten. Außerdem lebte er in einer Gegend, in der ein Serienmörder sein Unwesen trieb – da konnte man schon auf komische Ideen kommen. Tom kickte mit der Fußspitze ein paar Brocken Erde in die Grube, Flüssigkeit spritzte auf, Reflektionen tanzten darin, alles beruhigte sich wieder. Er dachte an die Strichliste und die Männer mit Einkaufstüte und Hackenporsche, die ihre Besorgungen auf dem nahen Markt erledigten. Ein schwankender Mann kam ihm entgegen. Augenblicklich spürte Tom Panik aufsteigen. Hatte der Typ ihn aus dem Rincón Andaluz verfolgt, und trug er nicht eine Stange in der Hand, mit der er Tom im nächsten Augenblick den Schädel einschlagen würde? Tom wich zurück, versuchte bei der Baustelle irgendetwas zur Verteidigung aus dem Boden zu zerren. Fast wäre er dabei rücklinks in die Baugrube gestürzt. Doch der Mann ging an Tom vorbei. Er war auch nicht mit einer Stange bewaffnet, sondern hatte einen zugeklappten Regenschirm in der Hand. Es war ein ganz gewöhnlicher Mann, ermahnte sich Tom. Fast so groß wie er. Kein Zwerg. Keine Gefahr. Und auch nicht für seine Strichliste geeignet.

*

Aus der halboffenen Tür zum kleinen Zimmer drang das regelmäßige Atmen von Isi und Macky. Tom schlich ins Badezimmer und putzte sich die Zähne. Aus dem Kühlschrank nahm er eine Flasche Wasser mit zu seiner Matratze, merkwürdigerweise war Tom nicht müde. Er kramte die kleinen Kopfhörer aus der Wäschetasche und suchte auf dem Handy nach einer Playlist von Mötley Crüe. Zu den ersten Takten von *Girls, Girls, Girls* nickte Tom mit dem Kopf mit und kicherte. Wer konnte schon von sich behaupten, in seiner Stammkneipe mit Headbanging zu Glam-Metal-Klängen in die Nacht verabschiedet zu werden. Pedro, zertifizierter Schinkenschneider und Betis-Fan. Er war zum echten Fixpunkt in Toms Leben geworden.

Was konnte man über eine x-beliebige Person auf die Schnelle aus dem Internet in Erfahrung bringen? Viel, das wusste Tom natürlich. Und je jünger die Person war, umso mehr. Was lässt sich noch über Pedro rausfinden, dachte Tom, und gab Pedro Sevillano Quesada in die Browserzeile seines Handys ein. Direkt der erste Treffer führte Tom zu einem Blog mit der Überschrift *Wem gehört die Stadt?* Tom überflog den zehn Jahre alten Post, er berichtete über eine Demonstration, die gegen die zunehmende Gentrifizierung und steigende Mieten im Raval gerichtet war. Auf so einer Demo hatten Toni und er Pedro vor ein paar Tagen am MACBA getroffen. Als die Typen mit den Guy-Fawkes-Masken die Bühne gekapert und *Raval-Killer* skandiert hatten. Weiter unten im Text war eine jüngere Version von Pedro zu sehen, das sagte jedenfalls die Bildunterschrift. Dicht neben ihm, fast schon untergehakt, stand eine Frau mit langen lockigen Haaren und lachte in die Kamera. Laut Bildunterschrift hieß sie Carmen Utrera Carmona. Noch so ein typisch andalusischer Name, dachte Tom. Ob das Pedros Frau war? Oder besser gesagt seine Ex-Frau, Pedro hatte Tom vor ein paar Tagen seine Hand ohne Ehering gezeigt. Seit Jahren jeden Tag von 16 Uhr nachmittags bis zwei Uhr morgens hinter dem Tresen im Rincón Andaluz, vorher noch in der Küche, und hinterher musste der Laden aufgeräumt werden. Fürs Eheleben war das natürlich eine Katastrophe, niemand wusste besser als Tom, was extreme Arbeitszeiten einer Ehe zufügen konnten. Er schaute und tippte auf einen der weiteren oberen Treffer in der Liste und wurde zu einem Bewertungsportal geleitet, wo Kunden das Rincón Andaluz mit durchschnittlich vier von fünf Sternen bewerteten. Die Vokabeln urig und authentisch fielen ihm sofort ins Auge, und er musste an die Gruppe deutscher Touristen denken, die vor Toms Augen im Rincón Andaluz ausgeraubt worden waren. Ein Nutzer beschrieb den Wirt Pedro Sevillano Quesada als kauzig, ein anderer als coolen Typen. Eine eigene Website für die Bar schien es nicht zu geben.

Hatte Pedro Kinder? Darüber hatte Tom sich bisher nie Gedanken gemacht, und Pedro hatte von sich aus nichts erzählt. Jeder Spanier hatte zwei Nachnamen, zusammengesetzt aus dem ersten Nachnamen des Vaters und dem ersten Nachnamen der Mutter. Aber oft wurde der zweite Nachname weggelassen. Wenn Pedro Kinder hatte , gehörten die zur Generation Facebook, und es gab fast niemanden, der nicht breite Spuren online hinterließ. Tom tippte die beiden ersten Nachnamen der Eltern ein, Sevillano und Utrera. Doch der Browser schien sich aufgehängt zu haben. Tom versuchte es erneut, wieder ohne Ergebnis. Es war spät, Tom trank einen großen Schluck Wasser und löschte das Licht.

33

Tom wachte aus einem traumlosen Schlaf auf und sah als erstes die Umrisse des großen, oder, nahm man die Zeugenaussagen ernst, eher kleinen Unbekannten im Zentrum seiner *Crazy Wall.* In der Küche fiel etwas scheppernd auf den Boden.

„Sorry“, rief Macky. „Nur ein Topf.“

Tom nahm sein Handy, es war kurz vor zwölf Uhr.

„Komm bitte mal rüber“, sagte Tom.

„Habe ich dich geweckt?“, fragte Macky, der eine Kochschürze mit der Aufschrift *Mr. Good Looking is cooking* trug.

Tom winkte ab. „Passt schon. Bereitest du das Mittagessen vor?“

„Ja. Es gibt *ceebu jen*, das ist ein senegalesisches Nationalgericht.“

Tom nickte höflich, die Information war Macky bereits mehr als einmal losgeworden.

„Was hältst du davon?“, fragte Macky.

„Hast du schon angefangen?“

„Nein. Irgendwelche Extrawünsche?“

„Wie wäre es, wenn du uns zur Abwechslung eine Paella auf den Tisch zauberst.“

Macky überlegte kurz. „Na klar. *Marinera* oder *valenciana*?“

Tom musste grinsen. Wer so eine Frage stellte, integrierte sich blendend in seine neue Heimat. „*Valenciana* mit Kaninchen, Huhn und Artischocken. Das wäre lecker. Die *marinera* mit Meeresfrüchten ist was für Touristen.“

Beide lachten.

Mit dem Handtuch wischte Tom den Wasserdampf vom Badezimmerspiegel und betrachtete sein Gesicht. Manchmal hatte er ein klares Bild von sich. Dann sah Tom die feinen

Linien um die Augen. Wenn er lachte, war er sich nicht nur der Asymmetrie seines Gesichts bewusst, sondern nahm auch die Falte wahr, die sich auf Höhe der Nase in Richtung des Mundwinkels immer tiefer in die Haut grub. Oft aber blickte er sich an und war nicht in der Lage, sich selbst zu fassen. Und noch während sein Hirn versuchte, die vielen Informationen zu verarbeiten, überlagerten die tief sitzenden Erinnerungen an sein früheres Ich die schiefe Fratze der Gegenwart. Wie Toni ihn wahrnahm, wusste er nicht. War Tom für sie überhaupt liebenswert, bestand die Chance, dass sie seine Gefühle erwiderte? Tom erinnerte sich an Claus und dessen ganz spezielle Taktik bei Frauen. *Playing hard to get.* Noch so einer von seinen Tipps. ‚Wenn du dich rar machst, wirst du für die Frauen interessant.' Tom hatte den Klang von Claus' Stimme noch genau im Ohr. ‚Wenn du immer um die Frauen herumscharwenzelst, immer verfügbar bist, wird das nie was.' Der, bei dem es am wenigsten geklappt hatte, war natürlich Claus selbst. Aber wenn Tom den Fotos und den Infos glauben konnte, die er bei der kurzen Suche nach Claus gefunden hatte, war er mittlerweile erfolgreich gewesen. Er hatte sehr wahrscheinlich nur viel zu lange seine Netze an der falschen Stelle ausgeworfen. Tom musste grinsen, als er an Claus' Schwärmen für den US-Schwimmstar Matt Biondi dachte.

Toni hatte klare Ansagen gemacht. Aber trotzdem mied sie Tom nicht, im Gegenteil. Das war doch ein gutes Zeichen. Tom nahm sich vor, die kurze gemeinsame Vergangenheit, die beide verband, in sich zu verschließen. Frauen waren besser in so was, sie ließen Dinge leichter hinter sich und benutzten sie nicht als stetigen Quell, um Handlungen der Gegenwart zu begründen. Das wäre vielleicht nicht die ungesündeste Herangehensweise. Doch schon war Tom in Gedanken gar nicht mehr bei Toni und was sie für ihn fühlte oder auch nicht, sondern an dem Punkt seiner Vergangenheit, den er niemals hinter sich lassen würde. Im Spiegel blickte Tom in das Gesicht seines Sohnes. Diese Wunde würde bleiben. Er hatte Falk die Mutter genommen. Wie sollte er sich das jemals verzeihen? Wie sollte sein Sohn ihm das jemals vergeben? Tom schloss die Augen und rieb das Handtuch auf dem Spiegel so lange hin und her, bis sein Arm schmerzte. Er schlug die Augen wieder auf und blickte in sein erschrockenes Gegenwartsgesicht.

*

In der Wohnung duftete es appetitlich, und Tom freute sich aufs Essen mit seinen beiden Mitbewohnern. Er schaute Macky in der Küche über die Schulter, doch es würde noch ein bisschen dauern – eine Paella bereitete sich nicht in zehn Minuten vor. Wie sein Leben wohl verlaufen wäre, hätte er nicht Macky und Isi bei sich aufgenommen? Vielleicht wäre Tom seinem ursprünglichen Ziel schon deutlich näher gekommen. Die Todessehnsucht, das permanente sich-selbst-Bestrafen war zu großen Teilen im harmonischen Miteinander der Wohngemeinschaft verpufft. Toms finanzielle Reserven würden den Laden noch eine Weile am Laufen halten. Wie es am Ende des Geldes weitergehen würde, wusste Tom noch nicht. Was ihn besonders freute: Isi hatte wieder Arbeit auf dem Bau gefunden.

Halb in seinen Gedanken versunken nahm Tom die umgefallene Reispackung auf der Arbeitsplatte der Küche aus dem Augenwinkel wahr, ehe er im nächsten Augenblick der rücklings Boden lag. In der kurzen Sekunde bevor der Schmerz in seinem Hirn angekommen war, merkte Tom, dass sich in seinem Unterbewusstsein irgendetwas machtvoll auftürmte. Doch zunächst funkte der schnöde Schmerz dazwischen. Tom jaulte kurz auf und hielt sich seinen Steiß.

„Ist es schlimm?“, fragte Macky besorgt und eilte zur Unfallstelle.

„Geht schon“, presste Tom mit zusammengebissenen Zähnen heraus.

Von Macky unterstützt kniete Tom sich hin und tastete den Küchenboden ab. Er quetschte ein paar Reiskörner zwischen seine Fingerkuppen und zeigte sie Macky. „In Deutschland heißt es, dass 80% aller tödlichen Unfälle im Haushalt passieren“, sagte Tom und versuchte ein Lächeln. „Also Vorsicht.“

„Mann, das tut mir so leid“, gab Macky zerknirscht zurück. „Ich fege das gleich weg.“

Die Reispackung war umgefallen, und Reis hatte sich unterhalb der Arbeitsplatte auf dem Küchenboden verteilt. Das Unterbewusstsein klopfte nicht an, es trat die Tür ein. Natürlich war Tom auch vor ein paar Tagen im Rincón Andaluz auf Reis ausgerutscht, er hatte den riesigen 10-Kilo-Reissack mit dem Loch, aus dem der Reis rausgerieselt war, deutlich vor Augen. Warum hatte Pedro ihm einzureden versucht, dass da kein Reissack gewesen und Tom im Suff zu Fall gekommen war? Tom rieb sich den Steiß fühlte denselben Schmerz wie im Rincón Andaluz. In einen Superhelden würde Tom sich nicht gleich verwandeln. Aber er spürte jeden seiner funktionierenden Sinne kristallklar. Dieses Zeitfenster von gesteigerter Sensibilität musste Tom nutzen. Vielleicht war es sein sechster Supersinn, oder nur das Adrenalin, welches Tom nach dem Sturz durch den Körper schoss. Trotz des vehementen Auftritts seines Unterbewusstseins, schwelte noch etwas unterhalb der Wahrnehmungsstufe weiter.

Tom zog einen Klappstuhl vor die Matratze und studierte, was für Fakten und Indizien er an der Tapete zusammengetragen hatte. Etwas verbarg sich darin, was unterhalb der Oberfläche versteckt war und hochgelockt werden musste. Weder beim erschossenen Drogendealer noch beim erstochenen Vergewaltiger wurden Spuren gefunden. Und keine Verdächtigen. Genau so war im Netz und in der Presse die Legende vom rächenden Raval-Killer entstanden. In das Vakuum fehlender Fakten ergossen sich die Vermutungen über einen im

Namen der Gerechtigkeit handelnden Serienmörder. Vielleicht war das keine Schwarmintelligenz, sondern lediglich Hysterie. Doch möglicherweise war es die einzig schlüssige Hypothese. Das Erschießen eines Menschen auf offener Straße am Vormittag war ein Himmelfahrtskommando. Es gab so viele potentielle Zeugen, ein klar denkender Täter konnte nicht davon ausgehen, unerkannt zu bleiben. Dadurch leitete Tom eine weitere Hypothese ab: bei seinem ersten Mord war es dem Täter vielleicht noch egal, ob er erkannt, überwältigt oder im schlimmsten Fall selbst erschossen wurde. Er wollte ein Zeichen setzen gegen die Drogen, die das Viertel überschwemmten. Auch beim im Friseurstuhl erstochenen Vergewaltiger musste der Täter sein Opfer vorher eine gewisse Zeit observiert haben. Wieso benutzte er nicht wieder die Pistole? Um die Polizei zu verwirren? Nicht ausgeschlossen. Möglich war jedoch auch die hohe Polizeipräsenz im Viertel an dem Tag, und der Täter wollte nicht Gefahr laufen, bei einer Kontrolle aufzufliegen. Oder die Pistole hatte Ladehemmung und der Täter musste mit einer Schere improvisieren. Auch bei der Flucht vom zweiten Tatort war abermals mehr Glück als Verstand im Spiel. Ohne die Zwangsräumung des Hauses ein paar Meter die Straße runter wäre das unerkannte Entkommen nahezu ausgeschlossen gewesen.

Tom vermutete, dass nach dem zweiten Mord ein Umdenken beim Täter stattgefunden haben musste. Er hatte die Reaktionen auf seine Taten mitbekommen. Teile der Öffentlichkeit glorifizierten sein Handeln. Besonders im Internet. Eine mögliche Konsequenz: er wollte weitermachen. Das konnte er aber nicht, wenn es Zeugen gab. Tom hatte Lidia im TV gesehen, der Täter wahrscheinlich ebenso. Das war Lidias Todesurteil. Sein Handy hatte der Täter spätestens jetzt nicht mehr bei sich – aber welcher strukturiert handelnde Kriminelle hatte das schon? Den Mord an Lidia musste der Täter maskieren und ließ ihn wie Beschaffungskriminalität aussehen. Das wäre vielleicht nicht geschehen, hätte der Mörder von Lidias Touristenapartments gewusst. Ein gefundenes Fressen für die Medien, der Mord bestärkte die Existenz des Raval-Killers, der im Viertel aufräumte.

Man wurde aber nicht gleich zum Serienmörder, wenn einem die Umstände nicht passten. Auch nicht, wenn aus Sicht des Täters das Fass übergelaufen war. Es musste tiefer gehen. Die meisten Serienmörder hatten eine Form von Persönlichkeitsstörung oder irgendwann im Leben ein schweres Trauma erlitten. Vielleicht war der Täter, jemand aus seiner Familie oder ein enger Freund Opfer eines Verbrechens geworden.

Tom stellte sich auch die Frage, ob die Selbstjustiz mit den vier Toten aus dem *narcopiso* aufhören würde. Da fiel Tom wieder der Gedanke der vergangenen Nacht ein: man müsste dem Täter eine Falle stellen. Tom schwebte eine Wohnung vor, die aussah wie ein *narcopiso*, um den Mörder anzulocken. Etwas Besseres hatte selbst diese messerscharf denkende Version Toms nicht parat.

*

„Köstlich, ganz hervorragend", sagte Tom und schaufelte sich eine weitere Gabel Paella in den Mund.

„Man sollte dich nur wegen deiner Paella zum Spanier machen", scherzte Isi.

„Danke, Jungs. Mir würde es schon reichen, wenn ich endlich legal in Spanien leben könnte", erwiderte Macky und seufzte.

Isi legte einen Arm auf Mackys Schulter. „Das wird schon, mein Freund."

Eine Weile aßen alle drei schweigend. Tom saß zwar weiterhin am Tisch, aber in seinem Hirn ratterten unablässig Gedanken über die Identität des Raval-Killers.

„Lasst uns drei heute Abend durchs Viertel ziehen", forderte Isi seine Mitbewohner auf.

Macky schaute Isi von der Seite an. „Ernsthaft?“

„Sag nur, du willst nicht mit mir feiern gehen?“, fragte Isi verunsichert.

„Doch, doch. Ich bin nur überrascht. Wenn wir beide ein Auto wären, dachte ich immer, du bist die Bremse und ich bin das Gas“, witzelte Macky und setzte sein extrabreites Lächeln auf. „Täusche ich mich etwa?“

„Dann gehe *ich* heute mal aufs Gas. Und ich lade euch ein“, verkündete Isi.

„Kaum hast du wieder einen Job, schon machst du einen auf dicke Hose, oder was?“

„Wir wissen alle, dass das Leben sich mit einem Schlag auf den anderen ändern kann“, sagte Isi mit Pathos in der Stimme. Das abermalige Verdrehen einer Redewendung fiel ihm selbst schnell auf, und er schüttelte sich vor Lachen.

Macky hob sein Glas. „Darauf stoßen wir an. Auf Isi.“

Die drei stießen mit Waser an. Isi rührte seit der Trennung von seiner Frau keinen Alkohol mehr an. Macky war Muslim und trank deswegen nicht. Und Tom? Tom hatte sich noch in Gedanken an den frei herumlaufenden Mörder an den Tisch gesetzt und hatte bei der Spitzen-Paella weder an Bier noch an eine Mischung gedacht.

„Bist du heute Abend dabei?“, fragte Isi, „oder bist du mit Toni verabredet?‘

„Nein, bin ich nicht. Ich komme gerne mit“, druckste Tom herum.

„Etwas mehr Begeisterung, wenn ich bitten darf“, sagte Macky.

„Oder ist was nicht in Ordnung bei dir und Toni?“ Isi schaute Tom auffordernd an.

Tom seufzte. Es gab wirklich keinen Grund, denen beiden etwas zu verschweigen. „Ich denke, ich lasse Toni den nächsten Schritt machen. Wenn sie mich sehen möchte, wird sie sich melden.“

„Du verdammter Profi. So wird's gemacht. Sie wird sich schon melden.“ Macky lachte sein dunkles Lachen und Tom und Isi stimmten ein.

„Gibt es heute irgendwo gute Live-Musik?“, fragte Tom.

„Ich kann nachschauen“, erwiderte Isi. „Gibst du mir dein Handy?“

Tom entsperrte sein Handy und schob es zu ihm rüber.

„Brauchst du die Seite noch?“, fragte Isi und ließ Tom auf das Display schauen.

Tom nahm das Handy und blendete vollkommen aus, was seine beiden Mitbewohner noch von ihm wollten. Er stand auf und starrte auf die Seite, die sich in der Nacht zuvor nicht geöffnet hatte. Schon bei den ersten Treffern auf der Übersichtseite sah Tom den Namen Nadia Sevillano Utrera. Und daneben stand das Wort Drogentote. Tom klickte auf den Link, der ihn zu einem zwölf Jahre alten Artikel einer Zeitung aus Sevilla führte und überflog ihn. Nadia Sevillano Utrera war mit achtzehn Jahren an einer Überdosis Heroin gestorben. Offen blieb, ob die Überdosierung absichtlich vorgenommen wurde, es sich also um einen Selbstmord handelte. Für den Schreiber des Artikels klang dies plausibel, da die junge Frau zwei Jahre zuvor im Mittelpunkt eines Vergewaltigungsprozesses gestanden hatte. Tom kehrte zur Übersicht und klickte den nächsten Link an. Auch hier beim Überfliegen dieselben Schlagworte: Drogentote, Vergewaltigungsopfer. Ein Stück weiter unten entdeckte er ein Foto. Es zeigte eine Frau und einen Mann, die Tom wegen seines Defizits nicht erkannte. Die Bildunterschrift des Fotos lautete: die trauernden Eltern des Opfers, Carmen Utrera Carmona und Pedro Sevillano Quesada.

Tom hockte sich auf seine Matratze. Es bestand kein Zweifel. Pedros Tochter wurde Opfer einer Vergewaltigung und starb an einer Überdosis Heroin. Da war das für den Serienmörder typische Trauma, der Tod des eigenen Kindes.

Das war der fehlende Filter. Pedro kam aus Sevilla. Er musste es sein. Serienmörder waren fast immer Männer. Eine Kaskade aus Schlussfolgerungen flutete durch Toms Kopf. Pedro war der Raval-Killer. Das war unmöglich. Das war möglich. Es machte alles Sinn. Es war kompletter Unsinn. Tom schaute auf die schwarze Silhouette mit in seiner *Crazy Wall.* Er musste alle Hypothesen und offenen Fragen vor dem Hintergrund durchgehen, dass Pedro tatsächlich der Raval-Killer war. Da war das Rachemotiv. Auch in diese Richtung wird die Polizei ermittelt haben, dachte Tom. Nur sehr wahrscheinlich wurde der Radius nicht bis nach Sevilla ausgeweitet. Die Täterbeschreibung passte. Ein dunkelhaariger Durchschnittsspanier von kleinem Wuchs. Tom musste an die Beschreibung der Narbenfrau und das Gerücht denken, was unter den Obdachlosen die Runde gemacht hatte. Zwar war Pedro kein Zwerg, aber er war klein, sicher kaum mehr als 1,60 Meter. Und auch der alltägliche Gang zum Markt fiel Tom ein. Pedro hatte sich mit Toni über den Markt unterhalten, er ging dort einkaufen. Vom Rincón Andaluz zum Mercat de la Boqueria führte der Weg an dem Mülleimer vorbei, in dem die Pistole gelegen hatte. Alle Taten fanden vormittags und mittags statt. Pedro öffnete seine Bar um 16 Uhr. Das passte also. Serienmörder waren meist sozial isolierte Männer, ledig, geschieden oder kinderlos. Pedro hatte Tom die ringlose Hand gezeigt, dazu ist seine Tochter gewaltsam gestorben. Die Zahl der möglichen Täter im Raval hatte sich von 400 dramatisch verengt.

Die erste Tat traf einen Drogendealer, die zweite einen Vergewaltiger. Tom ging davon aus, dass der Zufallsfund der Pistole der Katalysator war. Erst mit dem Besitz einer Waffe setzten sich die Ereignisse in Gang. Tom erinnerte sich an ein Training auf dem Schießstand – in seinem Leben als Polizist. Der Ausbilder ließ Tom und seinen Kollegen mit verschiedenen Waffen und Kalibern auf Sandsäcke schießen. Zur

Verwunderung aller durchschlug keines der Projektile die Ziele. Was Tom noch gut vor Augen hatte, war der Sand, der an der Einschussstelle heruntergerieselt war. Genauso wie der Reis aus dem 10-Kilo-Sack im Rincón Andaluz. Tom vermutete, dass Pedro den Reissack gekauft hatte, um Schießen zu üben. Reis hat eine geringere Festigkeit als Sand, überlegte Tom. Vielleicht ließen sich noch Spuren des Projektils in der Bar finden. Und schließlich dachte Tom noch an den Abend zurück, als ein selbsternannter Raval-Killer die deutschen Touris im Rincón Andaluz um Geld, Handys und Uhren erleichtert hatte. Tom hatte das Gefühl gehabt, Pedro wollte für einen kurzen Moment unter dem Tresen zu einer Waffe greifen. Es würde ins Bild passen. Tom konnte es kaum glauben. Während er ich in den vergangenen Wochen am Tresen zugeschüttet hatte, lag die Glock 43 vielleicht nur einen Meter von ihm entfernt.

Die große Frage war, was sollte Tom mit diesen Erkenntnissen anfangen? Sein erster Impuls: er musste damit zur Polizei. Pedro würde festgenommen werden und nie wieder einen Moment seines Lebens in Freiheit verbringen. Doch an den Tatorten waren keine Spuren von Pedro gefunden worden. Alles, was Tom herausgefunden hatte, waren Indizien. In Toms Augen stand und fiel alles mit der Pistole. Würde die bei Pedro sichergestellt, der Fall würde zum Selbstläufer werden. Selbst wenn bei ihm keine Schmauchspuren gefunden würden. Aus dem Schlamassel könnte ihn kein Anwalts der Welt rausquatschen. Tom befiel plötzlich die Angst, was passieren würde, wenn Pedro die Pistole mittlerweile entsorgt hätte, wenn bei Pedro weder Kabelbinder noch Spiritus sichergestellt werden würden. Die Spurensicherung fand eigentlich immer etwas Verwertbares – und wenn nicht? Dann würden im schlimmsten Fall nur Indizien bleiben. Solche Verfahren, das wusste Tom aus eigener Erfahrung, könnten vor Gericht so oder so ausgehen. Und ob Zeugen Pedro zweifelsfrei identifizieren würden, war alles andere als sicher. Es durfte aber nicht den Hauch eines Zweifels geben, denn schließlich ging es auch um den Mord an Lidia. Tom spürte, dass noch sehr viel des Polizisten in ihm steckte, der er einmal in Deutschland gewesen war. Gab es eine Restwahrscheinlichkeit, dass er sich irrte? Toms Algorithmus sah diesen Fall nicht vor.

Wie viel Sinn machte seine Idee, Pedro eine Falle zu stellen? Und wie gefährlich könnte das für Tom werden? Soweit er sich erinnern konnte, hatte er am Tresen rumgelallt, früher in Deutschland ein Polizist gewesen zu sein. Zudem hatte er damit geprahlt, den hiesigen Ermittlern unter die Arme gegriffen zu haben. Was Tom im Suff noch alles abgesondert hatte, wollte er gar nicht wissen. Vorsicht war also geboten, falls Pedro den Braten riechen sollte. Tom konnte immer noch nicht glauben, dass er die vagen Begriffe Mörder, Täter oder Raval-Killer gegen den Namen von Pedro eingetauscht hatte. Es war nicht so, dass er Tom ans Herz gewachsen wäre, dazu brauchte es ein bisschen mehr als gut eingeschenkte Mischungen und Songs von Mötley Crüe. Aber Pedro war ihm sympathisch geworden. Tom nahm das Handy und rief den Kontakt von Tonis Ex-Mann auf, den Toni ihm geschickt hatte. Es war das Vernünftigste, wenn er ihn anrufen würde. Toms Kopf brummte schon von lauter Ungewissheiten und Konjunktiven. Was wäre, wenn Xavi nicht auf seinen Vorschlag eingehen und es keine Falle geben würde, sondern irgendeinen Dienst-nach-Vorschrift-Bullshit?

34

„Ich muss es nicht verstehen, warum du auch noch diese Müllhalde mieten willst“, sagte Toms Vermieter.

Ihn hatte Tom angerufen und nicht Tonis Ex-Mann. Wenn alles nach Plan lief, würde Tom Xavi lieber früher als später kontaktieren. Aber er hatte keine Lust auf irgendeine halbherzige Polizeiaktion, bei der am Ende nichts herauskommen würde. Tom sah es realistisch: er war ein deutscher Ex-Polizist, der in Spanien keinerlei Befugnisse hatte, noch nicht mal eine Waffe. Trotzdem musste er noch ein wenig Hand anlegen, um seine ganz persönliche Falllösung voranzutreiben.

Er hatte ein Flashback-Gefühl, denn diese Wohnung sah genauso aus wie die WG am Tag des Einzugs. Eine Bruchbude, die bis vor kurzem als *narcopiso* gedient hatte. Und so war es ideal. Der Fußbodenbelag war stark verschmutzt und teilweise aufgerissen. Überall waren Aluschnipsel verteilt. In einem Karton lagen benutzte Spritzen, und eine mit Flecken übersäte Stoffdecke gammelte auf den Resten einer Matratze vor sich hin. Der Boden und die Wände waren von dunklen Spritzern übersät, sehr wahrscheinlich getrocknetes Blut. Während Tom dieses verlassene Loch inspizierte, schätzte er sich um so glücklicher, dass Macky und Isi seine Wohnung auf Vordermann gebracht hatten. Mittlerweile lebte Tom wieder in geregelten, geradezu bürgerlichen Verhältnissen.

Der Vermieter hatte Tom die Adresse gegeben, und keine halbe Stunde später hatten sie sich getroffen. Von der WG dauerte es nicht mal fünf Minuten zu Fuß – die Lage war ideal.

„Mich laust der Affe“, presste der Vermieter in seinem andalusischen Akzent heraus, so deutlich es eben ging, wenn man einen Zigarrenstumpen zwischen den Zähnen hatte. „Zehn gebügelte Hunderter.“ Mit seinen Wurstfingern nahm er die Zigarre aus dem Mund. „Einen Monat und keinen Tag länger.“

„Passt schon", murmelte Tom, während der Vermieter die Scheine in eine Geldklammer schob und in seiner ausgebeulten Hose verschwinden ließ. Tom überlegte erneut, wie lange sein finanzielles Polster noch reichen würde. Sein Aufenthalt in Barcelona schien länger als geplant zu dauern. Ein gelegentlicher Blick auf den Kontostand würde nicht schaden.

„Eine Frage noch", sagte Tom. „Hat die Wohnung WLAN?"

„Junge, offensichtlich ist das hier nicht das Ritz. Da fragt er nach WLAN!" Der enorme Bauch des Andalusiers geriet beim Lachen in beachtliche Schwingungen. „Aber du hast Glück, ich weiß ganz zufällig das Passwort einer Wohnung aus dem Nebenhaus." Der kleine Mann hustete und durchsuchte sein Handy. „Wo ist sie, wo ist sie, wo ist sie?", schmetterte sein Vermieter wie ein Flamenco-Sänger und bewegte seine beleibten Hüften dazu recht geschmeidig. „Hier ist sie, hier ist sie, hier ist sie."

Tom suchte das passende Netzwerk aus und tippte das Passwort ein. Unglaublich, ein Mann von fast siebzig Jahren, der einem in Windeseile das Passwort der Nachbarn aus dem Haus nebenan verriet. Der Vermieter drückte Tom zwei Schlüsselsätze mit Adressanhängern in die Hand und zündete sich noch im Treppenhaus seine Zigarre an. Tom musste jetzt schnell zur Plaça Catalunya ins Kaufhaus *Corte Inglés*, das in Spanien den Ruf hatte, dass man dort alles bekommen könnte.

35

Pedro stand hinter seinem Tresen und zapfte eine neue Runde Bier für den Bauarbeitertisch. War dieser Durchschnittstyp fähig so viele Menschen zu töten? Oder bestand doch die Möglichkeit, dass Tom sich irrte? Ihm fiel das Spiel mit der wer-bin-ich-App ein, als Toni sich an dem Abend in der WG Brad Pitt ausgesucht und Tom ihr via Tablet vierzehn Fragen gestellt hatte, um ans Ziel zu kommen. Mit jeder einzelnen Frage hatte der Algorithmus der App die Anzahl an Personen eingeschränkt, die für die Lösung in Frage kamen. Als er nachts in Tonis Wohnung die Zahl der potentiellen Täter auf 400 eingedampft hatte, schien Tom eine DNA-Reihenuntersuchung zur Lösung das geeignete Mittel. Aber belastendes Genmaterial war nicht aufgetaucht. Beim wer-bin-ich-Spiel hatte die App bis zur vorletzten Frage die Auswahl soweit eingegrenzt, dass danach die letzte, die Killerfrage nach der romantischen Beziehung zu Angelina Jolie folgte. Die Antwort hatte nichts mehr mit Wahrscheinlichkeiten zu tun, denn nur Brad Pitt war nicht durchs Raster gefallen. Die ultimative Frage in *wer-ist-der-Raval-Killer?* war: wurde ein Angehöriger der gesuchten Person Opfer eines Gewaltverbrechens? Das traf bei Pedro zu, er musste es sein. Zu hundert Prozent sicher war er nicht, aber Tom vertraute seinem persönlichen Algorithmus, denn es gab eine überwältigende Menge an Indizien.

Pedro musste überführt werden. Und da kam Isi ins Spiel. Auf ihn wartete Tom im Rincón Andaluz, während er an seiner Mischung nippte. Die neu angemiete Wohnung war perfekt hergerichtet, so schlimm und trostlos sahen *narcopisos* aus. Im *Corte Inglés* hatte Tom wie geplant eine Überwachungskamera besorgt, die Installation hatte reibungslos geklappt. Hoffentlich war Isi mit seiner Aufgabe nicht überfordert, die er sich für ihn ausgedacht hatte, dachte Tom, als er die Gestalt seines Mitbewohners am Eingang erkannte.

„Ist es die Möglichkeit, dass du hier am Tresen sitzt und dich volllaufen lässt“, sagte Isi mit anklagendem Ton und klang wie ein Schauspieler mit Lampenfieber.

Der Auftritt geriet zwar reichlich theatralisch, aber zumindest war das Timing gut. Pedro war gerade wieder am Tresen angekommen, stand am Zapfhahn und bekam die Szene hautnah mit.

„Ganz ruhig“, gab Tom zurück. „Ist irgendwas passiert?“

„Nur das Übliche. Du schwörst mit dem Trinken aufzuhören, und nachts hängst du wieder röchelnd über der Kloschüssel.“

Jetzt klang sein Mitbewohner schon viel glaubwürdiger.

„Das geht mir echt auf echt auf die Palme“, schob isi hinterher.

Tom runzelte die Stirn und ging über den Lapsus hinweg, er wollte Isi nicht noch nervöser machen, als er sowieso schon war.

„Pedro, darf ich dir Isi vorstellen, meinen Mitbewohner. Noch so einer, der mir nicht ein kleines bisschen Spaß gönnt.“

„Zum Glück bin ich nicht der Einzige, der sich um diese Pfeife Sorgen macht“, sagte Pedro und nickte über den Tresen. „Sehr erfreut.“

„Ebenfalls", antwortete Isi und nahm auf dem Barhocker neben Tom Platz.

Toms Handys vibrierte, und sofort schnellte sein Puls um dreißig Schläge nach oben. Er hatte im fake *narcopiso* eine Überwachungskamera mit Bewegungsmelder und Mikrofon installiert, die sich per Alarm auf seinem Handy meldete, sobald jemand dort durchs Bild lief oder es laut wurde. Die Tür war abgeschlossen, es konnte doch unmöglich schon nach ein paar Stunden dort eingebrochen werden. In diese wilden Befürchtungen hinein hatte Tom sein Handy aus der Tasche gefummelt. Auf dem Display leuchtete Tonis Name.

Von der Seite starrte Isi rüber. „Ist irgendetwas nicht in

Ordnung?“

„Alles bestens“, gab Tom zurück und ließ das Handy weiter vibrieren. Erstens hatten er und Isi gerade Wichtigeres zu tun, und zweitens war es die Gelegenheit für Tom dieses *playing hard to get* auszuprobieren. Das Vibrieren hörte auf und augenblicklich hatte Tom ein schlechtes Gewissen. Doch das musste sich hintenanstellen.

„Bei uns um die Ecke gibt es ein neues *narcopiso*“, berichtete Isi dem Plan folgend. Pedro spülte weiter Gläser.

„Krass“, sagte Tom. „Das hört wohl nie auf. Wo denn genau?“

„Lancaster 26, im ersten Stock. Auf der Straße liefen ein paar aufgeregte Nachbarn rum.“

„Machst du mir noch eine“, rief Tom Pedro zu und hielt das Glas in die Luft. „Und bitte nicht zu viel Rum. Ich will ja keinen Ärger mit euch beiden.“

Pedro nahm den Kopf hoch und nickte. Er stellte die gespülten Gläser ins Regal und kümmerte sich um Toms Rum-Cola. „Schon wieder ein *narcopiso*?“, knurrte Pedro.

„Ist das nicht eine Plage“, sagte Isi. „Man hat das Gefühl, diese ganzen großen Polizeiaktionen haben überhaupt nichts gebracht. Direkt um die Ecke, im ersten Stock von Lancaster 26. Kann man sich das vorstellen?“

Isi trägt ziemlich dick auf, dachte Tom.

„Diese verdammten Drogen“, raunte Pedro und schob Tom sein Glas rüber. „Die müsste man ein für alle Mal aus dem Viertel vertreiben. Diese Pest!“

Was wäre, überlegte Tom, wenn man Pedro ungestört weitermachen ließe? Wie viele Drogenhändler und Vergewaltiger würde er noch töten? Wäre nicht die Welt ohne diese Kriminellen eine bessere? Die letzte Frage war definitiv mit Ja zu beantworten. Und doch lehnte Tom solche Art von Selbstjustiz entschieden ab. Schon alleine deswegen, weil es auch Unschuldige wie Lidia traf. Es gab mit Sicherheit auch

Zeitgenossen, die getötete Junkies für vertretbar hielten. Solchen Gedankenspielen durfte man sich nicht hingeben.

„Sind es diesmal die Pakistani?", fragte Pedro.

Isi nickte. „Und sie gehen rabiat vor wie immer. Sie besetzen eine Wohnung und bedrohen die Nachbarn, damit die bei der Polizei falsche Aussagen machen."

„Immer dieselbe miese Masche. Die Nachbarn werden von den Typen eingeschüchtert, lügen aus lauter Angst und datieren den *Einzug* ein paar Tage zurück", führte Pedro fort und malte bei dem Wort Einzug Anführungsstriche mit seinen Zeigefingern in die Luft. „Der Polizei sind die Hände gebunden, weil die Herren Drogendealer sich schon über drei Tage lang dort eingenistet haben. Es ist das Allerletzte."

Pedro stapfte Richtung Küche, drehte sich auf der Hacke um und kam wieder zurück. „Versteht mich nicht falsch, ich habe nichts gegen Ausländer, egal wer mit Drogen handelt, gehört zur Verantwortung gezogen. Glaubt mir, ich kenne die Schicksale der armen Schweine. Menschen voller Hoffnung werden von den Drogenmafias hierher geschmuggelt und müssen dann für die Banditen Stoff verkaufen oder anschaffen gehen, um ihre Schulden für die Reise zurückzuzahlen. Das sollen bis zu 25000 Euro sein. Und wer sich wehrt oder nicht bezahlen kann, wird brutal bestraft – Mafiamethoden halt." Pedro fuhr sich mit der Hand über den Nacken und seufzte. „Diese Menschen tun mir leid, aber darum geht es nicht. Könnt ihr euch vorstellen, dass es im Raval über hundert *narcopisos* gibt? Es ist eine Schande. Man sollte ..." Pedro winkte ab und verschwand in die Küche.

Isi holte Luft, um etwas zu sagen, doch Tom schüttelte den Kopf und legte einen Finger auf seine Lippen. Der Köder war ausgelegt, jetzt hieß es warten. Tom überprüfte die Verbindung zur Überwachungskamera und nahm sich vor, noch eine Mischung zu bestellen und danach ins Bett zu gehen.

36

Pedros Blick wanderte von der Halbkuppel über dem Altar zur Figur des heiligen Augustinus und von dort zu den korinthischen Säulen dahinter. So wie bei seinem letzten Besuch in der Kirche. Als ob seinem Blick vorherbestimmt war, genau diesen Verlauf zu nehmen. Doch an göttliche Fügung oder Schicksal glaubte Pedro immer noch nicht. Auch wenn er die Pistole, deren Gewicht er wieder in seiner Jacke spürte, im Mülleimer neben der Kirche gefunden hatte. Vielleicht war er zum göttlichen Werkzeug geworden, ohne es bemerkt zu haben. Ein Racheengel. Doch auf dem Weg zur Kirche hatte Pedro seinen eigenen Schatten gesehen, nachts schlief er und so weit er wusste, hinterließ er auch noch Fußspuren. Also war er kein Racheengel im Auftrag Gottes. Aber er verübte Rache. Rache für ein geschändetes Viertel. Pedro war ohne Zweifel ein Mensch geblieben, auch wenn er nicht Gottes Mann fürs Grobe auf Erden war, so kämpfte er mit Flammenschwert und Speer gegen Satan. Der Teufel trat in vielerlei Gestalt auf, in seinem Viertel besonders in Form von Drogenhändlern, die es zu vernichten galt. Sein Kreuzzug war bisher überaus erfolgreich verlaufen, er spürte eine breite Zustimmung der Bevölkerung, auch wenn sich viele besorgt gaben. Pedro schloss die Augen und dachte an Yaku Mendoza und an die beiden Dealer und die zwei Junkies, die in den Flammen gestorben waren. Er dachte auch an den Vergewaltiger, den er mit einer Schere erstochen hatte. Er schuf wirklich mit Flammenschwert und Speer eine bessere Welt. Sollte er noch ein letztes Mal in die Schlacht ziehen? Eigentlich wollte Pedro schon aufgehört und die Pistole im Mittelmeer versenkt haben. Die Aussicht auf zwei weitere Dealer, die als Fanal ihrer eigenen Schlechtheit sterben würden, war zu verlockend. Pedro öffnete die Augen, ließ mit festen Schritten die Kanzel hinter sich und strebte auf den Ausgang des Gotteshauses zu.

37

Tom war früh aus unruhigen Träumen aufgewacht, an die er sich nicht mehr erinnerte. Von der Straße drang das Zischen des Hochdruckreinigers durch das geöffnete Fenster hinauf in die Wohnung. Er lag angespannt auf der Matratze und spielte mögliche Szenarien durch. Auf dem Handy kontrollierte Tom, ob er einen Alarm aus dem präparierten *narcopiso* verpasst hatte. Alles war ruhig, doch dann klingelte sein Handy. Es war Toni. Er wollte sie nicht wegdrücken und legte das Handy unters Kopfkissen. Das ist ein ganz normaler Vorgang, jeder kennt das, niemand ist böse deswegen, versuchte sich Tom zu beruhigen. Wie gerne hätte er mit Toni gesprochen, doch dafür gingen Tom gerade zu viele andere Dinge durch den Kopf. Das Klingeln hörte auf, kurz danach folgte ein Signalton der Mailbox. Eine Frage hatte Tom sich noch nicht gestellt: wie lange sollte das Apartment als Köder für Pedro dienen? Schnell wurde ihm klar, dass es nicht lange dauern durfte. Was würde passieren, wenn Pedro den Köder nicht schlucken und nicht ins Apartment kommen würde? Nicht an diesem Tag und nicht am nächsten? Schlimmer noch, dachte Tom: was wäre, wenn Pedro für heute eine ganz andere Tat geplant hätte? Und dabei Menschen, im schlimmsten Fall unschuldige zu Schaden kommen würden? Toms Gedanken rasten so schnell wie sein Herz. Vielleicht war sein Plan nicht so vollkommen, wie er gestern noch gedacht hatte. Tom versuchte sich zu beruhigen. Als Deadline setzte er sich den Nachmittag, dann würde Pedro bestimmt im Rincón Andaluz sein. Sobald ein Vibrieren Tom melden würde, dass Pedro das Apartment betreten hätte, würde er Tonis Ex-Mann anrufen und ihm schnell erklären, warum nur Pedro der Raval-Killer sein konnte. Wie würde Xavi reagieren? Der hätte keine andere Wahl und müsste mit der Kavallerie einreiten, um Pedro festzunehmen. Die Gedanken an eine solche Abfolge der

Geschehnisse ließen Tom ruhiger durchatmen.

*

Tom hatte sich eine Cola gekauft und starrte angespannt auf das dunkle Display seines Handys. Für ein paar Augenblicke dachte er an Toni, widerstand aber dem Impuls sie anzurufen, doch die Gedankenlawine war bereits losgetreten. Er wusste jetzt, was Toni wollte. Oder zumindest ahnte er es. Toni wollte einen Schlussstrich unter die Vergangenheit ziehen und einen Neuanfang, bei dem Tom an ihrer Seite sein sollte. Playing-hard-to-get war ein Scheiß. Toni war doch schon lange wieder an seiner Seite, nur musste er den Mut finden, sich ihr anzuvertrauen. Liebesschwüre wollte Toni nicht hören, er musste sich seiner Vergangenheit stellen. Tom trug einen derart schweren Rucksack mit sich herum, doch wie Rucksäcke es so an sich hatten, waren die auf dem Rücken, und Tom sah die Last, die ihn niederdrückte, nicht. Und diese Last war der vollkommen unverarbeitete und bisher nur verdrängte Tod seiner Frau und der traumatische Bruch mit seinem Sohn. Tom würde seine Gefühle zulassen, würde einen Zugang zu ihnen suchen, so wie Toni es von ihm gefordert hatte. Er würde sich auf die Couch legen und so lange Therapien machen, bis er seine emotionale Sprachlosigkeit überwunden hätte. Erst dann hätten er und Toni die Möglichkeit für eine gemeinsame Zukunft.

Vor ihm zog der Touristenstrom die Ramblas rauf und runter. Weniger denn je hatte Tom dafür einen Blick. An eine Hauswand gelehnt ging er seine Checkliste durch. In die Haustür hatte er einen kleinen Holzkeil geschoben, die Wohnungstür stand angelehnt. Sollte Pedro erscheinen, im Haus würde ihm niemand begegnen, es war komplett unbewohnt. Wenn Tom sich beeilte, war er in nicht mal zwei Minuten da. Wie lange würde die Polizei brauchen? Ein Junkie ging an Tom vorbei in die dunkle Gasse, an dessen Eingang er stand. Wieder klingelte das Telefon. Es war Macky. Er hatte Tom noch nie angerufen, es musste wichtig sein. Sofort fiel ihm ein, dass zwar Isi in den Plan eingeweiht war, nicht aber sein anderer Mitbewohner.

„Was gibt's, Macky?“

„Vor zwanzig Minuten war Toni hier.“

„Bei uns in der Wohnung?“, fragte Tom ungläubig.

„Ja. Und sie wollte unbedingt wissen, wo du bist. Anscheinend hat sie dich schon ein paar Mal angerufen, aber du bist nicht rangegangen. Dieses Playing-hard-to-get-Ding scheint zu funktionieren“, sagte Macky und lachte. „Da ist aber eine Sache, die ich dir sagen muss.“

Am anderen Ende der Leitung blieb es still.

„Spuck's bitte aus“, sagte Tom angespannt, „ich habe wenig Zeit.“

„Den Schlüssel von dem neuen Apartment hattest du auf den Wohnzimmertisch gelegt, oder?“

„Ja", antwortete Tom und ahnte nichts Gutes.

„Eben ist mir aufgefallen, dass die Schlüssel nicht mehr auf dem Tisch liegen. Ich vermute, Toni hat sie mitgenommen.“

Wieso sollte sie das gemacht haben, schoss es durch Toms Hirn. Außerdem dachte er an die Adressanhänger an den Schlüsseln. „Hast du Toni etwa von dem Apartment erzählt?“, fragte Tom und merkte, wie sein Herz hämmerte.

„Ja. Sie hat mich gefragt, was du so machst. Und da habe ich ihr von der Wohnung erzählt. War das falsch?“

So ein verdammter Mist, dachte Tom. Aber Macky konnte er keinen Vorwurf machen. Während Tom sich in Bewegung setzte, fragte er: „Wann ist Toni los?“

„Noch keine zehn Minuten her.“

Mannomann, dachte Tom, das war wieder die impulsive Toni, die Vollblutspanierin in ihr. Aber sie hatte sich vermutlich Sorgen gemacht, weil Tom sich nicht gemeldet hatte. Der Alarm der Überwachungskamera meldete sich per Vibrationsalarm.

„Macky, ich muss Schluss machen."

Tom starrte fassungslos auf das Schwarzweißbild der Überwachungskamera auf seinem Display. Eine Frau stand inmitten jenes Apartments, welches Tom als Köder für den Raval-Killer hergerichtet hatte. Und diese Frau musste Toni sein. Tom glaubte, über die App sogar mit Toni im Apartment kommunizieren zu können, doch er war viel zu fahrig, um zu wissen wie. Er wollte Toni anrufen, um sie zu warnen, denn Pedro konnte jeden Moment dort auftauchen.

Tom humpelte los, so schnell er konnte. Während er über das Display wischte, wusste er, dass sich jetzt alles zum Guten wenden würde – er würde nicht noch einmal eine Frau, die er liebte, in Gefahr bringen. Das Letzte, an was er sich erinnerte, waren Haare, die in sein Gesicht wehten, ein Einschlag auf seiner Brust wie mit einer Dampframme und ein fürchterlicher Aufprall auf den Rücken. Der Schmerz zerfetzte seine Wahrnehmung, und es wurde dunkel.

Tom lag auf dem Boden, über ihn gebeugt stand ein junger Kerl mit langen, blonden Haaren.

„Er kommt zu sich", sagte der Kerl, aber scheinbar sprach er nicht mit Tom, sondern mit jemand neben sich.

Tom blickte zur Seite und sah in das faltige Gesicht eines alten Mannes. Der Mann lächelte, das konnte selbst Tom erkennen. „Willkommen zurück", sagte der alte Mann. „Kannst du deine Füße bewegen?"

Das wusste Tom nicht und wackelte mit den Füßen hin und her. Sein Rücken schmerzte und auch die Brust Tat weh. Aber warum lag er auf dem Boden? Neben dem blonden Kerl machte Tom ein Skateboard aus. Er erinnerte sich an das Geräusch eines lauter werdenden Rollens und an den Zusammenstoß. Tom hatte es immer geahnt: eines Tages würde er von einem Skateboarder übergebrettert werden.

„Und die Hände?", fragte der alte Mann.

Auch die Hände konnte Tom bewegen und versuchte sich aufzurichten. Sein ganzer Oberkörper schmerzte, doch er wusste, dass er aufstehen musste. Nur nicht, warum.

„Was ist mit seinem Gesicht?“, zischte der junge Kerl dem Alten zu.

„Das sah schon vorher so aus“, knurrte Tom und betastete seine Brust.

„Besser, du wartest auf den Krankenwagen“, sagte der junge Kerl, dem Tom das Skateboard am liebsten links und rechts um die Ohren gehauen hätte. Von wegen *skateboarding is not a crime*. Einen Aufkleber mit dem Spruch hatte Falk unter sein Skateboard geklebt.

„Wie lange war ich bewusstlos“, fragte Tom und richtete sich stöhnend auf.

„Immer schön langsam“, mahnte der Skater.

„Wie lange?“, wiederholte Tom ungeduldig und griff nach der Hand des Alten, um aufzustehen.

„Zehn Minuten“, antwortete der Alte.

Tom sah sein Handy am Boden liegen, und alles fiel ihm wieder ein. Er schnappte sich das Handy und rief panisch Toni an. Doch sie war nicht zu erreichen. Erst jetzt entdeckte Tom eine Mitteilung der Überwachungskamera-App, die er empfangen haben musste, als er bewusstlos gewesen war. Pedro hatte das Apartment betreten. Sofort schaltete Tom zum Livebild, und was er sah, sprengte alle Befürchtungen. Pedro zielte mit der Pistole auf Toni. Was war das für ein Albtraum. Hätte Tom nicht einfach die Polizei bei Pedro vorbeischicken können. Aber nein, er musste unbedingt den Superbullen rauskehren. Was war nur los mit ihm? Warum gerieten Frauen in seiner Nähe immer in Gefahr? Toni war aber nicht nur irgendwie in Gefahr, sie befand sich in der Hand eines Mörders, der bestimmt nicht lange zögern würde, einen weiteren Menschen zu töten, um seinen Rachefeldzug fortzusetzen.

„Ruft die Polizei an und schickt sie in die Lancaster 26, erster Stock", schrie Tom dem Alten und dem Skater zu, während er so schnell es sein Körper erlaubte, Richtung Wohnung humpelte. „Da ist der Raval-Killer. Und er ist kurz davor, eine Frau zu töten. Lancaster 26, erster Stock. Habt ihr's mitbekommen, da ist der Raval-Killer."

Hektisch rief Tom seine Mailbox ab. Es wurde immer schlimmer: Toni hatte ihm mitgeteilt, dass sie auf den Phantombildern den Mann erkannt hatte, den sie vor ein paar Wochen gemeinsam auf der Demo vorm MACBA getroffen hatten. Und genau dieser Mann richtete gerade eine Waffe auf Toni. Tom wählte Xavis Nummer, erreichte aber nur die Mailbox: „Xavi, hier ist Tom, der *guiri*. Was ist dir jetzt sage, ist äußerst wichtig. Ich weiß, wer der Raval-Killer ist und wo er sich aufhält. Lancaster 26, erster Stock. Kommt schnell, er hat eine Geisel. Es ist Toni."

Tom schlüpfte durch die Haustür und schlich die lange Treppe hoch in den ersten Stock. Vor der geschlossenen Wohnungstür hielt er inne und überlegte, wie es weitergehen sollte. Toms Herz schlug so heftig, dass er nicht verstehen konnte, was Pedro in der Wohnung zu Toni sagte. Noch einmal starrte Tom wie versteinert auf das schwarzweiße Bild der App auf dem Display. Ein paar Meter von ihm entfernt, nur durch die geschlossene Tür getrennt, sah Tom die Frau, die er liebte, wie sie von einem irren Serienmörder mit der Pistole bedroht wurde. Tom holte tief Luft und schlug gegen die Tür.

„Pedro, hier ist Tom. Ich weiß, dass du da drinnen bist. Lass mich rein, ich bin unbewaffnet."

Waren das die richtigen Worte? Würden ihm diese Sätze Zeit kaufen, um Toni zu retten? Tom hatte keine Ahnung. Im leichten Hall des Treppenhauses war seine Stimme schnell verklungen, und Tom lauschte der unerträglichen Stille. Sollte er die Tür aufschließen, oder würde dadurch die Situation in der Wohnung eskalieren? Gerade holte Tom ein weiteres Mal aus, als sich die Tür vor ihm langsam öffnete. Vor ihm stand Toni, die Augen gerötet, Tränen liefen die Wangen hinunter, die Hände mit einem Kabelbinder gefesselt. Und neben ihr Pedro, der Raval-Killer, mit beigefarbener Jacke und blauer Barça-Schirmmütze. An Tonis Schläfe hielt er eine Pistole, die Glock 43 mit Schalldämpfer aus dem Mülleimer. Neben den beiden lag Tonis Handy auf dem dreckigen Boden, Tom erkannte es an der Schale. Pedro winkte Tom in die Wohnung hinein, packte Toni am Arm und ging behutsam ein paar Schritte nach hinten. Tom schloss die Tür und hob die Arme an. Er schaute Toni in die Augen und versuchte ein Lächeln.

„Was für ein überraschendes Treffen", sagte Pedro ruhig. „In deiner neuen Wohnung, wie ich gerade von deiner Freundin erfahren habe."

Der Gedanke, dass dieser sympathische Mann ein Serienmörder sein könnte, war Tom surreal vorgekommen, als er es herausgefunden hatte. Aber jetzt war die Situation leider beängstigend real, und sie wurde dominiert durch einen Mann, der eine Waffe an Tonis Kopf hielt. Tom erkannte die feinen Gummihandschuhe an Pedros Händen.

„Hättest du nicht einfach weiter bei mir am Tresen weitersaufen können? Warum musstest du unbedingt Detektiv spielen? Warum musstest du mir eine Falle stellen?"

„Lass sie gehen Pedro", sagte Tom mit fester Stimme. „Das ist eine Sache zwischen dir und mir."

Pedro lachte verächtlich. „Wenn es nur so wäre. Ich kann sie nicht gehen lassen, und dich ebenso wenig. Ich hätte dich schon viel früher aus dem Verkehr ziehen sollen. Ein Bulle, der hinter mir herschnüffelt, wie konnte ich nur so blind sein. Meine Mission ist hier noch lange nicht zu Ende. Im Raval gibt es noch so viel zu verändern, bis es ein lebenswertes Viertel ist. Und davon wirst du mich nicht abhalten."

Tom erinnerte sich an die Gesprächsführung der Verhandlungsführer bei Geiselnahmen und überlegte, wo er bei Pedro ansetzen könnte. „Es ist tragisch, dass deine Tochter so jung gestorben ist …“

„Du kannst dir das Psychologengelaber schenken", unterbrach ihn Pedro und dirigierte Tom und Toni zur Balkontür. „Ich habe auch nicht ewig Zeit zu quatschen“. Pedro bückte sich und warf eine Plastiktüte vor Toms Füße. „Hol die Flasche raus und bespritz die Kleidung deiner Freundin.“

Tom verstand nicht sofort, was Pedro meinte und griff in die Tüte. Er zog eine Plastikflasche Brennspiritus hervor.“ Augenblicklich war ihm klar, was nach Pedros Vorstellungen passieren würde. Und auch Toni hatte es begriffen.

„Bitte nicht“, flehte Toni, „Ich habe auch eine Tochter …“ Doch Pedro schnitt ihr das Wort ab. „Mir bringt das hier alles auch keinen Spaß, aber es muss sein.“ Pedro fuchtelte auffordernd mit der Pistole herum.

Tom hatte seine Arme vor der Brust verschränkt, er wusste, was Pedro vorhatte. „Ich werde Toni in keinem Fall anzünden. Lass uns doch bitte reden und gemeinsam eine Lösung finden.“

Der Schuss war nicht lauter, als ein mit Wucht auf eine Dartscheibe geschleuderter Pfeil. Tom stöhnte vor Schmerz und hielt sich den Arm.

„Du bist ja wahnsinnig“, schrie Toni und legte einen Arm um Toms Schultern.

„Die nächste trifft deine Freundin", bellte Pedro.

Tom blieb still stehen und blickte Pedro in die Augen. „So ein Monster bist du nicht.“

„Ach nein? Habe ich durch mein Handeln nicht etwas anderes bewiesen?“

Pedro scheuchte Tom und Toni mit der Pistole noch ein Stück näher zum Fenster, schnappte sich die Tüte und holte eine weitere Spiritusflasche raus. „Du gehst in die Ecke bei der Matratze, Tom“, befahl Pedro und verlieh dem Gesagten mit der Pistole Nachdruck. Tom wich ein paar Schritte zurück. Pedro schraubte den Flaschendeckel an und spritzte den Spiritus auf Tonis Kleidung und in ihre Haare. Toni schrie, der Kabelbinder verhinderte ihre Abwehrversuche. Von der Straße drang lautes Motorenbrummen in die Wohnung. Pedro fischte einen Gasherdanzünder aus der Plastiktüte. Instinktiv stürmte Tom gebeugt auf Pedro los und riss ihn zu Boden.

„Toni“, schrie Tom, „mach das Fenster auf und spring auf das Dach des Müllwagens.“ Der Satz hörte sich grotesk an, dachte Tom, als er im Nahkampf einen Schwinger auf die Nase einstecken musste, aus der augenblicklich Blut herausschoss. Tom war benommen und spürte wie Pedro ihn am Nacken packte und hochriss.

„Verdammter Mist", hörte Tom Pedro fluchen und wurde von ihm über den Boden zum geöffneten Fenster geschleift. „Verdammter Mist“, stieß Pedro erneut aus.

Unter ihnen entfernte sich der Müllwagen, auf dessen Dach Toni gelandet war. Vor dem Haus standen zwei Polizeiwagen und mindestens fünfzig Menschen. Zahllose Handys wurden zum Filmen in die Luft gehalten. Pedro zog Tom mit einem Ruck vom Fenster weg, dass er zu Boden ging.

„Du verdammter Idiot“, knurrte Pedro, „Ich sollte dich auf der Stelle abknallen.“

Die Drohung hörte Tom zwar, aber seine Gedanken waren bei Toni. Sie hatte es wirklich geschafft und war in Sicherheit. Nun waren nur noch er und der mit einer Glock 43 bewaffnete Raval-Killer in der Wohnung. Pedro keuchte und drückte Tom die Pistole tief in die Nackenmuskulatur.

„Du solltest dich stellen. Unten steht Polizei. Es ist vorbei, Pedro.“

„Schnauze“, brüllte Pedro. „Ich muss nachdenken.“

Während Tom die Treppe runterstolperte, presste Pedro ihm weiter die Pistole in den Nacken.

Jetzt wäre ein guter Moment zum Sterben, schoss es Tom durch den Kopf. Das war es doch, was er in Barcelona vorgehabt hatte. Von Anfang an war er seiner hirnrissigen obersten Direktive gefolgt. Was für Mühe er sich dabei gegeben hatte. Nun würde vermutlich eine falsche Bewegung ausreichen, und sein Gehirn würde sich im muffigen Treppenhaus an der Wand verteilen. Doch Tom wollte nicht durch die Hand des Raval-Killers aus der Welt befördert werden. Tom wollte leben. Wie Toni. Nur wie sollte er das sicherstellen? Sein Gehirn arbeitete auf Hochtouren, um einen Ausweg aus dieser Situation zu finden, doch er bekam einfach keinen klaren Gedanken zu fassen.

„Tür aufmachen", befahl Pedro und setzte sich die Sonnenbrille auf. „Und ganz ruhig."

Im grellen Sonnenlicht musste Tom seine Augen zusammenkneifen, und er dachte für einen Augenblick daran, was für ein schlimmes Bild er abgeben musste. Die Spuren der Prügel, die er in der vergangenen Zeit einstecken musste, waren noch nicht abgeklungen. Dazu der Unfall mit dem Skateboarder. Tom wurde am Arm angeschossen, auch seine Nase blutete das weiße T-Shirt voll – sein Gesicht sah schon im Normalzustand nach Geisterbahn aus. Er spürte immer noch die Pistole im Nacken und Pedro ganz dicht hinter sich. In der Kürze der Zeit waren noch keine Scharfschützen vor Ort, da war Tom sicher. Aber neben den Einsatzfahrzeugen sah er Polizisten in schusssicheren Westen und ihren Waffen im Anschlag. Aus der Entfernung hinter dem Absperrband wurden Fragen durcheinander gebrüllt, die Tom nicht verstand. Sein Blick blieb an einem großen Polizisten mit Gipsarm und viel Gel in seinen gewellten Haaren hängen: Tonis Ex-Mann. Doch Toms Gedanken kreisten um etwas ganz anderes, und er blendete alles um sich herum aus. Wie viel Schuss waren noch in der Glock? Wie durch eine dicken Vorhang drangen nur Gesprächsfetzen vom verbalen Austausch zwischen Pedro und Xavi zu ihm. Tom zählte durch. Den Drogendealer auf der Straße hatte Pedro mit zwei Schüssen in die Brust getötet. In dem Dealer aus dem *narcopiso* steckte ein Projektil in der Schulter und ein weiteres in der Seite. Der fünfte Schuss traf Toms Oberarm. Dann war da noch der Reissack. Wenn Pedro einmal zum Üben auf ihn geschossen hatte, waren es zusammen sechs Schuss. Und somit wäre das Magazin leer, denn bei der Glock 43 waren sechs Schuss im Magazin, das wusste Tom. Er versuchte sich an die baskische Anwältin zu erinnern, der in der improvisierten Pressekonferenz vor dem Mülleimer die Belange ihres Mandanten so beeindruckend vertreten hatte. Hatte sie irgendetwas über die Magazingröße berichtet? Tom erinnerte sich nicht mehr. Schaute unter Pedros Handkante das Stück einer Magazinerweiterung hervor, würde das bis zu zehn Schuss bedeuten, also wären noch vier Patronen übrig. Tom drehte den Kopf leicht zur Seite und versuchte auf Pedros Hand zu schielen. Doch das gelang ihm nicht, und er spürte die Spitze des Schalldämpfers noch fester in seinem Nacken. Tom rief sich die Bilder aus der Wohnung zurück ins Gedächtnis. Eindeutig war dort keine Erweiterung. Also sechs Patronen. Wie sicher war Tom, dass Pedro einen Probeschuss abgegeben hatte? Sehr sicher, denn trotz der Schwierigkeiten Gesichter wiederzuerkennen, war ein guter Beobachter. Hatte Pedro sich Ersatzmunition besorgt? Eher nicht, dachte Tom, auch in Spanien würde es so etwas wie einen Munitionserwerbsschein geben. Pedro war durch Zufall Pistolenbesitzer geworden, und Kontakte zu Menschen, die ihm Munition beschafft haben könnten, schloss Tom ziemlich sicher aus. Ziemlich sicher musste reichen. Tom hatte sich alle wichtigen Fragen gestellt, die Wahrscheinlichkeit, dass sich noch ein Schuss in der Glock an seinem Hals befand, ging gegen Null. Tom blendete sich wieder in die Realität zurück, in der sein rechter Arm brannte und seine Nase immer noch blutete. Tom ging in die Knie und drehte sich leicht. Explosionsartig zog er seinen linken Arm nach oben und brach Pedro mit dem Handrücken die Nase. Der Raval-Killer sackte in sich zusammen, und Polizisten stürmten an Tom vorbei.

Epilog

Die Hebebühne ruckelte und fuhr bedächtig abwärts, Lidias Grabnische entfernte sich.

Toni lächelte und flüsterte. „Das würde Lidia gefallen."

Neben Lidias Porträtfoto auf ihrer Grabplatte prangten zwei weitere Bilder. Das eine zeigte Toni, in dem Augenblick, als sie aus dem Fenster gesprungen war. Auf dem anderen war Tom zu sehen, als er dem Raval-Killer die Nase gebrochen hatte.

Tom lächelte sein schiefes Lachen. „Das glaube ich auch."

Den rechten Arm trug er in einer Schlinge, das Projektil hatte Toms Oberarm nur gestreift. Auch Toni war nicht ohne Blessuren davongekommen, beim Sprung auf den Müllwagen war ihr linkes Handgelenk gebrochen, um das sie nun einen Gips trug.

„Das hast du gut gemacht." Toni drehte sich um und schaute aufs Meer. „Gibst du Barcelona noch eine Chance?"

Tom nickte. „Vielleicht sollte ich als privater Ermittler arbeiten."

„Dann musst du dich nur noch nach einer neuen Stammkneipe umsehen", entgegnete Toni und nahm Toms Hand in ihre.

Dicht an dicht gingen die beiden an Grabwänden und Mausoleen vorüber. Tom musste sich eingestehen, dass er in den vergangenen zwei Wochen noch viel zu wenig über die Frau an seiner Seite erfahren hatte. Aber das würde sich ändern.

„Wo gehörst du hin, *guiri*?", fragte Toni und drückte Toms Hand noch ein bisschen fester.

In der Hosentasche vibrierte Toms Handy. Er schaute auf das Display, es war eine Nachricht von seinem Sohn.

Nachtrag

Die Geschichte des Ravals lässt sich kaum ohne seinen großen Bruder, das Gotische Viertel, erzählen, welches den Kern der Altstadt bildet. Die Architektur dort zeugt um die Kathedrale und die Plaça del Rei herum von der mittelalterlichen Pracht Barcelonas. Eine Mauer schützte die Stadt, jenseits der westlichen Befestigung verlief ein ausgetrocknetes Flussbett, aus dem Arabischen Ramblas genannt. Dorthin schied die katalanische Metropole Unrat und Fäkalien aus. Nur bei starken Regenfällen wurde die offene Kloake Richtung Meer geschwemmt und verwandelte die Ramblas in einen Kotfluss, *cagalell*, wie es im Volksmund hieß. Als katalanische Kriegs- und Handelsschiffe im Mittelalter das Mittelmeer dominierten, wuchs die Stadt und Menschen, denen das Leben in Barcelona verwehrt blieb, ließen sich jenseits der Ramblas nieder. So entstand das Raval, die Vorstadt. Von Beginn seiner Geschichte an war das Raval das Viertel der Tagelöhner und Kranken, der Armen und Bettler, der Gaukler und Prostituierten, der Gestrauchelten und Gestrandeten und der Stadtteil der Zugezogenen. Zu Beginn aus der Umgebung Barcelonas, dann aus Katalonien, später besonders aus dem armen Süden Spaniens und in den vergangenen Jahrzehnten aus der ganzen Welt. Zunächst aber war das Raval geprägt von Feldern und Gemüsegärten, von Kirchen und Klöstern und von Schlachthäusern. Auch dieser Teil Barcelonas brauchte Schutz und bekam eine eigene Stadtmauer.

Alles änderte sich mit der aufkommenden Industrialisierung im neunzehnten Jahrhundert, deren Zentrum in Spanien das Raval in Barcelona bildete. Im Raval wurde eine Fabrik neben der anderen hochgezogen, um deren rauchende Schlote die Arbeiterschaft in schlimmsten Bedingungen hauste. Nach ein paar Jahrzehnten platzte die Stadt aus allen Nähten, die Arbeiter und ihre Familien litten in den dürftigen Behausungen unter Mangelernährung, unhaltbaren hygienischen Zuständen und einer katastrophalen medizinischen Versorgung. Dazu rafften Cholera-Epidemien und Hungersnöte immer wieder Tausende dahin. Als schließlich die Stadtmauer, die auch das Raval bis 1854 umgab, abgerissen werden durfte, entstand in der großen Ebene nördlich von Barcelona das Eixample, die Erweiterung der Stadt, im Gegensatz zum Gassengewirr der Altstadt großzügig und schachbrettartig angelegt. Im Raval verschwanden Seuchen und Epidemien, doch Hunger und Armut blieben. Die meisten Spuren der ersten Phase der Industrialisierung sind lange getilgt. Besonders der südliche Teil des Viertels blieb geprägt durch den nahen Hafen. Bordelle, Spelunken und Kabaretts weckten auch bei der feinen Oberschicht von Barcelona Sehnsüchte und sorgten für den Spitznamen *barrio chino*, Chinatown.

Mehr noch als Barcelona im Allgemeinen führte das Raval bis Ende der 1980er Jahre einen Dornröschenschlaf. Doch dann kamen die Olympischen Spiele 1992 nach Barcelona, und mit ihnen die Touristen. Der Bauboom begann, die Abrissbirne kreiste und städtebauliche Entwicklungsprojekte wurden auch im Raval auf den Weg gebracht. Hatte der untere Teil der Ramblas den Ruf gehabt, eine der zehn gefährlichsten Straßen der Welt zu sein, sollten nun Kriminalität, Drogen und Armut aus dem Raval verschwinden. Die Nachwirkungen der Umgestaltungsmaßnahmen sind bis heute spürbar. Der Stadtteil hat Struktur erhalten, es entstanden Straßen und Plätze, Hotels und Museen wurden eröffnet, schon lange haben auch die Touristen das Viertel entdeckt und lieben es für seinen Charme und seine Authentizität. Doch im Spannungsfeld von Immobilienboom und Investitionen, Kriminalität und Drogen, Gentrifizierung und Overtourism ächzt die Bevölkerung seit Jahren.

Printed in Poland
by Amazon Fulfillment
Poland Sp. z o.o., Wrocław

65919334R00159